瑞蘭國際

瑞蘭國際

妙子先生の 日本語ミニ講座 I

吉田妙子 著

許玉穎 譯

第Ⅰ部　序言

　　筆者は 2014 年に政治大学を定年退職した後、2015 年 9 月より東海大学にて兼任教授として「日本語学総論」の授業を担当させていただきました。また、2014 年 2 月 14 日から 2019 年 6 月 2 日まで、台湾長老教会国際日語教会で、A4 一枚に収まる程度の内容を「妙子先生のミニ講座」と題して、毎週 1 回の礼拝の際に発表する機会を与えていただきました。その際、教会関係の多くの方々に翻訳をいただき、それを優秀な翻訳パートナーである許玉頴さんとの知己を得て監訳をお願いし、このたび瑞蘭国際から上梓する運びになり、皆様の義協力、誠に感謝に耐えません。本書は、主に東海大学の授業を内容として、日語教会の講義を基にまとめたものです。

　　また、筆者は東呉大学日文研究所、輔仁大学翻訳研究所において、元清華大学外語系主任・湯廷池教授の謦咳に触れる機会に恵まれ、多大なる学恩を受けました。本書の内容は、湯先生の授業で得た知識が多く盛り込まれています。この場を借りて、湯廷池先生に感謝と尊敬を込めて御礼申し上げます。

　　本書は、主に日本語学習者、日本語教師志望者を念頭において執筆いたしましたが、中国語訳を付けたので、日本語に興味のある人にも読み物として読めるかと思います。

　　本書の構成は、言語規則の分野を扱ったものは「1. オノマトペ」「6. 間投詞」「7. ハとガ」「8. モダリティ」「9. 助詞」、社会言語の分野を扱ったものは「2. 敬語」「3. 呼称」「4. 男言葉・女言葉」「5. 一人称と二人称」「10. 挨拶」「12. 和製英語」、そして、台湾人の犯しやすい誤用をまとめたものとして「11. 台湾日本語」の 12 のテーマとなっています。言語表現の背景には文化が控えています。どのテーマも、日本語と日本文化を擦り合わせて説明することを忘れないよう心がけました。これらを、テーマが一つの分野に偏らないよう、全 3 冊に振り分けました。勉強する気で姿勢を正して読むテーマと、気楽に日本文化を発見するつもりで読むテーマを均等に配分しました。

　　第Ⅰ部は「1. オノマトペ」「2. 敬語」「3. 呼称」「4. 男言葉・女言葉」「5. 一人称と二人称」「6. 間投詞」の 6 つのテーマについてお話しします。

2020 年 4 月

第 I 冊　序言

　　筆者 2014 年於政治大學屆齡退休後，自 2015 年 9 月起，於東海大學以兼任教授的身分，負責教授「日本語學總論」。並於 2014 年 2 月 14 日至 2019 年 6 月 2 日，承蒙台灣長老教會國際日語教會給予機會，讓我將一張 A4 紙能容納的內容以「妙子先生のミニ講座」（妙子老師的迷你講座）為題，於每週一次的禮拜中發表。當時有很多教會相關的人士幫忙翻譯，並邀請到優秀的翻譯夥伴許玉穎這位知音監譯，此次得以由瑞蘭國際出版，對諸位情義相挺實在感激不盡。本書主要以東海大學的授課為內容，以日語教會的講義為基礎彙整而成。

　　此外，筆者有幸於東吳大學日文研究所、輔仁大學翻譯研究所聆聽前清華大學外語系主任——湯廷池教授教誨，獲賜教之恩。本書內容有許多知識來自湯老師的課堂。借此機會，表達對湯廷池老師的感謝與尊敬。

　　筆者執筆本書時，原是以日文學習者，以及有志擔任日文教師者為對象，但是由於加了中文翻譯，應當亦值得對日文感興趣的人一讀。

　　本書由涉及語言規則領域的「1. 擬聲、擬態詞」、「6. 間投詞」、「7. は與が」、「8. 情態」、「9. 助詞」；涉及社會語言領域的「2. 敬語」、「3. 稱呼」、「4. 男性用語・女性用語」、「5. 第一人稱與第二人稱」、「10. 寒暄」、「12. 和製英語」，以及統整了台灣人容易錯用的「11. 台灣日語」等 12 個主題組成。語言表達的背景有文化影響。不論任何一個主題，筆者都留心謹記說明時揉合日文與日本文化。筆者將這些主題分為三冊，不偏重單一領域。平均地分配了以學習的態度正襟危坐閱讀的主題，以及以輕鬆發覺日本文化的心態閱讀的主題。

　　第 I 冊將說明「1. 擬聲、擬態詞」、「2. 敬語」、「3. 稱呼」、「4. 男性用語・女性用語」「5. 第一人稱與第二人稱」、「6. 間投詞」六個主題。

2020 年 4 月

譯者序

原先踏入台灣長老教會國際日語教會，就是想加強自己的日文能力。正好吉田老師請我幫忙翻譯每週禮拜的講義，我非常驚喜。因為內容非常有意思，同時也覺得是很好的學習機會，便義不容辭地幫忙了。沒想到其後集結成冊，得以出版，並在老師強力推薦下，讓我繼續幫忙統整、修正整體譯文。

我過去學習語言時，有位老師曾說過「學習外語的時候，與其一一找到對應的中文詞彙，不如去弄懂『怎麼用』」。所以翻譯中不時與老師討論，除了語言學相關的專有名詞外，還有如何翻譯、說明比較方便讀者了解與學習。其中部分單元例如擬聲、擬態詞、敬語，還有一些台灣人容易搞混的近義詞等等刻意不翻出「單詞」或「單句」，以避免譯文反而誤導讀者，目的在讓讀者透過閱讀吉田老師的說明來理解。非常感激老師和編輯在翻譯上非常尊重我的想法，甚至邀我寫序。

許多日文自己用了那麼久，卻是用得懵懵懂懂，拜讀老師的講義內容才恍然大悟。比如擬聲、擬態詞一章，才知道原來日本人對於各行發音有不同感受；難以區別的條件接續助詞之間有何差別；寒暄一章不僅明白各種寒暄詞真正的涵義，也透過寒暄的方式得以一窺日本人的想法、民族性。書中許多內容甚至連日本人也未必清楚，所以能如此清晰、細微地解說許多日文的近義詞、語源、文化背景，真的很令人佩服吉田老師的知識涵養與教學上的專業。這不僅是本語言教學書，更是本透過語言使用，了解日本文化與民族性的書。相信此書不論對已有日文基礎者，或是初學者都會非常有意思。

2020 年 4 月

目次

01

オノマトペ
擬聲、擬態詞

日本語

　擬音語、擬態語のことをオノマトペと言います。

× 「彼女は目がキラキラです。」

○ 「彼女は目がキラキラしています。」

　人や物の様態を表す「ABAB」型の擬態語は、「～です（だ）」ではなく、「～しています（いる）」を付けます。

× 「納豆はネバネバだ。」

○ 「納豆はネバネバしている。」

　しかし、「～だ」という使い方をするオノマトペもあります。

○ 「窓ガラスがよく磨かれて、ピカピカだ。」

○ 「窓ガラスがよく磨かれて、ピカピカしている。」

　では、どんな語が「～している」で、どんな語が「～だ」なのでしょう。「窓ガラス」がピカピカしているのは、磨いたからです。磨いた結果です。このように、何らかの動作の結果、このような状態になる場合、「～だ」ということができます。「彼女の目はキラキラしている」の場合は、彼女の目はもともとの性質がキラキラしているのであって、何らかの動作の結果キラキラしているのではありません。だから、「キラキラだ」は間違いになるのです。その他にも、「湖が凍ってカチカチだ。」「リンスして、髪がサラサラだ。」など。

　また、オノマトペのアクセントは決まっています。「ABABする」型は頭高で、「キラキラする」は最初のキを高く、他は低く読みます。

　一方、「ABABだ」型のアクセントは平板型で、「ピカピカだ」は最初のピを低く、後は高く読みます。

擬聲、擬態詞 1

中文

擬聲、擬態詞就叫做オノマトペ。

× 「彼女は目がキラキラです。」

○ 「彼女は目がキラキラしています。」（她的眼睛閃閃發亮。）

表示人、物樣態「ABAB」型的擬態詞不可以說「～です（だ）」，要說「～しています（いる）」。

× 「納豆はネバネバだ。」

○ 「納豆はネバネバしている。」（納豆黏答答的。）

但也有使用「～だ」的擬聲、擬態詞。

○ 「窓ガラスがよく磨かれて、ピカピカだ。」（窗戶玻璃被擦拭得閃閃發亮。）

○ 「窓ガラスがよく磨かれて、ピカピカしている。」

那麼何種情況使用「～している」？何種情況使用「～だ」呢？窗戶之所以會閃閃發亮是擦拭過的結果。像這樣由於某種動作的結果所產生的狀態就可使用「～だ」。「她的眼睛閃閃發亮」是說明她的眼睛本來的性質，而非某種動作的結果，所以如果說「キラキラだ」就錯了。其他還有「湖が凍ってカチカチだ」（湖面結凍硬梆梆的）、「リンスして、髪がサラサラだ」（頭髮潤絲後而滑順）等。

另外，擬聲、擬態詞的重音有一定的規則。「ABABする」型是頭高型，如「キラキラする」的第 1 個字是高音，其他則發低音。

此外，「ABABだ」型的重音是平板型，如「ピカピカだ」的第 1 個字母ピ是低音，其他則讀高音。

日本語

　オノマトペのうち、エ段の音が入っているものは、たいてい悪い意味です。

「メラメラ（meramera）」：火が恐ろしい勢いで炎上する様子。

「ヘラヘラ（herahera）」：卑しい笑い方、いいかげんな態度。

「デレデレ（deredere）」：緊張感を欠いただらしない様子。

「ネチネチ（nechinechi）」：言動がしつこくいやらしい様子。

「テラテラ（teratera）」：醜く光っている様子。

　第一回で紹介した「ネバネバ（nebaneba）」「ベタベタ（betabeta）」もそうですね。

　人の表情、態度を表すオノマトペは、たいていスル型です。

ニコニコする

グズグズする

ネチネチする

ヘラヘラする

チャラチャラする

擬聲、擬態詞 2

中文

　　擬聲、擬態詞中，字裡頭有エ段音的，大部分是不好的意思。

「メラメラ（meramera）」：火勢凶猛燃燒的樣子。

「ヘラヘラ（herahera）」：下流的笑法，隨便的態度。

「デレデレ（deredere）」：缺乏緊張感、邋裡邋遢的樣子。

「ネチネチ（nechinechi）」：沒完沒了，令人討厭的樣子。

「テラテラ（teratera）」：發亮、油亮，形容醜態，如禿頭或鼻頭的油光。

　　第1回所介紹的「ネバネバ」、「べたべた」也是如此。

　　表示人的表情、態度的擬聲、擬態詞，大部分是～スル型。

ニコニコする（微笑貌）

グズグズする（拖拖拉拉地）

ネチネチする（沒完沒了地）

ヘラヘラする（輕浮地笑）

チャラチャラする（衣著俗豔、態度輕浮的樣子）

日本語

　「ABAB スル」型でも「ABAB ダ」型でもないオノマトペもあります。それは、「ABAB ＋動詞」型です。あるオノマトペには、一定の動詞が伴います。（これを、コロケーション　collocation と言います。）このタイプのオノマトペは、人や物の動きを表す語に多いです。

子供がスヤスヤ眠る：×「スヤスヤしている」　×「すやすやだ」
独楽がクルクル回る：×「クルクルしている」　×「クルクルだ」
親がガミガミ怒鳴る：×「ガミガミしている」　×「ガミガミだ」
風がソヨソヨ吹く　：×「ソヨソヨしている」　×「ソヨソヨだ」

　オノマトペと音声の関係。「ABAB」型の A か B が濁音になって「aBaB」、または「AbAb」になると、「ABAB」より程度が激しく、またあまりよくない意味になります。

「キラキラ」：物が美しく輝く様子。例えば、ダイヤモンド、星。
「ギラギラ」：物が不気味に光る様子。例えば、猛獣の目。
「コロコロ」：1. 小さい丸いかわいいもの、例えばボールが転がる様子。
　　　　　　2. 生き物、例えば赤ん坊や子犬がかわいらしく太っている様子。
「ゴロゴロ」：1. 大きい丸いもの、例えば丸太や石などが転がる様子。
　　　　　　2. 役に立たない物が目障りに存在する様子。例えば、「読みもしない雑誌をたくさん買い込んできて、家に雑誌がゴロゴロしている。」

　では、紹介した「キラキラ」「ギラギラ」「コロコロ」「ゴロゴロ」は、「スル」型でしょうか、「ダ」型でしょうか、「動詞」型でしょうか？　「キラキラ」「ギラギラ」は、物の形状ですから「スル」型で、「キラキラしている」「ギラギラしている」。また、特に光る様子に限られているから「動詞」型にして、「キラキラ光っている」「ギラギラ光っている」でも OK。

　「コロコロ1」「ゴロゴロ1」は転がる様子に限られているから「動詞」型で、「コロコロ転がる」「ゴロゴロ転がる」。「コロコロ2」「ゴロゴロ2」は、物の形状ですから「スル」型で、「コロコロしている」「ゴロゴロしている」ですね。

擬聲、擬態詞 3

中文

　　也有「ABAB スル」、「ABAB ダ」都不是的擬聲、擬態詞，那就是「ABAB ＋動詞」型。這種擬聲、擬態詞伴隨著固定動詞（這稱為 collocation，搭配詞，即習慣一起搭配使用的詞），這種類型的擬聲、擬態詞多半用來表示人或物的動態。

子供がスヤスヤ眠る：×「スヤスヤしている」　×「すやすやだ」（小孩睡得香甜）

独楽がクルクル回る：×「クルクルしている」　×「クルクルだ」（陀螺咕嚕咕嚕地轉）

親がガミガミ怒鳴る：×「ガミガミしている」　×「ガミガミだ」（父母親嘮嘮叨叨地怒罵）

風がソヨソヨ吹く　：×「ソヨソヨしている」　×「ソヨソヨだ」（風徐徐吹送）

　　至於擬聲、擬態詞和發音的關係，「ABAB」型的 A 或 B 如果變成濁音形成「aBaB」或是「AbAb」的話，程度上就會變得更強烈，而且會有不太好的意思。

「キラキラ」：形容東西美麗地閃爍的樣子。例如：鑽石、星星。

「ギラギラ」：形容東西令人害怕、不快地閃爍的樣子。例如：猛獸的眼睛。

「コロコロ」：1. 小而圓、可愛的東西，例如球轉動的樣子。

　　　　　　　2. 動物，例如嬰兒、小狗可愛、圓滾滾的樣子。

「ゴロゴロ」：1. 形容大而圓的東西，例如原木、石頭轉動的樣子。

　　　　　　　2. 沒有用的東西很礙眼存在的狀態。例如「読みもしない雑誌をたくさん買い込んできて、家に雑誌がゴロゴロしている。」（讀也不讀的雜誌買了一堆，家裡雜誌到處都是。）

　　那麼，上述的「キラキラ」、「ギラギラ」、「コロコロ」、「ゴロゴロ」是「スル」型？是「ダ」型？還是「動詞」型呢？「キラキラ」、「ギラギラ」因為是描寫東西的形狀，所以是「スル」型，如「キラキラしている」、「ギラギラしている」。此外，因為特指「光る」（發光）的樣子，亦可用「動詞」型，如「キラキラ光っている」、「ギラギラ光っている」。

　　而「コロコロ 1」、「ゴロゴロ 1」因為特指「転がる」（滾動）的樣子，所以用「動詞」型，如「コロコロ転がる」、「ゴロゴロ転がる」。「コロコロ 2」、「ゴロゴロ 2」因為是描寫東西的形狀，所以用「スル」型，如「コロコロしている」、「ゴロゴロしている」。

日本語

　「動詞型」のオノマトペには、さらに「ト型」と「ニ型」があります。「ト型」は動作の様子を表し、「ニ型」は動作の結果の状態を表します。

「ト型」：「時計がカチカチと鳴っている。」（「カチカチと」は時計の鳴る様子）
　　　　　「窓ガラスがピカピカと光っている。」（「ピカピカと」は窓ガラスの光る様子）

「ニ型」：「湖がカチカチに氷った。」（「カチカチに」は湖が氷った結果の状態）
　　　　　「窓ガラスを磨いてピカピカになった。」（「ピカピカに」は窓ガラスを磨いた結果の状態）

　「ニ型」は「ダ型」に転換できます。「湖がカチカチだ」「窓ガラスがピカピカだ」

　「ト型」オノマトペのアクセントは頭高、「ニ型」オノマトペのアクセントは平板型です。つまり、「カチカチと」はカを高く読み、「カチカチに」はカを低く読みます。

　また、オノマトペには「コロコロ」などの「ABAB」型のほかに、「コロコロコロ」「コロコロコロコロ」と、「AB」を2回以上繰り返す型もあります。これを「AB × x」型としておきます。

　「AB × x」型は、「動詞型」の中の「ト型」に現われます。この場合、おもしろいことに、「AB」が偶数個ある場合は「AB……（と）＋動詞」で、トがあってもなくてもいいですが、奇数個ある場合は「AB × x と＋動詞」と、トを必ず付けなければいけません。

　「ボールがコロコロ（と）転がった。」（「コロ」が偶数の2つ。「コロコロ」）

　「ボールがコロコロコロと転がった。」（「コロ」が奇数の3つ。「コロコロコロと」）」

　「ボールがコロコロコロコロ転がった。」（「コロ」が偶数の4つ。「コロコロコロコロ」）」

擬聲、擬態詞 4

中文

　　「動詞型」的擬聲、擬態詞還可以分成「ト型」和「ニ型」兩種。「ト型」是用來表示動作的樣子，「ニ型」是表示動作的結果狀態。

「ト型」：「時計がカチカチと鳴っている。」（時鐘滴答滴答地響著。）（「カチカチと」是描寫時鐘發出聲響的樣子）

「窓ガラスがピカピカと光っている。」（窗玻璃閃閃發亮著。）（「ピカピカと」是描寫窗玻璃發亮的樣子）

「ニ型」：「湖がカチカチに氷った。」（湖結成硬梆梆的冰了。）（「カチカチに」是描寫湖結冰的結果狀態）

「窓ガラスを磨いて、ピカピカになった。」（窗戶擦得亮晶晶。）（「ピカピカに」是描寫擦過窗戶的結果）

　　「ニ型」也可以轉換成「ダ型」。如「湖がカチカチだ」、「窓ガラスがピカピカだ」。

　　「ト型」的擬聲、擬態詞重音是頭高型。「ニ型」的擬聲、擬態詞是平板型。也就是說，「カチカチと」是「カ」唸高音，「カチカチに」的「カ」是唸低音。

　　此外，在擬聲、擬態詞裡，除了「コロコロ」等「ABAB」型之外，也有如「コロコロコロ」、「コロコロコロコロ」等將「AB」重複 2 次以上的型。姑且稱之為「AB×x」型。

　　「AB×x」型出現在「動詞型」的「ト型」。這種情況有趣的是，當「AB」是偶數個時，是呈現出「AB×x（と）＋動詞」的形態，「と」可有可無；但是奇數個時，則是呈現出「AB×x と＋動詞」的型態，「と」非加不可。

　　「ボールがコロコロ転がった。」（球咕嚕咕嚕地轉了。）（「コロ」有2次、偶數，用「コロコロ」）

　　「ボールがコロコロコロと転がった。」（球咕嚕咕嚕咕嚕地轉了。）（「コロ」有 3 次、奇數，用「コロコロコロと」）

　　「ボールがコロコロコロコロ転がった。」（球咕嚕咕嚕咕嚕咕嚕地轉了。）（「コロ」有 4 次、偶數，用「コロコロコロコロ」）

日本語

　典型的なオノマトペには「ABAB」型のほかに、後に撥音、促音、弾音などを添えた「AB ン」型、「AB リ」型、「AB ッ」型があります。これら 3 拍のオノマトペは「と」を添えて使います。

「コロコロ」：物が連続して転がる様子。

「コロン（と）」：物が一回だけリズミカルに転がる様子。

「コロリ（と）」：物が一回だけ可愛らしく転がる様子。

「コロッ（と）」：物が一回だけ回転して急に止まる様子。態度が急変する様子にも使う。

例 「忙しかったので、妻の誕生日のことをコロッと忘れていた。」

　この他、AB の母音を入れ替えた「ABab」型、「abAB」型もあります。「カラコロ」「カランコロン」など、バリエーションは豊富です。

　また、オノマトペが名詞を修飾する場合を考えてみましょう。オノマトペはもともと副詞です。副詞は、次のように名詞を修飾します。

「りんごがたくさんある。」（「たくさん」は副詞）

「たくさんのりんご」（「たくさんの」が「りんご」を修飾する）

　オノマトペはもともと副詞ですから、「○○の」という形にします。

「お腹がペコペコだ」→「ペコペコのお腹」

　気をつけてください、「× ペコペコなお腹」ではありません！

　しかし、「○○の」という形になるのは「ダ型」のオノマトペだけです。「スル型」と「動詞型」のオノマトペは，次のようにします。

「あいつはチャラチャラしている」→「チャラチャラしている奴」「チャラチャラした奴」

「子供がスヤスヤ寝ている」→「スヤスヤ寝ている子供」

擬聲、擬態詞 5

中文

　　典型的擬聲、擬態詞除了「ABAB」型之外，還有後面分別添加撥音、促音及彈音的「ABン」型、「ABリ」型、「ABッ」型。這些 3 拍的擬聲、擬態詞後面要添加「と」才能使用。

「コロコロ」：東西連續轉動的樣子。

「コロン（と）」：東西律動地轉了 1 次的樣子。

「コロリ（と）」：東西可愛地轉動了 1 次的樣子。

「コロッ（と）」：東西轉了 1 次突然停止的樣子；態度突然改變的樣子。

　　　　　　　例「忙しかったので、妻の誕生日のことをコロッと忘れていた。」

　　　　　　　　（因為太忙了，一下子把太太的生日完全忘了。）

　　此外，還有更換 AB 母音的「ABab」型、「abAB」型，如「カラコロ」（karakoro，穿木屐走路的腳步聲或糖果在口中滾動的聲音）、「カランコロン」（karankoron，重量輕的硬物，如小的鐘、木屐等碰撞發出的聲音）等等，種類繁多。

　　又，擬聲、擬態詞如何修飾名詞呢？擬聲、擬態詞原本是副詞。副詞修飾名詞的方式如下：

「りんごがたくさんある。」（有很多蘋果）（「たくさん」（很多）是副詞）

「たくさんのりんご」（很多的蘋果）（「たくさんの」（很多的）修飾「りんご」（蘋果））

　　因為擬聲、擬態詞原是副詞，所以採取「○○の」（○○的）的形式。

「お腹がペコペコだ」（肚子餓得咕嚕咕嚕叫）→「ペコペコのお腹」（咕嚕咕嚕叫的肚子）

　　請注意是「ペコペコのお腹」而非「×ペコペコなお腹」。

　　但是，「○○の」的用法只限於「ダ型」的擬聲、擬態詞。「スル型」和「動詞型」的擬聲、擬態詞修飾名詞，用法如下。

「あいつはチャラチャラしている」（那傢伙一副吊兒郎當的樣子）→「チャラチャラしている奴」、「チャラチャラした奴」（一副吊兒郎當樣子的傢伙）

「子供がスヤスヤ寝ている」（小孩睡得正香甜）→「スヤスヤ寝ている子供」（睡得正香甜的小孩）

日本語

オノマトペは、どんな人たちがよく使う言葉でしょうか。子供 or 老人？ インテリ階層の人 or 一般生活者？ 国際人 or 地元人？ 男性 or 女性？ オノマトペは感覚的な言葉で、論理的な言語表現ではありません。しかし、ラインで言えばスタンプと同じで、論理では表せない微妙な感覚を言い表すことができます。子供の本や漫画は、オノマトペがないと成立しないでしょう。反対に、公文書や学術書にはオノマトペはほとんど出てきません。

皆さん、聖書の中にどれだけオノマトペがあると思いますか？ 意外に思われるかもしれませんが、聖書の中にはオノマトペがほとんどありません。聖書のオリジナルはヘブライ語かギリシャ語です。これらの言語にはオノマトペがほとんどありません。また、聖書はイスラエルの歴史の客観的な記述という建前なので、余分な修飾語は必要ないのです。

オノマトペは、日本人の音感覚に由来しています。

例えば、犬の鳴き声は、日本語では「ワンワン」、英語では「バウバウ」、韓国語では「モンモン」です。雨の音は、日本語では「ザアザア」ですが、台湾語では「シリファラ」と言うそうですね。どうしてこのように、聞こえ方が違うのでしょうか。

日本人は、母音の中ではアの音が好きです。アの音は明るさ、大きさ、素直さを感じさせます。「カラカラ」「バタバタ」「ワイワイ」等。

イの音は小ささ、儚さ、かわいらしさを感じさせます。「キラキラ」「ヒラヒラ」「チラチラ」等。

ウの音は、小ささとともに密やかさ、陰険さ、屈折感を感じさせます。「クンクン」「ツンツン」「ヌラヌラ」等。

エの音は、日本人が一番嫌いな母音です。

オの音は、大きさ、力強さ、内面性を感じさせます。運動部の試合などで、「頑張ろう！」「おう！」という掛け声に、オの性質がよく現れています。

擬聲、擬態詞 6

中文

擬聲、擬態詞通常是什麼樣的人在使用呢？小孩或老人？知識階層或一般生活者？活躍於國際間的人或在地人？男性或女性？擬聲、擬態詞是屬於感覺的語詞，而非邏輯性的言語表現。但是，就跟 Line 的貼圖一樣，它可以表達邏輯無法表示的微妙感覺。童書、漫畫書之類，如果沒有擬聲、擬態詞的話可能無法成立；相反地，公文或學術性書籍裡，幾乎很少出現擬聲、擬態詞。

各位認為聖經使用了多少擬聲、擬態詞呢？答案可能出乎意料，因為聖經中幾乎沒有擬聲、擬態詞。聖經的原典是希伯來語或希臘語。這些語言幾乎沒有擬聲、擬態詞。此外，因為聖經的原則是客觀地記載以色列歷史，因此不需要多餘的修飾詞。

擬聲、擬態詞是來自於日本人的音感。

例如描述狗的叫聲，日文是「ワンワン」、英文是「bow-wow（バウバウ）」、韓語是「멍멍（モンモン）」。描述雨聲，日文是「ザアザア」、中文是「シリファラ（淅瀝嘩啦）」。為什麼聽起來差異會這麼大呢？

日本人在母音中喜歡「あ」的音。「あ」的音令人感覺開朗、大方及純樸，例如「カラカラ」（karakara，高聲大笑的聲音）、「バタバタ」（batabata，物體連續激烈碰撞的聲音）、「ワイワイ」（waiwai 大聲吵雜的聲音或大哭的聲音）等。

「い」的音讓人有小小的、短暫的及可愛的感覺，例如「キラキラ」（kirakira，閃亮）、「ヒラヒラ」（hirahira，輕薄搖曳的樣子）、「チラチラ」（chirachira，細小的物體，如雪等飛舞，或微弱的火光時強時弱、細微搖動的樣子）等。

「う」的音除了也有小小的意思之外，也讓人有悄悄的、陰險的及扭曲的感覺，例如「クンクン」（kunkun，動物嗅味道的樣子，或是發出鼻音的聲音）、「ツンツン」（tsuntusn，冷傲的樣子）、「ヌラヌラ」（nuranura，緩慢移動的樣子）等。

「え」的音是日本人最討厭的母音。

「お」的音令人感覺到巨大、力氣強大精神面的東西。在運動比賽等場合，「頑張ろう！」（加油！）、「おう！」（喔／好！）的加油聲，就明顯表現出「お」音的特性。

日本語

　子音のs（サ行音）は、摩擦感、乾燥感、スムース感を感じさせます。「スラスラ」「サラサラ」「カサカサ」等。また、子音のc（カ行音）はクール感、硬質感、スマート感を感じさせます。ですから、車の名前には、たいていsかc（日本語表記ではカ行音とサ行音）が入っています。セドリック（日産）、サニー（日産）、コロナ（トヨタ）、カローラ（トヨタ）、シタン（メルセデス・ベンツ）。
→ ja.wikipedia.org/wiki/ 自動車の車種名一覧

　子音のk（カ行音）は硬質感、金属感、緊張感を感じさせます。また、子音のtは硬質感、安定感、積極感を感じさせます。

「カタカタ」：硬質の物が小刻みに揺れる様子。

「風で窓がカタカタ揺れている」

「チカチカ」：電灯が瞬く様子または目に光が乱射する様子。

「蛍光灯が切れかけてチカチカしている」

「眩しくて目がチカチカする」

「ツカツカ」：靴音を立ててあるものに向かって勢いよく歩いていく様子。

「突然、一人の男がツカツカと寄ってきた」

　子音のn（ナ行音）は柔軟感、粘着感、鈍重感を感じさせます。柔軟感が強調されると「ニコニコ」（感じのよい微笑）、「ニャンニャン」（猫などの甘えた声）になりますが、粘着感が強調されると「ヌラヌラ」（ナメクジなどの気持ちの悪い生物の歩き方）、「ネバネバ」（納豆の糸をひく様子）、「ネチネチ」（しつこくていやらしい態度）、「ノロノロ」（動作が遅くて周囲の者をいらいらさせる様子）になります。ナ行音は二義性を持っているようですね。

擬聲、擬態詞 7

中文

　　子音的 s（サ行音）讓人感覺到摩擦感、乾燥感及流暢感。如「スラスラ（surasura，事務滯礙難行的樣子）」、「サラサラ（sarasara，物體輕巧碰觸，如風吹樹葉搖曳的聲音。或淺川流水、物體輕快流動的樣子。）」、「カサカサ（kasakasa，乾燥、輕薄物體摩擦發出的聲音，或乾燥沒有水分的樣子。）」等。而子音的 c（カ行音）讓人感覺到冷酷感、硬質感及瀟灑感。因此，車子的名字裡通常有 s 或 c（也就是日文的サ行音及カ行音）。例如セドリック（日產）、サニー（日產）、コロナ（TOYOTA）、カローラ（TOYOTA）、シタン（賓士）這些車都是。→ ja.wikipedia.org/wiki/ 自動車の車種名一覽（汽車車種名稱一覽）

　　子音的 k（カ行音）讓人感覺到硬質感、金屬感及緊張感；此外，子音的 t 則讓人感覺到硬質感、安定感及積極感。

「カタカタ」：硬質的東西輕微地搖動的樣子。如「風で窓がカタカタ揺れている」（因為風，窗戶咔達咔達地搖動著）等。

「チカチカ」：形容電燈一閃一閃的樣子，或者是光線亂射的樣子。如「蛍光灯が切れかけてチカチカしている」（日光燈快壞了，一閃一閃地）、「眩しくて目がチカチカする」（光線太刺眼，眼都花了）等。

「ツカツカ」：指發出腳步聲，朝著某對象猛然走去的樣子。如「突然、一人の男がツカツカと寄ってきた」（突然，一個男的氣勢洶洶地走過來）等。

　　子音的 n（ナ行音）讓人感覺到柔軟感、黏著感及鈍重感。像強調柔軟感的如「ニコニコ」（感覺良好的微笑）、「ニャンニャン」（貓之類的撒嬌聲）。而強調黏著感的如「ヌラヌラ」（蛞蝓之類噁心生物走路的方式）、「ネバネバ」（納豆牽絲的樣子）、「ネチネチ」（纏人、令人討厭的態度）、「ノロノロ」（動作遲緩令周圍的人焦急的樣子）。ナ行音，似乎具有歧義性。

日本語

　　子音の h（ハ行音）と b（バ行音）と p（パ行音）は、対照的な 3 つの音です。

　　子音の h（ハ行音）は、軽快感、爽快感、儚さ、上品さを感じさせます。

「ハラハラ」：軽い小さいものが落下する様子。「涙がハラハラとこぼれた。」

「ヒラヒラ」：軽い小さいものが空中を浮遊する様子。

　　　　　　　「桜の花びらがヒラヒラと舞い落ちる。」等。

「フラフラ」：弱いものが頼りなく彷徨う様子。

　　　　　　　「彼は仕事もしないでフラフラしている。」

「ホロホロ」：軽い小さいものがつつましく溢れる様子。「涙をホロホロとこぼす。」

　　子音の p（パ行音）は、軽快感、活発感、弾性感、乾燥感を感じさせます。

「パラパラ」：軽い小さい硬いものが勢いよく落下する様子。

　　　　　　　「豆がパラパラとこぼれた。」

「ピラピラ」：軽い小さいものが下品な感じで空中を浮遊する様子。

　　　　　　　「札束をピラピラさせる。」

「ポロポロ」：軽い小さいものが勢いよく溢れる様子。「涙をポロポロこぼす。」

　　子音の b（バ行音）は、濁音であるので、もっと激しく、もっと重く、もっと下品な感じになりますね。「バラバラ」「ブラブラ」「ボロボロ」などは、皆さんもよく知っているように、あまりいい意味ではないですね。

擬聲、擬態詞 8

中文

子音的 h（ハ行音）、b（バ行音）和 p（パ行音）是很對比的 3 個音。

子音的 h（ハ行音）讓人有輕快、爽快、無常虛幻及高尚的感覺。

「ハラハラ」：小而輕的東西落下的樣子。如「涙がハラハラとこぼれた。」（眼淚撲簌簌地掉下。）

「ヒラヒラ」：小而輕的東西在空中浮遊的樣子。如「桜の花びらがヒラヒラと舞い落ちる。」（櫻花翩翩飄落。）等。

「フラフラ」：弱小者無所依靠徬徨的樣子。如「彼は仕事もしないでフラフラしている。」（他不工作到處遊蕩。）

「ホロホロ」：小而輕的東西悄然溢出的樣子。如「涙をホロホロとこぼす。」（潸然淚下。）等等。

子音的 p（パ行音）予人輕快感、活潑感、彈性感及乾燥感。

「パラパラ」：輕、小、硬的東西猛然落下的樣子。如「豆がパラパラとこぼれた。」（豆子啪啦啪啦掉了出來。）

「ピラピラ」：小而輕的東西粗俗地在空中浮遊的樣子。如「札束をピラピラさせる。」（讓成捆的鈔票隨處飄。）

「ポロポロ」：小而輕的東西猛然溢出的樣子。「涙をポロポロこぼす。」（眼淚撲簌簌地掉。）

子音的 b（バ行音）因為是濁音，所以給予人更激烈、更重、更粗俗的感覺。如大家所知道，像是「バラバラ」（barabara，粒狀物散落的聲音或樣子）、「ブラブラ」（burabura，形容雙手等垂放搖動的樣子，或漫無目的地走來走去的樣子）、「ボロボロ」（boroboro，粒狀物崩落的樣子）都帶有不太好的意思。

日本語

　子音の m（マ行音）は、柔和感、豊満感、内包感を感じさせます。

「モリモリ」：食欲旺盛な様子。「モリモリ食べる」

「ムズムズ」：体が何となく痒いこと。「体がムズムズする」

「ムラムラ」：感情や欲望が噴き出す様子。「ムラムラと腹が立ってきた」

　但し、エ段の「me」はいい意味はありません。

「メソメソ」：だらしなく泣く様子。「メソメソ泣くな！」

　子音の r（ラ行音）は、流麗感、躍動感、異国感を感じさせます。日本語の単語で、ラ、リ、ル、レ、ロで始まる名詞ほとんど漢語か外来語で、和語は少ないはずです。江戸時代以前の人はラ行音で始まる語に慣れなかったので、例えば「ロシア」には「お」をつけて「おロシア」と言っていました。

「ランラン」：鼻歌を口ずさむ様子。

「リンリン」：鈴の音。

「ルンルン」：心が浮き浮きしている様子。

「レロレロ」：酒や麻薬などを飲んで舌が回らないしゃべり方。

擬聲、擬態詞 9

中文

　　子音的 m（マ行音）有讓人覺得柔和、豐滿及某事物隱含其中的意思。

「モリモリ」：食欲旺盛的樣子，如「モリモリ食べる」（大口大口地吃）。

「ムズムズ」：總覺得身體癢，如「体がムズムズする」（身體發癢）。

「ムラムラ」：感情或欲望噴發的樣子，如「ムラムラと腹が立ってきた」（大發雷霆）。

　　但是，エ段的「me」是不好的意思。

「メソメソ」：軟弱地哭泣的樣子，如「メソメソ泣くな！」（別動不動就哭！）。

　　子音的 r（ラ行音）帶有流麗、躍動及異國的感覺。因此日文的單詞中，以ら、り、る、れ、ろ開頭的名詞幾乎都是漢語或外來語，少有和語。江戶時代以前的人因為不習慣以ラ行音開頭的詞，所以例如「ロシア」，他們就會加個「お」變成「おロシア」。

「ランラン」：哼歌的樣子。

「リンリン」：鈴聲。

「ルンルン」：興高采烈的樣子。

「レロレロ」：因喝酒或吸食毒品講話口齒不清。

第10回 オノマトペ 10

　半母音の y（ヤ、ユ、ヨ）、w（ワ）は、母音と同じく柔軟感、温暖感、緩慢感があります。

「ユラユラ」：煙などがゆっくり立ち上る様子。

「ヨロヨロ」：動作や足取りがおぼつかない様子。

「ワイワイ」：大勢の人が騒がしい様子。

　オノマトペは、いくらでも新しく作ることができます。漫画や童話などでは辞書に載っていないオノマトペをたくさん発見することができます。例えば、「あ」に濁点を打って「あ゛〜っ」などという声を表現したりします。これは、うんと重い「あ」の音でしょう。

　また、古いオノマトペが新しいオノマトペに取って代わることがあります。例えば、心臓の鼓動が激しい様子を、昔は「ドキドキ」と言っていましたが、今は「バクバク」と言っているようです。世代交代に連れて、音感覚も変わっているということでしょうか。

擬聲、擬態詞 10

中文

　　半母音的 y（や、ゆ、よ）、w（わ）與母音相同，予人柔軟、溫暖、緩慢的感覺。

「ユラユラ」：煙之類的緩慢上昇的樣子。

「ヨロヨロ」：動作或步伐不穩靠。

「ワイワイ」：很多人吵雜的樣子。

　　擬聲、擬態詞可以不斷地新增。在漫畫及童話等裡可以發現很多字典沒有的擬聲、擬態詞。例如在「あ」上加上濁點發「あ゛～っ」，這是表示重重地發「あ」音吧。

　　另外，有時舊的擬聲、擬態詞會被新的擬聲、擬態詞取代。例如形容心臟蹦蹦跳的樣子，過去是說「ドキドキ」，現在則好像是說「バクバク」。隨著世代交替，聲音的感覺也會跟著改變吧。

02

敬語

敬語

日本語

　敬語は社会言語です。人間関係によって、表現を変えるのです。

　では、敬語はどんな人に対して使うのでしょうか。最も多くの人が、「目上の人」「偉い人」と答えるでしょう。でも、それでは正解の半分だけです。正解は、「外の関係の人」です。

　日本人の人間関係は、3 種に分かれます。

1. 内の関係：家族、親友など最も気のおけない人。遠慮のいらない関係。敬語を使わない関係。

2. 外の関係：職場の人、目上の人、あまり親しくない人。遠慮のある関係。敬語を使う関係。

3. 他所（よそ）の関係：自分の日常と利害関係のない人。自分と違う世界にいる人。敬語を使わない関係。

　例えば、たとえ有名人でも、例えば女優の安室奈美恵でも私たちにとっては「他所（よそ）の関係」ですから、敬称を付けないで「安室奈美恵」と呼び捨てにしてもいいです。しかし、もし彼女と知り合いになったら「外の関係」になりますから、「安室奈美恵さん」と「さん」をつけて呼びます。そして、彼女ともっと親しくなって結婚するような関係になったら、それは「内の関係」ですから「奈美恵」と呼び捨てにする、というわけです。

敬語 1

中文

　　敬語是一種社會語言，根據人際關係而有不同的表現方式。

　　那麼，敬語是對什麼樣的人使用呢？大部分的人大概都會回答是對「長輩、上級」或「大人物」吧！但是，那只答對了一半。正確答案是對「外部關係的人」。

　　日本人的人際關係分成 3 種：

1. 內部的關係：家人、親密的朋友等最不用小心翼翼的人。是屬於不需客氣的關係。對這類人不需使用敬語。

2. 外部的關係：職場上的人、長輩或上司、以及不太親近的人。是屬於要客氣的關係。對這類人需使用敬語。

3. 沒有直接關係：跟自己的日常生活沒有利害關係的人。生活在不同世界的人。對這些人不需使用敬語。

　　即使很有名的人，例如女星安室奈美惠，對我們來說是「沒有直接關係」，所以不必加敬稱，直接叫她「安室奈美惠」就可以了。但是跟她認識以後，就變成了「外部關係」，所以名字後面要加「さん」，變成「安室奈美惠さん」。接下來，如果跟她更熟變成要婚姻那樣的關係，那就是「內部關係」，所以可以逕呼其名「奈美惠」。

日本語

　つまり、日本社会の人間関係は、「上－下関係」と「外－内関係」の二層を持つ複雑なもので、敬意を表す形式は 2 つあります。

1. 上の人、外の人を敬う「尊敬語」　　例「先生がいらっしゃいます。」

2. 目上の人に対して、自分及び内の人を遜らせる「謙譲語」　　例「先生、父が参りました。」

　韓国では「外－内」の関係がありません。それ故、韓国語には謙譲語がありません。それで、韓国語では「先生、私のお父様がいらっしゃいました。」が礼儀正しい言い方になるのです。

　「尊敬語」は、3 種の言語形態があります。

1. 「お＋動詞マス形語幹＋になる」の形。

　　例「飲みます」→「お飲みになる」（×「お飲みなる」、×「お飲みする」）

2. 「動詞原形語幹＋areru」の形。　　例「飲む（nom-u）」→「飲まれる（nom-areru）」

3. 全く別の形の動詞を使う。　　例「飲む」→「召し上がる」

　つまり「先生、お茶をお飲みになりますか。」「先生、お茶を飲まれますか。」「先生、お茶を召し上がりますか。」という 3 種の表現が可能なわけです。最も敬意が高いのは 3、次が 1、最後が 2 です。

　さて、聖書の中では、「神」や「イエス・キリスト」は 1、2、3 のどれが使われているでしょうか。意外にも、答えは 2 です。「イエスは葡萄酒を飲まれた」という表現はありますが、「イエスは葡萄酒をお飲みになった」「イエスは葡萄酒を召し上がった」というような表現はありません。また、全く敬語が使われていない場合もあります。何故でしょうか。

　聖書は歴史書として書かれていますから、感情表現は一切抑えられ、ただ事実だけが淡々と述べられます。聖書は信徒の主観的な価値観を叙述したものではなく、科学的・客観的な記述であることを示しているからです。ですから、一切の形容詞、オノマトペの類も記されていないし、敬語も最低限の表現に抑えられているのです。

敬語 2

中文

　　總之，日本社會的人際關係具有「上－下關係」及「外－內關係」兩層，非常複雜，而表達敬意有 2 種形式：

1. 尊敬長輩或上級及外部的人使用的「尊敬語」　例「先生がいらっしゃいます。」（老師要來。）

2. 對長輩上級，貶低自己或內部的人使用的「謙讓語」　例「先生、父が参りました。」（老師，家父來了。）

　　在韓國沒有「外－內關係」這一層，故在韓語中並沒有謙讓語。因此，在韓語中說「先生、お父様がいらっしゃいました。」是合乎禮儀的說法。

　　「尊敬語」有 3 種形態：

1. 「お＋動詞マス形語幹＋になる」的形式。

　　例「飲みます」→「お飲みになる」（×「お飲みなる」、×「お飲みする」）

2. 「動詞原形語幹＋ areru」的形式。　例「飲む（nom-u）」→「飲まれる（nom-areru）」

3. 使用完全不同的動詞。　例「飲む」→「召し上がる」

　　也就是說，例如「老師，您喝茶嗎？」就能有「先生、お茶をお飲みになりますか。」、「先生、お茶を飲まれますか。」、「先生、お茶を召し上がりますか。」等 3 種說法。敬意最高的是 3，其次是 1，最後是 2。

　　那麼，在聖經中，對「神」和「耶穌基督」是使用 1、2、3 中的哪一個呢？令人意外的，答案是 2。聖經中會有「イエスは葡萄酒を飲まれた」（耶穌喝了葡萄酒）的說法，卻不會有「イエスは葡萄酒をお飲みになった」及「イエスは葡萄酒を召し上がった」的說法。此外，有時甚至於完全不使用敬語。這是為什麼呢？

　　因為聖經是以史書的角度寫的，所以克制一切感情的表現，單單就事實做平淡的描述，以顯明聖經的內容並非信徒主觀價值的陳述，而是科學的、客觀的記述。因此，不使用任何形容詞、擬聲擬態詞類，且敬語的使用也是控制在最低限度。

第13回 敬語 3

日本語

　前回述べた尊敬語の 3 つの形態は、すべての動詞がこの形を持つわけではありません。

1. 「お＋動詞マス形語幹＋になる」の形の場合、語幹が一拍の動詞の場合、この形式はありません。　**例**「見ます」→「×お見になる」　「寝ます」→「×お寝になる」

2. 「動詞原形語幹＋ areru」の形は、すべての動詞の受動態と同じ形、一段動詞とカ変動詞の可能形と同じ形になります。紛らわしい場合は使わない方がいいでしょう。ある学生が「先生、一人で来られますか？」と敬語を使ったつもりで聞いたのに、先生の方は可能形と解釈して「先生、一人で来ることができますか？」と勘違いして怒ってしまった、という話があります。

3. 「全く別の形を持つ動詞」というのは、すべての動詞が持つのではなく、たった 12 個の動詞です。「行く」「来る」「いる」「する」「食べる・飲む」「知っている」「見る」「着る」「死ぬ」「言う」「くれる」「～である」の 12 個だけです。詳しくは、拙著『たのしい日本語会話教室』（大新書局）、35 ページをご覧ください。

敬語 3

　　上一回說尊敬語有 3 種形態，但並非所有的動詞都同時具有。

1. 語幹是 1 拍的動詞時，就沒有「お＋動詞マス形語幹＋になる」的形式。

   例「見ます」→「×お見になる」　「寝ます」→「×お寝になる」

2. 「動詞原形語幹＋ areru」的形態，不但與所有動詞的被動態同形，也與上、下一段動詞及カ變動詞的可能形同形。容易混淆時，最好不要使用。例如，有學生原本是想用敬語請問老師「先生、一人で来られますか？」（老師，您一個人來嗎？），但是老師卻誤解為可能形「先生、一人で来ることができますか？」（老師，你一個人來得了嗎？）的意思，因而動怒。

3. 所謂「具完全不同形式的動詞」，並不是所有的動詞都有，只限於 12 個動詞。就是「行く」、「来る」、「いる」、「する」、「食べる・飲む」、「知っている」、「見る」、「着る」、「死ぬ」、「言う」、「くれる」、「～である」這 12 個而已。詳情請參見拙著《たのしい日本語会話教室》（大新書局）35 頁。

日本語

　尊敬語は、いろいろなバリエーションがあります。

1. 「3. 別の形を持つ動詞」と「1. お＋動詞マス形語幹＋になる」の形を組み合わせる。

   例 「食べる」→「召し上がる」＋「お〜になる」＝お召し上がりになる

2. 「3. 別の形を持つ動詞」と「2. 動詞原形語幹＋areru」の形を組み合わせる。

   例 「食べる」→「召し上がる」＋「動詞原形語幹＋areru」＝召し上がられる

3. 「1. お＋動詞マス形語幹＋になる」→「1. お＋動詞マス形語幹＋だ」

   例 「帰る」→「お帰りになる」→「お帰りだ」

4. 「3. お＋別の形を持つ動詞語幹＋になる」→「お＋別の形を持つ動詞語幹＋だ」

   例 「食べる」→「召し上がる」→「お召し上がりだ」

   例 「先生は、コーヒーをお飲みです。」「先生は、コーヒーをお召し上がりです。」

　特に、3、4 の形は営業でよく用いられます。マクドナルドで「こちらでお召し上がりですか、お持ち帰りですか。」というのをよく聞くでしょう。また、テレビドラマで「お客様のお帰りだよ。」などと言われるのも、聞いたことがあるでしょう。

敬語 4

中文

　　尊敬語也有各式各樣的變形。

1. 「3. 具完全不同形式的動詞」和「1. お＋動詞マス形語幹＋になる」的組合。

　　例「食べる」→「召し上がる」＋「お～になる」＝お召し上がりになる

2. 「3. 具完全不同形式的動詞」和「2. 動詞原形語幹＋ areru」的組合。

　　例「食べる」→「召し上がる」＋「動詞原形語幹＋ areru」＝召し上がられる

3. 「1. お＋動詞マス形語幹＋になる」→「1. お＋動詞マス形語幹＋だ」

　　例「帰る」→「お帰りになる」→「お帰りだ」

4. 「3. お＋具完全不同形式的動詞之語幹＋になる」→「お＋具完全不同形式的動詞之語幹＋だ」

　　例「食べる」→「召し上がる」→「お召し上がりだ」

　　例「先生は、コーヒーをお飲みです。」、「先生は、コーヒーをお召し上がりです。」

　　特別是 3、4 的形態常被應用在營業上。例如在麥當勞我們常會聽到「こちらでお召し上がりですか、お持ち帰りですか。」（內用還是外帶？）此外，看電視劇也會聽到「お客様のお帰りだよ。」（客人要回去囉！）吧。

日本語

　今回から、敬語の中の「謙譲語」についてお話します。

　まず、「謙譲語」とは何でしょうか。「尊敬語」は簡単です。「目の前の相手を
ひたすら持ち上げる表現」をすればいいのですから。これに対し、「謙譲語」とは、
「自分を低める表現」と言われます。しかし、これは半分だけ正確な表現です。何
でもかんでも自分を低めればいいのではありません。

1. 〇「先生、かばんを<u>お持ちします</u>。」

2. ×「私はいつも、出かける時、傘を<u>お持ちします</u>。」

　1も2も同じ「自分の行為」なのに、何故2はいけないのか、もうおわかりですね。
1が「先生」（敬意を払うべき相手）に対して行う行為なのに対し、2は誰とも関
係ない自分だけの行為です。ですから、「謙譲語」を用いる行為とは、必ず「誰か
のために」する行為で、その「誰か」とは敬意を払うべき相手なのです。

敬語 5

中文

這一回開始，將說明敬語中的「謙讓語」。

首先，「謙讓語」是什麼呢？「尊敬語」是比較簡單的。因為只要一味地使用「抬舉眼前對象的說話方式」即可。相對地，所謂的「謙讓語」，一般稱為「貶低自己的表現」。但是，這只說對了一半。並非只要一味貶低自己就可以。

1.○「先生、かばんをお持ちします。」（老師，我幫您拿皮包。）

2.×「私はいつも、出かける時、傘をお持ちします。」（我出門時總是帶傘。）

　1、2 同樣都是說「自己的行為」，發現為何 2 就是不可以了嗎？相對於 1 是針對「老師」（應該表達敬意的對象）進行的行為，2 是無關任何人的、自己的行為。因此，使用「謙讓語」的行為，一定是「為某人」進行的行為，而那個「某人」指的是應該尊敬的對象。

日本語

　前回、謙譲語になる動詞を、「敬意を払うべき相手のためにする動作」と定義しました。こう言うと、皆さんはすぐに思い出すでしょう。そう、「あげる」「もらう」「くれる」という授受動詞も「誰かのために」する動作ですね。しかし、授受動詞と敬語は違います。次の表現は正しくありません。

×「先生、傘を持ってあげます」

　それなら、「あげます」を謙譲語「さしあげる」にすればいいかと言うと、そうはいきません。

×「先生、傘を持ってさしあげます」

　授受動詞は、確かに「誰かのために」する動作ですが、「敬意を払うべき相手のために」する動作ではありません。「あげる」という言葉は恩着せがましく聞こえるので、敬意表現にはならないのです。（親しい者同士なら、「あげる」を使っても構いません。）前回述べたように、

○「先生、かばんをお持ちします。」

という、自分を低めた言い方をして、初めて敬意を払う表現になるのです。

　「謙譲語」には、基本的に 2 種類の形態があります。

1. 「お＋動詞マス形語幹＋する」の形。

　　例「（先生に）会います」→「（先生に）お会いする」（×「会いする」、×「お会う」）

2. 全く別の形の動詞を使う。

　　例「（先生に）会う」→「（先生に）お目にかかる」（×「目にかかる」、×「お目をかかる」、×「お目にかける」）

　つまり、「先生に会う」という謙譲語には、2 種あります。

1. 「先生にお会いします。」

2. 「先生にお目にかかります。」

　しかし、2 の動詞を持つ動詞の場合、1 はあまり使わない方がいいです。ある学生が日本語教師に「先生、お会いしたいです。」（sensei, oaishitaidesu）と言いました。しかし、教師は「先生を愛したいです。」（sensei wo, aishitaidesu）と解釈して、学生をぶっ飛ばしたという話がありますから。

敬語 6

中文

　　上一回，將謙讓語的動詞定義為「為應該表達敬意的對象所做的動作」。這麼一說，大家應該會立刻想到吧？沒錯，「あげる」、「もらう」、「くれる」之類的授受動詞，也是「為了某個人」所做的動作呢。但是，授受動詞還是有別於敬語。下面的表達方式是錯誤的。

×「先生、傘を持ってあげます」

　　那麼，是不是把句中的「あげます」以謙讓語「さしあげる」來代替就好了？實際上是不行的。

×「先生、傘を持ってさしあげます」

　　因為雖然授受動詞確實是「為某個人」所做的動作，但並非「為應該表達敬意的對象」所做的動作。「あげる」聽起來有施惠於人的感覺，所以非敬意的表現。（如果是親近的人，可使用「あげる」。）如上一回舉的例子：

○「先生、かばんをお持ちします。」

此貶低自己的說話方式，才是表達敬意的表現方式。

　　「謙讓語」基本上有 2 種形態。

1.「お＋動詞マス形語幹＋する」的形態。

　　例「（先生に）会います」→「（先生に）お会いする」（×「会いする」、×「お会う」）

2. 使用完全不同形態的動詞。

　　例「（先生に）会う」→「（先生に）お目にかかる」（×「目にかかる」、×「お目をかかる」、×「お目にかける」）

　　總之，要表達「先生に会う」（跟老師見面）的謙讓語有 2 種：

1.「先生にお会いします。」

2.「先生にお目にかかります。」

　　但是有 2 的形態的動詞時，1 最好還是不要用。曾經有個學生向日文老師說「先生、お会いしたいです」（sensei, oaishitaidesu），但是被老師聽成「先生を愛したいです」（老師我想愛你）（sensei wo, aishitaidesu），學生被狠狠地修理了一頓。

日本語

　　前回述べた 2 の「全く別の形を持つ動詞」は、謙譲語の場合は尊敬語より多く、17 個あります。（尊敬語の場合は 12 個でした。）「行く」「来る」「いる」「する」「食べる・飲む」「知っている」「～と思う」「見る」「言う（say）」「告げる（tell）」「会う」「見せる」「聞く・問う・訪問する」「あげる」「もらう」「ある」「～である」の 17 個だけです。（詳しくは、拙著『たのしい日本語会話教室』（大新書局）、35 ページをご覧ください。）

　　以下の点に注意してください。

1. 前回述べた 1 の「お＋動詞マス形語幹＋する」の形は、「会う」「見せる」「聞く」以外の動詞には適用されない。

    例 「会う」→〇「お会いする」　　「聞く」→〇「お聞きする」

    　「見せる」→〇「お見せする」

    　「行く」→×「お行きする」　　「食べる」→×「お食べする」

    　「言う」→×「お言いする」

2. 授受動詞の敬語「さしあげる」「いただく」は、尊敬語ではなく、謙譲語。「あげる」「もらう」は、動作主が敬意を払うべき人ではなく、話者自身だからである。

3. 「申す」（言う・say）と「申し上げる」（告げる・tell）は、意味が違う。

4. 「存じている」（知っている・know）と「～と存じる」（～と思う・think）は、意味が違う。

敬語 7

敬語 7

敬語 7

中文

　　上一回提到的 2「有完全不同形態的動詞」的部分，謙讓語多於尊敬語，有 17 個。（尊敬語是 12 個。）也就是「行く」、「来る」、「いる」、「する」、「食べる・飲む」、「知っている」、「〜と思う」、「見る」、「言う（說，say）」、「告げる（告訴，tell）」、「会う」、「見せる」、「聞く・問う・訪問する」、「あげる」、「もらう」、「ある」、「〜である」這 17 個而已。（詳細請參閱拙著《たのしい日本語会話教室》（大新書局）35 頁。）

　　請注意以下各點。

1. 上一回提到的 1「お＋動詞マス形語幹＋する」的形態，「会う」、「見せる」、「聞く」以外的動詞都不適用。

   例 「会う」→○「お会いする」　　「聞く」→○「お聞きする」
   「見せる」→○「お見せする」
   「行く」→ ×「お行きする」　　「食べる」→ ×「お食べする」
   「言う」→ ×「お言いする」

2. 授受動詞的敬語「さしあげる」、「いただく」並非尊敬語，而是謙讓語。因為「あげる」、「もらう」的動作主是說話者本身，而非應該要尊敬的人。

3. 「申す」（說，say）與「申し上げる」（告訴，tell）意思不同。

4. 「存じている」（知道，know）與「〜と存じる」（想，think）意思也不同。

第18回 敬語 8

日本語

　「尊敬語」は「お〜になる」、「謙譲語」は「お〜する」……「尊敬語」には「に」が付いて、「謙譲語」には「に」が付かない……混乱しちゃう。敬語って、本当に面倒だ！

　こんな苦情をよく聞きます。確かに、「× 先生が<u>お待ちなっています</u>」「× 先生が<u>お待ちしています</u>」などの誤用をよく見かけます。では、どうして「尊敬語」は「なる」で、「謙譲語」は「する」なのでしょうか。

　皇帝の生活を想像してください。皇帝は自分で掃除や洗濯や料理をしますか？しませんね。掃除や洗濯や料理をするのは下僕たちです。昔、体を動かす仕事は、卑しい人のすることでした。だから、自分を卑しめる「謙譲語」では、意志的な他動詞の「する」が使われます。

　皇帝は、命令して待っていれば、自然と衣服や部屋はきれいになるし、料理はできあがってきます。だから、相手に敬意を払う「尊敬語」では、物事の自然な結果を表す自動詞の「なる」が用いられ、結果を示す助詞の「に」が伴うのです。

○「先生が、お待ちになっています。」

○「私は、先生をお待ちしています。」

敬語 8

中文

「尊敬語」是「お〜になる」，「謙讓語」是「お〜する」……「尊敬語」要加「に」，「謙讓語」不加……很容易搞混。敬語，真的很麻煩！

常聽到這種抱怨。確實也經常看到「× 先生がお待ちなっています」、「× 先生がお待ちしています」等誤用的情形。那麼，為什麼「尊敬語」是「なる」、「謙語」是「する」呢？

請想像一下皇帝的生活。皇帝會自己掃地、洗衣、做菜嗎？不會的。掃地、洗衣、做菜是僕人們做的。古時候，體力勞動的工作，是低下的人的事情。因此，自貶身分的「謙讓語」是使用意志性的他動詞「する」。

皇帝只要下命令後等著，衣服及房間自然而然會變成整潔，飯菜也會準備好。因此，向對方表達敬意的「尊敬語」，就使用表示事物自然結果的自動詞「なる」，同時也會伴隨著表示結果的助詞「に」。

○「先生が、お待ちになっています。」（老師正等著你。）

○「私は、先生をお待ちしています。」（我等著老師。）

日本語

「先生が、お待ちになっています。」（尊敬語）

「先生を、お待ちしています。」（謙譲語）

　「尊敬語の方が長い。やだなあ。」と思う人がたくさんいるでしょう。でも、人間は怠け者で、すぐ近道を考え出します。特に日本人は、言葉の short cut を考え出すのが得意です。「お〜になります」「お〜になっています」「お〜になりました」という長い敬語を短くした表現が、「お〜です」という表現です。

「先生は、あした日本へお帰りです。」＜「先生は、あした日本へお帰りになります。」

「先生は、あなたをお待ちです。」＜「先生は、あなたをお待ちになっています。」

「先生は、もうお帰りです。」＜「先生は、もうお帰りになりました。」

　「です」はいかにも便利ですね。

　もう一つ、便利な表現があります。目上の人にお願いする時の表現は、「お〜になってください」ですが、それを「お〜ください」にすることができます。

「先生、お待ちになってください。」→「先生、お待ちください。」

　つまり、「お〜になってください」のうち、「になって」の部分を省略できるのです。

　これをもっと丁寧な表現にしたいと思うなら、「お〜願います」という表現を使えばいいのです。

「お待ちになってください」→「お待ちください」→「お待ち願います」

　しかし、「〜願います」という表現はやや堅苦しい言い方で、口調によっては命令調になるので、公式アナウンスの場合以外は使わない方が無難でしょう。

敬語 9

中文

「先生が、お待ちになっています。」（尊敬語）（老師正等著你。）

「先生を、お待ちしています。」（謙讓語）（我等著老師。）

　　可能有很多人會覺得「尊敬語好長啊，真討厭！」。但是，人天性懶惰，馬上就想出便捷的方法。特別是日本人很擅長將言語簡化。例如將「お～になります」、「お～になっています」、「お～になりました」等較長的敬語縮短變成「おー です」。

「先生は、あした日本へお帰りです。」＜「先生は、あした日本へお帰りになります。」（老師明天要回日本。）

「先生は、あなたをお待ちです。」＜「先生は、あなたをお待ちになっています。」（老師正等著你。）

「先生は、もうお帰りです。」＜「先生は、もうお帰りになりました。」（老師已經回去了。）

　　「です」實在是方便啊。

　　此外，還有一種方便的表達方式。拜託長輩、上級時可以將「お～になってください」改以「お～ください」方式表達。

「先生、お待ちになってください」→「先生、お待ちください」（老師請稍候）

　　也就是將「お～になってください」中的「になって」省略。

　　如果想表達得更客氣，只要使用「お～願います」表達即可。

「お待ちになってください」→「お待ちください」→「お待ち願います」（請稍候）

　　但是，「～願います」是比較拘謹鄭重的說法，有時會因為說話口氣而有命令的感覺，因此除了公告以外的場合，最好不要使用。

日本語

　「敬語」の精神を考えてみましょう。相手を尊敬するとは、どういうことでしょうか。「尊敬語」や「謙譲語」を使えば相手を尊敬したことになるのでしょうか。前回、

× 「先生、傘を持ってさしあげます」

は敬意を欠いた表現だと述べました。相手に恩着せがましく聞こえるからです。敬語とともに使わない方がいい文型には、次のようなものがあります。

× 「先生、魚を<u>召し上がりたい</u>ですか。」

× 「先生は、魚を<u>召し上がりたがっている</u>。」

　「〜たい」は自分の欲望を表現する文型、「〜たがる」は他人の欲望を覗く文型です。私たちは、自分の心の中の欲望を他人にわかってもらったり、他人の心の中の欲望を外から見ることはできません。自分の欲望を他人にわかってもらったり、他人の欲望がわかるのは、欲望を行為に表した時だけです。例えば、私は愛犬ライフ（来福）の欲望がわかりませんが、私がご飯を食べている横でライフが涎を流しているのを見て、初めて「あ、彼は食べたがっているのだ」とわかります。ですから、「先生は、魚を召し上がりたがっている。」と言うと、いかにも先生が涎を流して食べたそうにしているようじゃありませんか。他人の欲望を覗くのは失礼なことなのです。

　ですから、次のように表現すればよいでしょう。

○ 「先生、魚を<u>召し上がりますか</u>。」

　「〜ます」には動作者の意志の意味が入っています。

○ 「先生は、魚を<u>召し上がりたいようだ</u>。」

　「〜ようだ」などを付け加えて、相手の欲望を話者の判断として表現すればよいでしょう。

敬語 10

　　讓我們想一想「敬語」的精神吧！所謂尊敬對方是怎麼一回事？只要使用了「尊敬語」或「謙讓語」，就算尊敬了對方嗎？上一回提到過：

×「先生、傘を持ってさしあげます」

這句話是缺乏敬意的表現。因為讓對方聽起來有施惠於他的感覺。最好不要和敬語同時使用的句型如下：

×「先生、魚を<u>召し上がりたい</u>ですか。」（老師，您想吃魚嗎？）

×「先生は、魚を<u>召し上がりたがっている</u>。」（老師想吃魚。）

　　「～たい」是表達自己欲望的句型，「～たがる」是窺視他人欲望的句型。我們無法要別人了解自己心中的欲望，也無法從外表去看到他人心中的欲望。要別人了解自己心中的欲望，或者要知道他人的欲望，只有在那些欲望變成行為時才辦得到。例如，雖然我不知道愛犬來福的欲望，但是當我看到在我吃飯時，來福在一旁直流口水，才會知道「あ、彼は食べたがっているのだ」（喔，牠很想吃）。因此，如果說「先生は、魚を召し上がりたがっている」，不就像是說老師想吃想到流口水嗎？窺視他人的欲望是失禮的事。

　　因此，該使用下列的表現方式：

○「先生、魚を<u>召し上がり</u>ますか。」（老師，您吃魚嗎？）

　　「～ます」包含有動作者意志的意思在裡面。

○「先生は、魚を<u>召し上がり</u>たいようだ。」（老師好像想吃魚的樣子。）

　　加上「～ようだ」等，以說話者的判斷，來表達對方的欲望就可以了。

日本語

　では、命令形はどうでしょう。敬意を払うべき相手に命令するのは、いかにも失礼だと思われますね。

　しかし、意外にも敬語命令というのはあるのです。

「どうぞ、たくさん<u>召し上がれ</u>。」（たくさん食べてください）

　これは、「召し上がる」の命令形です。

「花を<u>召しませ</u>、<u>召しませ</u>花を」（花を持ってください）

　これはちょっと古い歌の歌詞ですが、「身に付ける」という意味の「召す」の命令形です。

「いらっしゃい<u>ませ</u>。」（歓迎光臨）

　これは、助動詞「ます」の命令形です。（「いらっしゃい<u>ませ</u>。」は、動詞「いらっしゃる」と助動詞「ます」の合成語です。）

「今献ぐる供え物を　主よ　清めて受け<u>給え</u>」（献金を受け取ってください）

　これは、私たちの教会で毎週奉献タイムに歌う、讃美歌 547 番です。「給う（たまふ→たまう→たもう）」は古語の助動詞で、「給え」はその命令形、敬意を払うべき相手への命令を表します。文語版の聖書には、このように神にお願いする時に「〜給え」をよく使います。

　これらの例は、形は命令形ですが、敬語であるため、「〜てください」という依頼の意味になります。このように、相手にとって有益なことならば、命令形を取っても失礼にはならないようです。

敬語 11

中文

　　那麼，命令形又是如何呢？命令你應該表達敬意的對象，一般會認為是失禮的事吧。

　　但令人意外的是，有敬語命令的用法。

「どうぞ、たくさん<u>召し上がれ</u>。」（たくさん食べてください）（請儘量吃。）

　　這是「召し上がる」的命令形。

「花を<u>召しませ</u>、<u>召しませ</u>花を」（花を持ってください）（請帶著花）

　　這是有點老的歌的歌詞，是有「帶著」意思的「召す」的命令形。

「いらっしゃい<u>ませ</u>。」（歡迎光臨。）

　　這是助動詞「ます」的命令形。（「いらっしゃい<u>ませ</u>。」是動詞「いらっしゃる」和助動詞「ます」的合成語。）

「今献ぐる供え物を　主よ　清めて受け<u>給え</u>」（主啊！請接受我們的奉獻）

　　這是我們教會每週奉獻時所唱的 547 號讚美歌。「給う（たまふ→たまう→たもう）」是古語助動詞，「給え」是命令形，用來命令應該表達敬意的對象。文言版的聖經裡，經常使用「〜給え」來祈求神。

　　這些例子雖然形態上是命令形，但因為是敬語的關係，具有像「〜てください」這樣請託的意思。如果是像這樣有益於對方的事，即便使用命令形，似乎也不會失禮。

日本語

　注意！

　「そんなこと、わかってるよ！」と叱られるかもしれませんが、念のため、確認します。

　「敬語」と「敬体」は同じではありません！

「敬語」：敬意を払うべき人の動作を表現する「尊敬語」（「おっしゃる」「お待ちになる」等）と、自分の動作を低く表現する「謙譲語」（「申す」「お待ちする」等）がある。

「敬体」：「～です」「～ます」などの丁寧体。遠慮のある関係の人に対して使う。「言います」「待ちます」など。反対は「常体」で、遠慮のない関係の人に対して使う。「言う」「待つ」などの普通体。

　つまり、「敬語／非敬語」が上下関係を表す縦軸だとすると、「敬体／常体」は親疎関係を表す横軸になります。

「敬語＋敬体」：尊敬するべき人の動作を、親しくない人に対して伝える時に使う。
　　　　　　　　例「吉田先生がそう<u>おっしゃいました</u>。」

「敬語＋常体」：尊敬するべき人の動作を、親しい人に対して使う。
　　　　　　　　例「吉田先生が、そう<u>おっしゃった</u>。」

「非敬語＋敬体」：尊敬する必要のない人の動作を、親しくない人に対して伝える時に使う。
　　　　　　　　例「私の弟が、そう<u>言いました</u>。」

「非敬語＋常体」：尊敬する必要のない人の動作を、親しい人に対して伝える時に使う。
　　　　　　　　例「私の弟が、そう<u>言った</u>。」

　「です／ます」を使ったからといって、相手を尊敬していることにはなりません。

敬語 12

注意！

可能有人會兇我：「那個我早知道了！」，但慎重起見，還是再確認一下。

「敬語」與「敬體」是不同的！

「敬語」：「敬語」有 2 種，一種是「尊敬語」，表示應該表達敬意的人的動作，如「おっしゃる」、「お待ちになる」等，另外一種是「謙讓語」，表示貶低自己動作，如「申す」、「お待ちする」等。

「敬體」：指的是像「〜です」、「〜ます」之類的客套形式。對需要客氣的人所使用。如「言います」、「待ちます」等。相反的是「常體」，對不需要客氣的人所使用，如「言う」、「待つ」之類的普通體。

總之，如果「敬語／非敬語」是表示上下關係的縱軸，「敬體／常體」就是表示親疏遠近的橫軸。

「敬語＋敬體」：是向不親近的人，說明自己應該尊敬的對象的動作。

　　　　例「吉田先生がそうおっしゃいました。」（吉田老師如此說。）

「敬語＋常體」：向親近的人，說明自己應該尊敬的對象的動作。

　　　　例「吉田先生が、そうおっしゃった。」

「非敬語＋敬體」：向不親近的人，說明自己不需尊敬的對象的動作。

　　　　例「私の弟が、そう言いました。」（我弟弟那樣說。）

「非敬語＋常體」：向親近的人，說明自己不需尊敬的對象的動作。

　　　　例「私の弟が、そう言った。」

不能說使用了「です／ます」，就是表示尊敬對方。

日本語

　敬語とは、敬意の表現です。いくら敬語を使っても、敬意がなければ本当に敬語を使っていることにはなりません。今回は「敬意を表さない言葉」を考えてみましょう。

　以前、「〜たがっている」は失礼な言い方だ、と述べました。「〜たがっている」は、敬語とミスマッチする言葉なのです。このように敬語とミスマッチする言葉に、「なかなか」という副詞があります。

×「吉田先生は、<u>なかなか</u>いい先生ですね。」

×「先生の書いた教科書は、<u>なかなか</u>役に立ちますね。」

　これは、私が以前ある学生に言われた言葉ですが、一瞬ムッとしました。「なかなか」は、目下の人やその人に属する物を評価する言葉なのです。

○「このパソコンは<u>なかなか</u>便利だ。」

○「○○君、あなたの作文、<u>なかなか</u>よく書けていますね。」

　つまり、「なかなか」は「上から目線」で物や人を評価する言葉なので、敬意表現にはならないのです。

　但し、本人がいない場所でその人やその人に属する物について言う場合は可能です。

○「僕は吉田先生は<u>なかなか</u>いい先生だと思うけど、君はどう思う？」

○「あの先生の書いた教科書は<u>なかなか</u>役に立つよ。君も読んだらいいよ。」

敬語 13

中文

　　所謂的敬語，是敬意的表現。縱使用再多的敬語，如果沒有敬意，就不能算是真正使用敬語。這一回我們就來看看「未表達敬意的語彙」吧！

　　先前，曾提到「～たがっている」是失禮的說法。因為「～たがっている」是和敬語不搭的語彙。像這樣和敬語不搭的語彙，還有副詞「なかなか」（還、尚且）。

×「吉田先生は、なかなかいい先生ですね。」（吉田老師，是位還不錯的老師。）

×「先生の書いた教科書は、なかなか役に立ちますね。」

　　（老師寫的教科書，還滿有用耶。）

　　這是以前某位學生對我講的話，瞬時讓我為之氣結。因為「なかなか」是評價下位者及屬於他們的事物的語彙。

○「このパソコンはなかなか便利だ。」（這台電腦還滿方便的。）

○「○○君、あなたの作文、なかなかよく書けていますね。」

　　（某某同學，你的作文，寫得還不錯耶。）

　　總之，「なかなか」是以「上對下」的觀點來評價物或人的語彙，因此不是敬意的表現。

　　但是，如果本人不在現場時，是可以如此地評價其人或屬於他的事物。

○「僕は吉田先生はなかなかいい先生だと思うけど、君はどう思う？」

　　（我覺得吉田老師是位還不錯的老師，你覺得如何？）

○「あの先生の書いた教科書はなかなか役に立つよ。君も読んだらいいよ。」

　　（那位老師寫的教科書還滿有用的喔。你也可以一讀喔！）

第 **24** 回　敬語 14

日本語

　　最も滑稽なのは、人を罵る言葉を敬語にすることです。

　　以前、台湾のある大学に日本の T 教授が来て何年間も教えていました。ある時、T 教授の友人の J 教授が台湾に来て挨拶をする時、T 教授のことに触れました。

「T 教授は台湾が大分気に入られたようで、その後台湾に<u>お住み着きになりまして</u>……」

　　それを聞いて、私は吹き出しました。「住み着く」という動詞は確かに「住まいが定まって落ち着く」「永住する」という意味ですが、実際は浮浪者や野良犬などがどこかに居を定めた場合など、つまりあまり歓迎されない対象が定住した場合に用いられます。J 教授は T 教授と親しい仲だったので冗談で「住み着く」と突っ込み、でも公衆の面前だから一応敬語を使おうという気持ちで「お住み着きになる」とやったのでしょうが、「住み着く」という言葉と、高度の敬意を表す「お〜になる」という形式はミスマッチして滑稽なのです。

　　もし、冗談と敬意と両方を表したいなら、遺憾の意を表す補助動詞「〜てしまう」と低度の敬意を表す「〜られる」を使って、「住み着いてしまわれて」と言ったらどうでしょうか。

　　補助動詞には「〜てしまう」の他に「〜ている」「〜てある」「〜ておく」「〜てみる」「〜てあげる」「〜てもらう」「〜てくれる」「〜ていく」「〜てくる」、合計 10 個あります。補助動詞は、敬語の敬意度を調整するのに便利です。

敬語 14

中文

　　最有趣的是，把罵人的話改成敬語。

　　以前，有位日本的 T 教授來台灣教了很多年的書。有一次，T 教授的友人 J 教授來台灣拜訪，致詞時，談及 T 教授的事。

　　「T 教授は台湾が大分気に入られたようで、その後台湾に<u>お住み着きになりまして</u>……」（T 教授好像很中意台灣的樣子，之後就一直在台灣落腳……）

　　我聽了差點噴飯。「住み着く」這個動詞確實是有「固定住所」、「永住」的意思，但實際上是指如流浪漢、野狗之類在某個地方落腳下來，亦即指不太受歡迎的對象安頓下來的意思。J 教授因為和 T 教授很熟，所以消遣他是「住み着く」，但因為是在公眾場合，想說還是使用敬語，於是說成「お住み着きになる」吧！將「住み着く」和表達高度敬意「お〜になる」混用，實在滑稽！

　　如果想同時表達開玩笑及敬意的話，可以使用表示遺憾之意的補助動詞「〜てしまう」和表示低度敬意的「〜られる」，說成「住み着いてしまわれて」較適宜吧。

　　補助動詞除了「〜てしまう」之外，還有「〜ている」、「〜てある」、「〜ておく」、「〜てみる」、「〜てあげる」、「〜てもらう」、「〜てくれる」、「〜ていく」、「〜てくる」合計 10 個。補助動詞很便於用來調整敬語的尊敬度。

日本語

　さて、これまで述べてきた敬語動詞はすべて和語でした。今回から、漢語動詞の敬語についてお話します。まず、漢語動詞についてお話します。漢語動詞は「サ変動詞」「スル名詞」「動作名詞」とも言われ、「旅行」「紹介」「賛成」など動作を表す漢語名詞に「する」を付けて動詞化した語です。

「漢語動作名詞＋する」：例「旅行（を）する」「紹介（を）する」「賛成する」「反対する」

　では、どうして「旅行（を）する」「紹介（を）する」は「を」を伴うことができるのに、「賛成する」には「を」を伴わないのでしょうか。「旅行する」「紹介する」などの動詞は、もともと「日本を旅行する」「友達を紹介する」などのように「を」を伴います。しかし、「賛成する」「反対する」は、もともと「彼の意見に賛成する」「法案に反対する」などのように「を」を伴いません。もともとの動詞が「を」を伴うか伴わないか、が問題になります。

　また、「テニス」「水泳」などのスポーツ名詞、「トランプ」「ゲーム」などの遊戯名詞などは「テニス（を）する」「水泳（を）する」「トランプ（を）する」「ゲーム（を）する」などのように、「を」を伴うことができます。さらに「電話」「メール」「蓋」「栓」など、もともと名詞の語には「電話（を）する」「メール（を）する」「蓋（を）する」「栓（を）する」など、「を」を伴います。つまり、名詞性の強い語ほど「を」を伴いやすいと言えます。　反対に「崩壊する」「炎上する」「発生する」など、人間の動作でない漢語動詞は「を」を伴うことができないのでご注意ください。

敬語 15

中文

　　話說，目前為止所講的敬語動詞都是和語。從這回開始，來講漢語動詞的敬語。首先，先說說漢語動詞。漢語動詞又被稱為「サ変動詞」、「スル名詞」、「動作名詞」，亦即在「旅行」、「紹介」、「賛成」等表動作之漢語名詞後面加上「する」，使它動詞化的語詞。

「漢語動作名詞＋する」：**例**「旅行（を）する」、「紹介（を）する」、「賛成する」、
　　　　　　　　　　　　　「反対する」

　　那麼，為什麼「旅行（を）する」、「紹介（を）する」可以加「を」，但「賛成する」卻不可呢？那是因為「旅行する」、「紹介する」之類的動詞，原本就如「日本を旅行する」、「友達を紹介する」等伴隨著「を」。但是「賛成する」、「反対する」，原本就如「彼の意見に賛成する」、「法案に反対する」等並沒有伴隨著「を」。原本的動詞有沒有伴隨著「を」就是問題的所在。

　　此外，「テニス」、「水泳」等的運動類名詞、「トランプ」、「ゲーム」等的遊戲類名詞，可以加「を」形成如同「テニス（を）する」、「水泳（を）する」、「トランプ（を）する」、「ゲーム（を）する」來使用。還有，「電話」、「メール」、「蓋」、「栓」等本來就是名詞的語詞，也可以如「電話（を）する」、「メール（を）する」、「蓋（を）する」、「栓（を）する」，伴隨著「を」來使用。總之，可以說名詞性愈強的語詞，愈容易加「を」使用。相反地，請注意如「崩壊する」、「炎上する」、「発生する」等非屬人為動作的漢語動詞，則不可加「を」使用。

日本語

　「漢語動作名詞＋（を）する」型の動詞は、あくまで「する」の部分が動詞ですから、変化するのは「する」の部分です。例えば、受身形にする時は次のようになりますからご注意ください。

× 「法案が、野党に反対られた。」

〇 「法案が、野党に反対された。」

　「漢語動作名詞＋（を）する」型の動詞の敬語も、「する」の部分が変化します。「する」の尊敬語は「される」「なさる」、謙譲語は「いたす」です。

尊敬語 「A 先生が B 先生を紹介されました」「A 先生が B 先生を紹介なさいました」

謙譲語 「私が B 先生を紹介いたしました」

　しかし、上記の文に「を」を挿入すると次のようになります。

尊敬語× 「A 先生が B 先生を紹介をされました」

　　　　× 「A 先生が B 先生を紹介をなさいました」

　　　　〇 「A 先生が B 先生の紹介をされました」

　　　　〇 「A 先生が B 先生の紹介をなさいました」

謙譲語× 「私が B 先生を紹介をいたしました」

　　　　〇 「私が B 先生の紹介をいたしました」

　文には「二重ヲ格の禁」という規則があり、1 つの文に 2 つ以上のヲがあってはいけないのです。

　また、「漢語動作名詞＋（を）する」型の動詞では、漢語名詞の部分に時々「ご」を用います。

尊敬語： 「A 先生が B 先生をご紹介されました」

　　　　 「A 先生が B 先生をご紹介なさいました」

謙譲語： 「私が B 先生をご案内いたします」

　しかし、ある漢語名詞には「お」をつけます。

尊敬語： 「A 先生が B 先生にお電話されました」

　　　　 「A 先生が B 先生とお食事なさいました」

謙譲語： 「私が先生にお電話いたします」

　通常漢語名詞には「ご」がつくはずなのに、なぜ「お」がつく漢語があるのでしょうか。

敬語 16

中文

　　「漢語動作名詞＋（を）する」型的動詞中，畢竟只有「する」部分是動詞，所以變化是在「する」的部分。例如要變成被動形時如下例，請注意：

×「法案が、野党に<u>反対られた</u>。」

○「法案が、野党に<u>反対された</u>。」（法案被在野黨反對。）

　　「漢語動作名詞＋（を）する」型動詞的敬語，也是在「する」部分變化。「する」的尊敬語是「される」、「なさる」，謙讓語是「いたす」。

尊敬語「A 先生が B 先生を紹介されました」

　　　　「A 先生が B 先生を紹介なさいました」（A 老師介紹了 B 老師）

謙讓語「私が B 先生を紹介いたしました」（我介紹了 B 老師）

　　但是，上述的句子如果插入「を」的話，就會變成下面這樣。

尊敬語×「A 先生が B 先生を紹介をされました」

　　　　×「A 先生が B 先生を紹介をなさいました」

　　　　○「A 先生が B 先生の紹介をされました」

　　　　○「A 先生が B 先生の紹介をなさいました」

謙讓語×「私が B 先生を紹介をいたしました」

　　　　○「私が B 先生の紹介をいたしました」

　　句子有「禁止使用雙重を格」的規則，1 個句子不可以使用 2 個以上的「を」。

　　此外，「漢語動作名詞＋（を）する」型的動詞，在漢語名詞的部分，有時要加上「ご」：

尊敬語：「A 先生が B 先生を<u>ご紹介</u>されました」

　　　　「A 先生が B 先生を<u>ご紹介</u>なさいました」（A 老師介紹了 B 老師）

謙讓語：「私が B 先生を<u>ご案内</u>いたします」（我來幫 B 老師導覽）

　　但是，某些漢語名詞要加「お」：

尊敬語：「A 先生が B 先生に<u>お電話</u>されました」（A 老師打了電話給 B 老師）

　　　　「A 先生が B 先生と<u>お食事</u>なさいました」（A 老師和 B 老師吃了飯）

謙讓語：「私が先生に<u>お電話</u>いたします」（我要打電話老師）

　　通常漢語名詞之前應該是加「ご」，但是為什麼也有加「お」的呢？

日本語

　「漢語動作名詞＋（を）する」型の動詞を使った依頼表現は、次のような慣用表現になります。

×「ご紹介されてください」（受身形の「される」と混乱しやすいため）

〇「ご紹介なさってください」

　また、次の表現もあります。

「ご紹介なさってください」→「ご紹介ください」

「ご理解なさってください」→「ご理解ください」

「ご容赦なさってください」→「ご容赦ください」

「ご注意なさってください」→「ご注意ください」

　これは依頼と言うより指示、または相手が依頼を承諾するとわかっている場合の表現です。また、

「ご紹介なさってください」→「ご紹介願います」→「ご紹介を」

「ご理解なさってください」→「ご理解願います」→「ご理解を」

「ご容赦なさってください」→「ご容赦願います」→「ご容赦を」

「ご注意なさってください」→「ご注意願います」→「ご注意を」

　こうなると、依頼・指示というより命令に近い表現になりますね。

敬語 17

中文

　　使用「漢語動作名詞＋（を）する」型動詞的委託表現，要使用下列的慣用表現方式。

×「ご紹介されてください」（因為易與被動形的「される」混淆）

○「ご紹介なさってください」（請介紹）

　　此外，還有以下的表現方式。

「ご紹介なさってください」→「ご紹介ください」（請介紹）

「ご理解なさってください」→「ご理解ください」（請理解）

「ご容赦なさってください」→「ご容赦ください」（請原諒）

「ご注意なさってください」→「ご注意ください」（請注意）

　　這些與其說是委託，不如說是指示、或者知道對方會接受己方委託時的用法。還有：

「ご紹介なさってください」→「ご紹介願います」→「ご紹介を」

「ご理解なさってください」→「ご理解願います」→「ご理解を」

「ご容赦なさってください」→「ご容赦願います」→「ご容赦を」

「ご注意なさってください」→「ご注意願います」→「ご注意を」

　　如此一來，與其說是委託或指示，倒不如說是更接近於命令呢。

日本語

　今回から、「お」のつく名詞、いわゆる「美化語」についてお話しします。

　まず、敬意を払うべき人の持ち物には、基本的に「お」（または「ご」）をつけます。しかし、何にでも「お」をつければ優雅になる、というものではありません。「お」をつけることができない語には、まず外来語があります。

〇「お台所」　×「おキッチン」

〇「お稽古」　×「おレッスン」

〇「お茶碗・お皿・お箸」　×「おカップ・おナイフ・おフォーク」

　ちょっと待て、「おトイレ」「おビール」と言うではないか、という反論が出るかもしれませんね。しかし、「トイレ」というのは和製英語で、本来は「toilet（トイレット）」です。和製英語だと外国語と感じられないのでしょう。

　また、「おビール」というのは、社会的・歴史的な背景があります。この言葉は、バーの女給が使い始めた言葉です。昔はバーの女給になるのは、貧しくてまともな教育が受けられなかった女性でした。彼女たちは、金持ちの客を相手に、自分を上品に見せるために敬語を使おうとしました。敬語がきちんと使えないのは、教育のない証拠だと見なされていたからです。それで、とりあえず何にでも「お」をつける習慣になったと思われます。この事実について、おもしろいエピソードがありますが、それはまた次回にご紹介しましょう。

敬語 18

中文

　　從這回開始，要談加「お」的名詞，也就是所謂的「美化語」。

　　首先，對於我們需要對他表達敬意的人所擁有的東西，基本上要加「お」（或是「ご」）。但是，並非任何東西只要加上「お」就可變得優雅。首先，外來語不可加「お」。

○「お台所」（廚房）×「おキッチン」

○「お稽古」（練習）×「おレッスン」

○「お茶碗・お皿・お箸」（碗・盤・筷子）×「おカップ・おナイフ・おフォーク」

　　等一下，也許有人會提出反駁說，不是也有「おトイレ」、「おビール」的講法嗎？但是，「トイレ」是屬於和製英語，原本的英語應該是「toilet（トイレット）」才對。如果是和製英語的話，就不會讓人感覺是外國語吧！

　　此外，「おビール」的說法，是有其社會及歷史的背景。這個說法，是吧女開始使用的。從前會去當吧女的人，都是貧窮而且沒有受過正規教育的女性。她們為了讓有錢的客人覺得自己高尚，會刻意使用敬語。因為如果不會正確地使用敬語的話，會被視為沒有受過教育的證據。因此，她們就養成不管說什麼都加上「お」的習慣。也因而，曾有一段有趣的插曲，下一回再述。

日本語

　昔、まだ教育制度が行き渡っていなかった戦前の田舎では、女の子は年頃になるとその地域のお金持ちの家に女中奉公に行き、家の手伝いをする傍らそこの奥様に行儀作法・家事などを教えてもらい、奉公が明けると家に帰って適当なところに嫁に行っていました。

　ある娘が、近所の大金持ちのお屋敷に奉公に行くことになりました。親戚や近所の人たちが来て言いました。

「お屋敷に行ったら、上品な言葉を使いなさい。何にでも『お』をつけて言いなさい。」

　娘はお屋敷に行って、何にでも「お」をつけて話しました。

「奥様、お風が吹いて、お窓ガラスがおガタおガタお揺れていますね。」

　奥様は吹き出して、言いました。

「そんなに『お』をつけなくてもよろしい。」

　すると、奥様の言うことは何でも素直に聞く娘は、次に言いました。

「くさま、このかずはいしいですね。（おくさま、このおかずはおいしいですね）」

奥様は卒倒しました。

（以上、古典落語の小話から）

　このように、美化語は、①物の持ち主を美化する（「先生のお洋服」等）、②物そのものを美化する（「お手洗い」等）の他に、③発話者の品格を高く見せる、つまり「発話者の自己美化」という機能があるようです。「おビール」も、この「自己美化」の類いでしょう。

敬語 19

中文

　　從前，教育尚未普及的戰前農村，女孩子到了適齡期，就會到當地的有錢人家幫傭。除了幫忙家務外，那裡的女主人也會教導禮儀及家事等。等幫傭結束返家後，再找個適當的人家出嫁。

　　有個女孩，已確定要去附近的大富豪家幫傭。親戚和附近的人們就來跟她說：
「去宅邸工作的話，講話要用上流的語言。不管說什麼，都要加個『お』。」

　　於是，女孩去了宅邸後，不管說什麼都加個「お」。
「奥様、お風が吹いて、お窓ガラスがおガタおガタお揺れていますね。」（「夫人，外面風大，窗咔達咔達響著呢！」）

　　一聽，夫人為之噴飯說：
「用不著加那麼多『お』也沒關係。」

　　如此一來，向來夫人講什麼就聽什麼的女孩，就說了以下的話。
「くさま、このかずはいしいですね。（おくさま、このおかずはおいしいですね）」
（夫人，這道菜很好吃耶。）

　　夫人當場昏倒。
（以上摘自於古典落語的小趣聞。）

　　如上所述，美化語除了①美化物品的所有人（如「先生のお洋服」（老師的衣服）等）、②美化物品本身（如「お手洗い」（洗手間）等）之外，似乎也具有③讓說話者顯得較高尚，亦即「說話者的自我美化」之功能，如「おビール」即屬於這一類吧！

日本語

　美化語というのは、名詞だけに限らず、動詞にも見られます。皆さん、「桃太郎」の歌をご存じですか。

「桃太郎さん、桃太郎さん。お腰につけたきび団子、一つ私にくださいな。」

　これは1番ですが、2番の正確な歌詞をご存じですか。

「やりましょう、やりましょう。これから鬼の征伐に　付いて行くならやりましょう。」

　これが正しい元歌です。しかし、現代の人は「やりましょう」でなく「あげましょう」と歌うようです。「やる」というのは「上の者から下の者に対して与える」という意味です。自分の子供、弟妹、部下、学生、犬など目下の者に物を与える時は、「やる」を使ってもいいのです。でも、「やる」はあまりにも「上から目線」の表現で民主主義の現代には合わないということで、現代人は「やる」を使うのを避ける傾向があります。それでもこの社会に上下関係というのは厳然としてあるのですから、目下の者に対して「あげる」と言うのは一種の「美化語」と考えていいでしょう。

敬語 20

中文

　　所謂的美化語，不限於名詞，亦見於動詞。各位知道「桃太郎」的歌嗎？
「桃太郎さん、桃太郎さん。お腰につけたきび団子、一つ私にくださいな。」（桃太郎、桃太郎，你繫在腰上的黍糰子，給我 1 個吧！）

　　這是第 1 段，那各位知道第 2 段的正確歌詞嗎？
「<u>やりましょう</u>、<u>やりましょう</u>。これから鬼の征伐に　付いて行くなら<u>やりましょう</u>。」（給你吧、給你吧！現在我要去討伐惡鬼，跟隨我去就給你吧！）

　　這是原來正確的歌詞。但是，現代的人似乎都將「やりましょう」唱成「あげましょう」。「やる」有「上位者給予下位者」這層意思。給自己的小孩、弟妹、部下、學生、狗等晚輩或部屬東西時，可以使用「やる」。但是，「やる」是太過於「高高在上」的表現，不符合現代民主主義的潮流，因此現代人有避免使用「やる」的傾向。即便如此，這個社會的上下關係仍然嚴苛，所以對晚輩、部屬使用「あげる」，也可視為一種「美化語」吧！

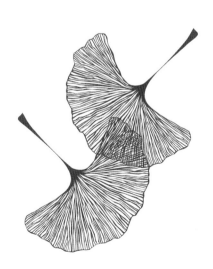

日本語

　何回か前に、通常漢語名詞には「ご」がつくはずなのに、なぜ「お電話」と言うのか、という問題提起をしました。今日はその問題について、私の解釈をお話ししましょう。

　まず、「漢語＝中国伝来の語＝音読みの語」という思い込みを捨ててください。「漢語」は必ず「中国伝来の語」ですが、「音読みの語」は必ずしも「漢語」「中国伝来の語」ではありません。「紹介」「注意」などは中国伝来の漢語を元にして作られた紛れもない漢語ですが、「電話」は果たして漢語でしょうか。

　時代が下ってくると、日本人は自由に漢語を使いこなすことができるようになり、漢字を用いて自分たちで勝手に漢語を作るようになりました。例えば、戦争中は英語禁止だったので、「パーマ（permanent wave）」を「電髪」と言ったりしました。このような「和製漢語」は現代ではますます増え、「過労死」「弁当」などは逆に外国に輸出されて、英語でもそのまま「karoshi」「bento」などとローマ字表記されています。つまり、音読みするから漢語なのではなく、たとえ音読みしても日本人が勝手に作った言葉は中国伝来の語ではないから、漢語とは認識されないのです。漢語と認識されないのであれば、「ご」でなく「お」が付くわけです。

　「電話」が日本に輸入されたのは電話機が発明されてわずか13年後の1889年、中国より早かったと推測されます。「電話」という訳語を考えたのも、日本人ではないでしょうか。それ故、「お電話」と言うようになったと考えられます。

敬語 21

中文

前幾回曾提到，漢語名詞通常前面會加「ご」，但為何會說「お電話」呢？今天就這個問題，提出我的解釋。

首先，請捨棄「漢語＝中國傳來語＝音讀語」這樣先入為主的觀念。「漢語」必定是「中國傳來語」，但「音讀語」未必是「漢語」或「中國傳來語」。像「紹介」、「注意」之類的語詞，無疑是根據中國傳來的漢語所造出來的，但「電話」果真是漢語嗎？

隨著時代的演進，日本人更自在地使用漢語，也會任意地使用漢字造出漢語。例如二戰時因為英語遭禁，所以就將「パーマ」（permanent wave）說成「電髮」。像這樣的「和製漢語」在現代日益增加，甚至於諸如「過労死」、「弁当」等語相反地還輸出到外國，在英語裡就照原來的發音「karoshi」、「bento」等，以羅馬字的方式標記。總之，並非音讀的字就是漢語，即使是音讀，只要屬於日本人任意造出來的，因為不是從中國傳來，所以就不能視為漢語。不能視為漢語的話，當然就該加「お」而非加「ご」了。

「電話」發明後，僅過了 13 年，就於 1889 年引進日本，據推測早於中國。首先想到「電話」的譯語的，應該是日本人吧！因此，才會說成「お電話」。

日本語

　今回は、挨拶言葉につく「お」について考えます。

　「お早うございます」「ありがとうございます」「おめでとうございます」は、それぞれ「早い」「ありがたい」「めでたい」という形容詞の古形です。戦前は、「高いです」「安いです」とは言わず、「高う（たこう）ございます」「安う（やすう）ございます」と言うのが正しい文法でした。それで、「早いです」「ありがたいです」「めでたいです」も、「早う（はよう）ございます」「ありがとうございます」「めでとうございます」と言いました。現代語では「高いです」「安いです」という簡約形になり、「～うございます」の形は、ただ「お早うございます」「ありがとうございます」「おめでとうございます」という挨拶言葉だけに残っています。

　では、「早うございます」「めでとうございます」には「お」を付けて「お早うございます」「おめでとうございます」と言うのに、どうして「ありがとうございます」には「お」を付けて「×おありがとうございます」と言わないのでしょうか。理由は至って単純、母音で始まる語の前には「お」が付きにくいからです。ア行で始まる言葉を辞書で調べてください。「お」が付けられる言葉は少ないはずです。但し、「おありがとうございます」と言う場合もあります。それは、乞食が金品を恵んでもらった時などに言うお礼の言葉で、たいそう卑屈に聞こえます。私の友達はタバコを切らしてしまって友達に恵んでもらった時など、冗談で「おありがとうございます」と言っていますが……

敬語 22

中文

　　這回就來討論寒暄用語加「お」的問題。

　　「お早うございます」（早）、「ありがとうございます」（謝謝）、「おめでとうございます」（恭喜）分別是「早い」、「ありがたい」、「めでたい」這些形容詞的古形，在戰前不說「高いです」、「安いです」，當時「高う（たこう）ございます」、「安う（やすう）ございます」才是正確的文法。因此，「早いです」、「ありがたいです」、「めでたいです」等語，以前也分別是「早う（はよう）ございます」、「ありがとうございます」、「めでとうございます」。在現代語已變成如「高いです」、「安いです」的簡約形，只有「お早うございます」、「ありがとうございます」、「おめでとうございます」等寒暄用語還留有「～うございます」的形態。

　　那麼，為什麼「早うございます」、「めでとうございます」前面可以加「お」形成「お早うございます」、「おめでとうございます」，而「ありがとうございます」前就不可以加「お」形成「×おありがとうございます」呢？理由很簡單，因為母音開頭的語詞之前很難加「お」。請利用字典查查看ア行開頭的詞語，應該很少有可以加「お」的。但是，有時候還是會說「おありがとうございます」。那是乞丐收到人家施捨的金錢或物質時的答謝之詞，聽起來很低聲下氣。不過當我的朋友手邊沒菸向朋友要時，會跟朋友開玩笑說「おありがとうございます」……。

第**33**回　**敬語 23**

日本語

　母音で始まる語の前には「お」が付きにくい、という典型的な例を挙げましょう。

　シモネタで恐縮ですが（実は私の得意分野なんですが）、「おしっこ（尿）」には「お」が付いて、「うんこ（大便）」には「お」が付かないのは、何故でしょうか。

　1000年も昔、「おしっこ」のことを「ゆばり（尿）」、「うんこ」のことを「おまる」と言っていました。つまり、昔は現代とは逆に、小便には「お」が付かないで、大便には「お」がついていたのです。「ゆばり」は半母音で始まる語ですから「お」が付きにくく、「まる」は子音で始まる語ですから「お」が付けやすいです。しかし、現代語では「しっこ」は子音で始まる語ですから「お」が付けやすく、「うんこ」は母音で始まる語ですから「お」が付きにくいのです。

　なお、「しっこ」「うんこ」の語源は、排尿を促す時の「しー」という声、排便を促す時の「うん」という気張る声から来ている擬声語によると思われます。

　汚い話をするなって？　言語の分析は学問です。学問にきれいも汚いもありません！

敬語 23

中文

以母音為首的語詞前面比較難加上「お」，舉些典型的例子吧。

以下要說的有些汙穢而難以啟齒（實際上是我的專長），為何「おしっこ」（尿）可以加「お」，「うんこ」（大便）卻不行？

1000 年前，「おしっこ」叫「ゆばり」（尿）、「うんこ」叫「おまる」。總之古時候跟現代相反，小便不加「お」，大便是要加「お」的。「ゆばり」是半母音開頭的語詞所以比較難加上「お」，而「まる」是子音為首的語詞故容易加「お」。但是在現代語，「しっこ」是以子音開頭的語詞所以容易加「お」，而「うんこ」是母音開頭的語詞所以比較難加「お」。

此外，「しっこ」、「うんこ」的語源，一般認為分別來自催促排尿時發出的「しー」（噓）聲，和催促排便時用力發出的聲音「うん」（嗯）的擬聲語。

咦，你說不要談這些穢言穢語的話題？語言分析是門學問，在學問裡無乾淨、汙穢之分的！

日本語

　「お」を付けるのと付けないのとでは、意味が違う場合があります。

「あし（足）」：動物の地を這う身体器官　「おあし（お足）」：お金

「かみ（神）」：神様　　　　　　　　　　「おかみ（女将）」：料亭の女主人

「しゃれ（洒落）」：ジョーク　　　　　　「おしゃれ（お洒落）」：身体を飾ること

「そなえ（備え）」：準備　　　　　　　　「おそなえ（お供え）」：神への献げ物

「ちょうし（調子）」：状態　　　　　　　「おちょうし（お銚子）」：酒壺

「とり（鳥）」：鳥類の生物　　　　　　　「おとり（囮）」：捕獲目的の生贄

「にぎり（握り）」：握り寿司　　　　　　「おにぎり（お握り）」：握り飯

「まもり（守り）」：守備　　　　　　　　「おまもり（お守り）」：護符

「まる（丸）」：〇　　　　　　　　　　　「おまる（お丸）」：子供用の便器

　まだまだあります。皆さんも探してください。

　接頭語の「お」は、単に対象を美化するために使われるだけではありません。「お」を付けると付けないとでは、語形成に与える影響が大きいということを知っていただきたいのです。

敬語 24

中文

　　有些時候，加不加「お」會形成不一樣的意思。

「あし（足）」：動物藉以行走於地上的身體器官　「おあし（お足）」：錢

「かみ（神）」：神　　　　　　　　　　　　　「おかみ（女将）」：餐廳的老闆娘

「しゃれ（洒落）」：開玩笑　　　　　　　　　「おしゃれ（お洒落）」：打扮

「そなえ（備え）」：準備　　　　　　　　　　「おそなえ（お供え）」：祭品

「ちょうし（調子）」：狀態　　　　　　　　　「おちょうし（お銚子）」：酒壺

「とり（鳥）」：鳥類　　　　　　　　　　　　「おとり（囮）」：誘餌

「にぎり（握り）」：握壽司　　　　　　　　　「おにぎり（お握り）」：飯糰

「まもり（守り）」：守備　　　　　　　　　　「おまもり（お守り）」：護身符

「まる（丸）」：○　　　　　　　　　　　　　「おまる（お丸）」：兒童用便盆

　　應該還有很多，請大家也自己找找看。

　　接頭語「お」不單單只是美化對象而已。希望大家了解，加不加「お」也會對於語詞的形成造成很大的影響。

日本語

　天体の名詞に「お」が付くか付かないか、考えてみましょう。

「日（太陽）」：「×お日」「〇お日様」

「月」：「×お月」「〇お月様」

「星」：「？お星」「〇お星様」

　「日（太陽）」は世界に一つしかなく、しかも日がなければ人は死んでしまいますから、最高敬語の「お」と「様」を付けます。「太陽」という漢語もあります。

　「月」も世界に一つしかありませんが、なくても困らない存在ですから、2番目の尊敬対象です。

　「星」はたくさんあるし、なくても人は困らないから、時に「お」を付けて「お星」と言うこともあります。

　その他の自然現象「雨」「雲」「風」などは、まったく「お」も「様」も付けることはありません。人間の意志の支配外にあるものと認識されているからでしょう。

敬語 25

中文

我們來討論天體名詞加不加「お」的問題吧。

「日（太陽）」：「×お日」「○お日様」

「月」：「×お月」「○お月様」

「星」：「？お星」「○お星様」

「日」世界上只有一個，而且沒有它的話人會死，所以要加上最高敬語的「お」和「様」。也有「太陽」這個漢語。

「月」世界上也只有一個，但是因為即使沒有了它也沒關係，所以列為第 2 等的尊敬對象。

「星」不計其數，而且即使沒有了它也沒關係，所以有時會加上「お」，稱它為「お星」。

其他的自然現象如「雨」、「雲」、「風」等，則完全不加「お」和「様」。大概是因為它們是在人類意志支配之外吧！

日本語

　自然物についてはどうでしょうか。

「○お山」「×お丘」「×お海」「×お川」「×お湖」「×お沼」「○お池」

　自然物の中でも、日本人にとって「山」は特別な存在のようです。日本には昔から自然信仰、特に山岳信仰があって、山には神様が住んでいるとされてきました。特に宗教を持たない人でも、山奥に入ると神秘的な気持ちになったものです。「山の神」という言葉は「山を支配する神」という意味以外に、「口やかましい古女房」を意味することさえあるくらいです。また、ある仏教の宗派は富士山を総本山としていますから、他の山と区別して富士山を「お山」と言っているようです。

　それに対して、「海」「川」「湖」「沼」など、水のある所には一切「お」が付きません。人間とは関係なくできあがったものだからでしょう。しかし、「池」には「お」が付きますが、これは「池」とは家の庭に人工的に作ることもできるし、生活に身近な「水所」だったからでしょう。

　宗教観念を含む「山」以外では、人間が作る「池」だけに「お」を付けるのは、日本人の労働を尊ぶ心が表れていると言えないでしょうか。

敬語 26

中文

關於自然物又如何呢？

「○お山」「×お丘」「×お海」「×お川」「×お湖」「×お沼」「○お池」

對日本人來說，自然物當中，山似乎是特別的。日本自古就有對自然的信仰，特別是對山岳的信仰，認為山是神住的地方。即使沒有宗教信仰的人，一踏入深山還是會有神祕的感覺。「山の神」除了意指「支配山的神」之外，也可以指「嘮嘮叨叨的老妻」。此外，某個佛教宗派以富士山為總本山，所以為了跟其他的山有所區別，就稱富士山為「お山」。

相對地，「海」、「川」、「湖」、「沼」等有水的地方，就完全不加「お」。大概是因為它們的產生跟人沒有關連吧！但是，「池」就可以加「お」，這可能是因為「池」可以以人工的方式建在家中的院子裡，而且是屬於貼近生活的水域吧！

除了具有宗教觀念的「山」之外，只對人所造的「池」加上「お」，這點可以說是表現出日本人尊敬勞動的想法吧！

日本語

　「お」を付けた「美化語」は当然、男性よりも女性の間で多く使われます。「お着物」「お洋服」「お化粧品」など普段女性が扱うものには必ず付けられます。特に、「お料理」「お台所」「お水」「お米」「お野菜」「お肉」「お魚」など、食生活に関したものにはほとんど付けられます。

　では、個々の野菜には「お」が付けられるでしょうか。

「〇お大根」「〇お豆」「〇お茄子」「〇お葱」「〇お芋」

「×お人参」「×お牛蒡」「×お南瓜」「×お蓮」「×お胡瓜」

　「大根」「豆」「茄子」「葱」などは、比較的早期に日本に入ってきました。それで、和語として定着しやすかったのだと思われます。これに対して、「人参」「牛蒡」「南瓜」「蓮」「胡瓜」などは比較的後期に入ってきました。「芋」が入ってきたのは江戸時代からですが、飢饉の時の非常食として準主食とされていたこと、また2拍音なので「お」が付けやすいという事情があったためと考えられます。また、西洋野菜の「キャベツ」「ピーマン」「トマト（日本ではトマトは野菜に属します）」などに「お」を付けないのはもちろんのことです。

　なお、同じ豆でも「えんどう - 豆」「そら - 豆」などは合成語ですから、「お」が付きません。しかし、同じ合成語でも「じゃが - 芋」「薩摩 - 芋」は日常親しまれている野菜なので、最初の2音節を取って「<u>お</u>じゃが」「<u>お</u>さつ」などと言っています。

敬語 27

中文

　　添加「お」之美化語的使用，當然女性多於男性。如「お着物」、「お洋服」、「お化粧品」等女性平常使用的物品一定會加上。特別是像「お料理」、「お台所」（廚房）、「お水」、「お米」、「お野菜」（蔬菜）、「お肉」、「お魚」之類與飲食生活相關的，幾乎都可以加。

　　那麼，個別的蔬菜都可以加「お」嗎？

「〇お大根」（蘿蔔）「〇お豆」「〇お茄子」「〇お葱」「〇お芋」

「×お人参」「×お牛蒡」「×お南瓜」「×お蓮」「×お胡瓜」

　　「大根」、「豆」、「茄子」、「葱」等，是較早期傳入日本的。因此，較容易定位為和語。相對地，「人参」（紅蘿蔔）、「牛蒡」、「南瓜」、「蓮」、「胡瓜」（小黃瓜）等是比較後期傳入的。「芋」雖是江戶時代傳入的，但饑荒時被當作防災食物，是一種準主食，而且因為發音是 2 拍，所以容易添加「お」。此外，西洋蔬菜諸如「キャベツ」（高麗菜）、「ピーマン」（青椒）、「トマト」（番茄；在日本トマト是屬於蔬菜）等等，不添加「お」也是當然的事。

　　再者，即使是豆類「えんどう-豆」（豌豆）、「そら-豆」（蠶豆）等因為是合成語，所以不加「お」。但同樣是合成語，「じゃが-芋」（馬鈴薯）、「薩摩-芋」（地瓜）因為是日常大家親近的蔬菜，所以就取頭 2 個音節稱為「<u>お</u>じゃが」、「<u>お</u>さつ」。

日本語

　果物はどうでしょうか。私は、「おりんご」「おみかん」しか聞いたことがあり
ません。「柿」は果物としてそれほど生産量が多くなかったようですし、「西瓜」
「苺」「枇杷」「葡萄」などは近代になってから日本に入ってきたものです。「メ
ロン」「パイナップル」「マンゴー」「バナナ」などは以前は西洋から輸入してい
たものですから、もちろん「お」は付きません。「りんご」と「みかん」は日本の
代表的な果物なのです。

　食器類や調理用品はどうでしょうか。家庭では料理は女性の仕事でしたから、食
器類や調理用品にはほとんどのものに「お」が付けられます。

食器類：「お茶碗」「お皿」「お箸」「お匙」「お菜箸」「お猪口」「お盆」「お膳」

調理用品：「お鍋」「お釜」「おやかん」「おたま」「おじゃもじ」「おひつ」

　なお、「包丁」は中国語から来ている漢語だから「お」が付きません。「俎板（ま
ないた）」「とっくり」にも「お」が付きませんが、一般に4拍語以上の長い語に
は「お」が付きにくいようです。外来語の「ナイフ」「フォーク」「フライパン」、
合成語の「片手鍋」「電気釜」「電子レンジ」などには、もちろん付きませんよ。

敬語 28

　　那麼水果又如何呢？我只聽過「おりんご」（蘋果）、「おみかん」（橘子）的說法。從前，水果「柿」（柿子）的產量似乎沒那麼多，而且「西瓜」、「苺」（草莓）、「枇杷」、「葡萄」等也是到了近代之後才傳入日本。而「メロン」（香瓜）、「パイナップル」（鳳梨）、「マンゴー」（芒果）、「バナナ」（香蕉）等，以前是從西洋進口的，當然也不加「お」。「りんご」和「みかん」就成了日本代表性的水果。

　　那麼，餐具類和烹飪用品又是如何呢？因為家庭中烹飪向來是女性的工作，所以食器類和烹飪用品幾乎都可以加「お」。

餐具類：「お茶碗」（碗）、「お皿」（盤子）、「お箸」（筷子）、「お匙」（湯匙）、「お菜箸」（公筷）、「お猪口」（日本酒杯）、「お盆」（托盤）、「お膳」（飯桌）

烹飪用具：「お鍋」（鍋子）、「お釜」（鍋子）、「おやかん」（水壺）、「おたま」（湯勺）、「おしゃもじ」（飯勺）、「おひつ」（飯桶）

　　另外，「包丁」（菜刀）是來自中文的漢語，所以不加「お」。「俎板」（まないた；砧板）、「とっくり」（酒壺）也不加，一般而言，4拍以上的長語詞似乎不容易加「お」。而外來語的「ナイフ」（刀子）、「フォーク」（叉子）、「フライパン」（平底鍋）及合成語「片手鍋」（一側有把手的小鍋子）、「電気釜」（電鍋）、「電子レンジ」（微波爐），當然也不加「お」。

日本語

　調味料はどうでしょうか。これも事情は同じで、古くから使われていた「お塩」「お砂糖」「お醤油」「お酢」「お味噌」など、どこの国でも使われているごく基本的な調味料にしか「お」は付きません。「胡椒」「辛子」「山葵」は中国などからの外来のもので比較的新しく日本に入ってきたものだし、「油」は日本人はめったに使わないものだったからです。

　しかし、日本人がトンカツやお好み焼きにかける「ソース（brown sauce）」は、外来語なのに「お」を付けて「おソース」と言うことがあります。「ソース」にはもちろん brown sauce の他にタルタルソース、ホワイトソースなど様々な種類のソースがありますが、明治時代の日本人にとっては、初めて見たトンカツにかける brown sauce が「ソース」の全てだったのです。かくして brown sauce は肉料理の普及とともに日本に広まり、醤油と並ぶ市民権を得、それ故外来語にもかかわらず「お」が付けられるようになったと考えられます。

敬語 29

中文

　　調味料又如何呢？情況相同，只有從以前就使用的，諸如「お塩」、「お砂糖」、「お醬油」、「お酢」、「お味噌」等，只有這些每一個國家都使用、最基本的調味料才可以加「お」。「胡椒」、「辛子」（黃芥末）、「山葵」是來自中國等地的外來物，是比較新近傳入日本的，而「油」過去日本人很少使用，所以都不加「お」。

　　不過日本人在炸豬排和大阪燒上淋的「ソース（brown sauce）」，雖然是外來語，但有時會加「お」說成「おソース」。當然「ソース」除了 brown sauce（棕醬）之外，還有「タルタルソース」（塔塔醬）、「ホワイトソース」（白醬）等各式各樣的醬，但是，就明治時代的日本人而言，最初看到淋在炸豬排上的 brown sauce 就是「ソース」的全部。如此，brown sauce 就隨著肉類料理的普及傳遍日本，與醬油一起大眾化，因此儘管它是外來語也變成可以加「お」。

日本語

　食品名、料理名はどうでしょうか。

食品：「〇お米」「〇お麦」「〇お魚」「〇お肉」「〇お野菜」「〇お豆腐」
　　　「〇お蕎麦」「〇おうどん」「〇お茶」「×お卵」

料理：「〇お寿司」「〇お赤飯」「〇お茶漬け」「〇お握り」「〇お粥」「〇お味噌汁」
　　　「〇お煮物」「〇お刺身」「〇お漬物」「×お天麩羅」

　どうやら、日本古来の大衆食品や大衆料理、それもご飯を中心とした献立の料理だけに「お」が付けられるようです。しかし、「卵」は、意外なことに一般民衆が日常的に食べ始めたのは明治以後のようです。また、油を大量に使う天麩羅は一部の富裕階層しか食べられず、庶民の口にはなかなか入らなかったようです。

　また、日本の保存食品である漬物類は、「お漬物」「お新香」とは言いますが、漬物の代表格である「たくあん（乾燥大根を米糠と塩に漬けたもの）」には「お」を付けません。「たくあん」は沢庵和尚という人が考えだしたもので、「沢庵」は元々固有名詞だからです。

敬語 30

食品名、料理名又是如何呢？

食品：「○お米」「○お麦」「○お魚」「○お肉」「○お野菜」「○お豆腐」
　　　「○お蕎麦」「○おうどん」（烏龍麵）「○お茶」「×お卵」（蛋）

料理：「○お寿司」「○お赤飯」（紅豆飯）「○お茶漬け」（茶泡飯）
　　　「○お握り」（飯團）「○お粥」「○お味噌汁」（味噌湯）
　　　「○お煮物」（燉煮物）「○お刺身」（生魚片）「○お漬物」（醃漬物）
　　　「×お天麩羅」（天婦羅）

　　似乎因為這些都是日本自古即有的大眾化食品、料理，而且在以米飯為中心的菜單內，才可以加「お」。但令人意外的是，一般民眾日常開始吃「卵」（蛋），似乎是明治時代以後的事。還有，大量使用油的「天麩羅」，以前似乎也只有一小部分的富裕階層能食用，庶民難有機會嘗到。

　　此外，日本用來保存食品的醃漬物類，雖然也有可以說成「お漬物」、「お新香」的，但代表性的醃漬物「たくあん」（將曬乾的蘿蔔利用米糠和鹽醃漬而成的食品）卻不能加「お」。那是因為「たくあん」是紀念原創者澤庵和尚而命名的，而「沢庵」本來就是專有名詞之故。

日本語

　動物はどうでしょうか。動物で「お」が付くのは「お猿」と「お馬」しかないようです。「猿」は「お猿の駕籠屋だ、ホイサッサ」、「馬」は「お馬の親子は仲良しこよし」など、子供の歌にもよく登場しています。農耕民族でかつて肉食の習慣がなかった日本人にとって、動物は人間の生活にそれほど密着したものではありませんでした。ただ、「猿」だけは人間と最も近く、親しみを感じていたようです。また、「馬」は近代以前は大事な交通手段でしたから、生活に馴染みがあったようです。子供は「猿」「馬」に「お」と「さん」をつけて「お猿さん」「お馬さん」と言っているようです。

　では、ペットの中で最も多い「犬」「猫」に「お」が付かないのは何故でしょうか。近代以前は、一般の家でペットを飼う習慣がありませんでした。生活にそんな余裕がなかったからでしょう。また、江戸時代、五代将軍綱吉は「生類憐みの令」を出して、自分が犬年だったので特に犬のことを「お犬様」と呼ばせ、犬をいじめた人を死刑にしたりして、過度に犬を保護しました。ですから、この時、民衆は犬を嫌悪していたと思われます。現代では、「犬」「猫」を親しみを込めて呼ぶ時は「ワンちゃん」「ニャンコ」「猫ちゃん」など、「ちゃん」を付けたり、鳴き声を愛称にしたりしています。

中文

　　那動物又如何呢？動物中有加「お」的，大概只有「お猿」和「お馬」。「猿」、「馬」經常出現在日本的童謠裡，如「お猿の駕籠屋だ、ホイサッサ」（我們是猴子抬轎手，嘿咻）、「お馬の親子は仲良しこよし」（馬的親子關係親密）等。對於原是農耕民族且沒有肉食習慣的日本人來說，動物與人類生活的關係不是那麼密切。但唯獨「猿」似乎是與人最親近的。還有「馬」因為在近代以前是重要的交通工具，是生活上很熟悉的動物。小孩子在稱呼「猿」、「馬」時，都會加上「お」和「さん」，成為「お猿さん」、「お馬さん」。

　　那麼，寵物中占最多數的「犬」、「猫」，何以沒加「お」？近代以前，一般的日本人家沒有養寵物的習慣。可能是因為生活也不是那麼寬裕吧！再者，江戶時代的五代將軍綱吉曾發佈「愛護動物令」，因為他本身是狗年生，所以特別要求百姓稱呼狗為「お犬様」、把虐狗的人處死等，對狗過度保護。因此，當時的民眾應該很討厭狗吧！現代的日本人想暱稱「犬」、「猫」時，或加「ちゃん」或以其叫聲來稱呼牠，如「ワンちゃん」、「ニャンコ」、「猫ちゃん」等。

日本語

　家屋、家具の名称についてはどうでしょうか。

　「お家（うち）」「お店」「お屋根」「お窓」「お庭」「お二階」「×お戸」「×お障子（しょうじ）」「×お襖（ふすま）」「×お天井」「×お床（ゆか）: floor」「×お畳」「×お壁」「×お柱」「×お鴨居（かもい）」「×お敷居（しきい）」。（但し「門」は漢語だから「ご門」）「うち」「店」「屋根」「窓」「庭」「二階」「門」以外には「お／ご」が付きません。

　これは、「家」を人間を収容する「場」と見るか、人間が使用する「物」と見るか、視点の相違かと思われます。人間が家の中にいる時は、家屋は「場」になります。「場」は人間と一体になっているから客観化しにくく、「お」が付けにくいのです。

　しかし、遠くから家を眺めた場合、「家」は風景の一分になって「物」と捉えることができます。「うち」「店」「屋根」「窓」「庭」「二階」「門」は遠くから見ることができるため、人間から離れた客観的な「物」と捉えやすいのです。だから、これらの語には「お」が付けられると考えられます。

　その証拠に、人間の使用対象である家具には「お布団」「お座布団」「お机」「お椅子」「お床（とこ）: bed」「お箪笥」「お戸棚」など、ほとんどのものに「お」が付きます。

　なお、「お家（いえ）」というのは家屋のことでなく「名門家系」のことで、「お家（うち）」とは違う意味なので注意してください。

敬語 32

那麼，住宅及傢俱的情況又如何呢？

「お家（うち）」（家）、「お店」（店）、「お屋根」（屋頂）、「お窗」（窗戶）、「お庭」（院子）、「お二階」（二樓）、「×お戸」（窗戶）、「×お障子」（紙拉門、窗）、「×お襖」（隔扇）、「×お天井」（天花板）、「×お床（ゆか）：floor」（地板）、「×お畳」（榻榻米）、「×お壁」、「×お柱」、「×お鴨居（かもい）」（門框上的橫木滑軌）、「×お敷居（しきい）」（門框下的橫木滑軌）。（但是，「門（もん）」因為是漢語，所以是「ご門」）也就是除了「うち」、「店」、「屋根」、「窗」、「庭」、「二階」、「門」外，都不加「お／ご」。

這是由於到底是將「家」視為容納人的「場域」？或是人所使用的「物品」？觀察的角度不同。人居家中時，住宅成了「場域」。「場域」與人成了一體難以客觀化，所以很難加上「お」。

然而從遠處眺望家時，「家」成了風景的一部分，可以視之為「物品」。「うち」、「店」、「屋根」、「窗」、「庭」、「二階」、「門」等皆可從遠處觀之，容易理解為與人有別的、客觀的「物品」，所以這些語詞可以加「お」。

證據是如人類所使用的家具「お布団」（棉被）、「お座布団」（坐墊）、「お机」（桌子）、「お椅子」、「お床（とこ）：bed」（床）、「お箪笥」（衣櫃）、「お戸棚」（壁櫥）等幾乎都可以加「お」。

另外要特別注意的是，「お家（いえ）」與「お家（うち）」不同，並非指住宅，而是「名門家系」。

日本語

　身体部分はどうでしょう。身体の場合、「お」を付けるのは他人の身体に限り、自分の身体には「お」を付けません。ですから、身体部分に「お」を付けるのは専ら敬意表現だと考えられます。他人の身体ですから、外から見える部分にしか付けません。「頭」「髪」「顔」「目」「耳」「鼻」「額」「口」「喉」「首」「胸」「腹」「背中」「手」「足」「指」「尻」「膝」などには「お」を付けますが、外から見えない「歯」や内臓器官には付けません。

　「顔」「目」「耳」「鼻」「口」「背中」「手」「尻」「膝」などにはそのまま「お」が付けられて「お顔」「お目」「お耳」「お鼻」「お口」「お背中」「お手」「お尻」「お膝」と言いますが、「喉」「首」「胸」「指」には、特別尊敬する人に対する以外は、「お」を付けて言う人は少ないようです。

　また、「頭」「髪」「額」「腹」「足」は特別な言い方になります。

「頭」→「おつむ」（昔の言葉で「頭」は「つむり」と言った）

「髪」→「おぐし」（昔の貴人の髪を「おぐし」と言った）

「額」→「おでこ」（「お」を取り除くことはできない）

「腹」→「おなか」（「お」を取り除くことはできない）

「足」→「おみあし」（「おあし」と言うのは「お金」のこと）

　さらに、「顎（あご）」のことを昔は「おとがい（頤）」と言い、元々「お」が付いているので、再び「お」を付ける必要はないわけです。

　子供の言葉では、「目」「手」のような1拍語はさらに1拍重ねて「お目々」「お手々」と3拍語にし、4拍語の「お背中」は最初の3拍を取って「おせな」と言い、「おみあし」はまったくの幼児語にして「あんよ」という3拍語にしたりします。日本人にとって、3拍語が最も安定感があるようです。

敬語 33

中文

　　接著，讓我們看看身體的部位。加「お」的只限於他人的身體，自己的身體則不可以加。因此，在身體部位加「お」，應該是專為表達敬意。因為是他人的身體，所以只有看得到的部分可以加。「頭」、「髮」、「顏」、「目」、「耳」、「鼻」、「額」、「口」、「喉」、「首」、「胸」、「腹」、「背中」（背）、「手」、「足」、「指」（指頭）、「尻」（臀部）、「膝」等可以加「お」，無法從外面看到的「齒」和內臟器官等則不可以加。

　　「顏」、「目」、「耳」、「鼻」、「口」、「背中」、「手」、「尻」、「膝」可以加上「お」，成為「お顏」、「お目」、「お耳」、「お鼻」、「お口」、「お背中」、「お手」、「お尻」、「お膝」，但在說「喉」、「首」、「胸」、「指」時，除了對特別尊敬的人以外，似乎很少人會加上「お」。

　　此外，「頭」、「髮」、「額」、「腹」、「足」各自有特別的說法。

「頭」→「おつむ」（從前稱「頭」為「つむり」）

「髮」→「おぐし」（從前稱貴人的頭髮為「おぐし」）

「額」→「おでこ」（「お」不可以去掉）

「腹」→「おなか」（「お」不可以去掉）

「足」→「おみあし」（若是「おあし」則是指「お金」（錢））

　　還有，「顎（あご）」古稱「おとがい（頤）」，原本就有「お」，所以無需再加「お」。

　　在兒童用語方面，像「目」、「手」之類的1拍語，通常會重複1拍，形成「お目々（めめ）」、「お手々（てて）」的3拍語，4拍語的「お背中（せなか）」則取前3拍，稱「おせな」；而「おみあし」（腿與足）則完全用幼兒語，即3拍的「あんよ」所取代。就日本人而言，3拍語似乎是讓人覺得最安心的。

日本語

　親族名称はどうでしょうか。

　相手の親族に関しては「お父（とう）さん」「お母（かあ）さん」「お祖父（じい）さん」「お祖母（ばあ）さん」「伯父（おじ）さん／叔父（おじ）さん」「伯母（おば）さん／叔母（おば）さん」「ご主人（しゅじん）」「奥（おく）さん」「お兄（にい）さん」「お姉（ねえ）さん」「弟（おとうと）さん」「妹（いもうと）さん」「お子（こ）さん」「息子（むすこ）さん」「娘（むすめ）さん」「お孫（まご）さん」「従兄弟（いとこ）さん／従姉妹（いとこ）さん」「甥御（おいご）さん」「姪御（めいご）さん」など、敬称の付け方は様々です。

　「おじ」「おば」「奥」「弟」「甥」などは、元々「お」で始まる語なのでさらに「お」を付けることができないこと、「主人」は漢語名詞なので「ご」を付けることはおわかりですね。（「妹さん」「いとこさん」に「お」を付けて「お妹さん」「おいとこさん」、また「御」を付けて「弟御さん」「妹御さん」と言う言い方もあります。但し、「姉御」はヤクザの「大姐」に相当するので注意。）

　では、何故「お父さん」「お母さん」「お祖父さん」「お祖母さん」「お兄さん」「お姉さん」「お子さん」「お孫さん」には「お」が付いて、「娘さん」「息子さん」には「お」が付かないのでしょうか。それは、長くなりますから、また次回ということで。

敬語 34

中文

親屬又如何稱呼呢？

關於對方的親屬，敬稱有以下各種附加方式：「お父（とう）さん」、「お母（かあ）さん」、「お祖父（じい）さん」、「お祖母（ばあ）さん」、「伯父（おじ）さん／叔父（おじ）さん」、「伯母（おば）さん／叔母（おば）さん」、「ご主人（しゅじん）」（丈夫）、「奥（おく）さん」（太太）、「お兄（にい）さん」、「お姉（ねえ）さん」、「弟（おとうと）さん」、「妹（いもうと）さん」、「お子（こ）さん」、「息子（むすこ）さん」（兒子）、「娘（むすめ）さん」（女兒）、「お孫（まご）さん」、「従兄弟（いとこ）さん／従姉妹（いとこ）さん」（堂兄弟、堂姊妹、表兄弟、表姊妹）、「甥御（おいご）さん」（姪子）、「姪御（めいご）さん」（姪女）等等。

想必各位已經了解，「おじ」、「おば」、「奥」、「弟」、「甥」等因為以「お」開頭，所以不再加「お」，而「主人」則是漢語名詞，所以要加「ご」吧。（也有「妹さん」、「いとこさん」加「お」成「お妹さん」、「おいとこさん」的，或是加「御」成「弟御（おとうとご）さん」、「妹御（いもうとご）さん」的說法。不過，「姉御（あねご）」則意指黑道的「大姐頭」，要注意。）

那麼，為什麼「お父さん」、「お母さん」、「お祖父さん」、「お祖母さん」、「お兄さん」、「お姉さん」、「お子さん」、「お孫さん」等可以加「お」，而「娘さん」、「息子さん」卻不加呢？說來話長，就留待下回說分明。

日本語

　語構成を見てください。「娘」「息子」は普通名詞ではなく、血縁関係を表す親族関係名詞、つまり履歴書などの家族欄に書く時の正式呼称だからです。親族関係名詞としては、「父（ちち）」「母（はは）」「祖父（そふ）」「祖母（そぼ）」「伯父・叔父（おじ）」「伯母・叔母（おば）」「夫（おっと）」「妻（つま）」「兄（あに）」「姉（あね）」「弟（おとうと）」「妹（いもうと）」「娘（むすめ）」「孫（まご）」「従兄弟・従姉妹（いとこ）」「甥（おい）」「姪（めい）」などです。例えば、私だったら「吉田三郎・父、吉田雪枝・母、吉田武臣・弟」のように書きます。（「子」は普通名詞ですから履歴書などには使わず、「長男」「次女」などと書きます。）

　これら親族関係名詞は正式・客観的な場面で使われるので、通常「お」は付けません。「おとうさん」「おかあさん」「おじいさん」「おばあさん」「おにいさん」「おねえさん」などは、親族名称が和語化して「お」「さん」と一体化した形ですから、「お」を取り除いて「×とう」「×かあ」「×じい」「×ばあ」「×にい」「×ねえ」などとは言えません。反対に、親族関係名詞は、「×おちちさん」「×おははさん」「×おそふさん」「×おそぼさん」「×おつまさん」「×おあにさん」「×おあねさん」「×おめいさん」などとは言いませんね。（「おあにいさん」「おあねえさん」は別の意味です。）だから、「×おむすめさん」「×おむすこさん」とは言わないのです。（「娘」に対する敬語は「お嬢（じょう）さん」です。）

　履歴書で思い出しましたが、私の学生が大学院受験の時、履歴書の親族欄に父親の名前の横に「おやじ」、母親の名前の下に「おふくろ」と書いていたので、慌てて修正させました。皆さんもご注意ください。また、「おねえ」は「リーダーシップのある男まさりの女性」或いは「ゲイの男性」のことを指すので、これも注意。

敬語 35

中文

　　請看一下詞語的構造。因為「娘」、「息子」並非普通名詞，而是表示血緣關係的親屬關係名詞，也就是像履歷表之類的家族欄上所寫的正式稱呼。如「父（ちち）」、「母（はは）」、「祖父（そふ）」、「祖母（そぼ）」、「伯父・叔父（おじ）」、「伯母・叔母（おば）」、「夫（おっと）」、「妻（つま）」、「兄（あに）」、「姉（あね）」、「弟（おとうと）」、「妹（いもうと）」、「娘（むすめ）」、「孫（まご）」、「從兄弟・從姉妹（いとこ）」、「甥（おい）」、「姪（めい）」等，皆是親屬關係名詞。例如我的話，就寫「吉田三郎・父、吉田雪枝・母、吉田武臣・弟」。「子」因為是普通名詞，所以履歷表等不使用，而是寫「長男」、「次女」等。

　　這些親屬關係名詞是使用在正式、客觀的場合，因此通常不加「お」。「おとうさん」、「おかあさん」、「おじいさん」、「おばあさん」、「おにいさん」、「おねえさん」等親屬名稱已和語化，形式上與「お」、「さん」形成一體，因此不可將「お」去掉說成「×とう」、「×かあ」、「×じい」、「×ばあ」、「×にい」、「×ねえ」等。相反地，親屬關係名詞不可以說成「×おちちさん」、「×おははさん」、「×おそふさん」、「×おそぼさん」、「×おつまさん」、「×おあにさん」、「×おあねさん」、「×おめいさん」。（「おあにいさん」、「おあねえさん」則是別的意思。）因此，不可以說「×おむすめさん」、「×おむすこさん」。（「娘」的敬語是「お嬢（じょう）さん」。）

　　說起履歷表讓我想到一件事，我的一個學生考研究所時，在履歷表上親屬欄的父親名字旁寫了「おやじ」、母親名字旁寫了「おふくろ」，我急忙讓他修正，大家也要注意。另外要注意「おねえ」是意指「有領導能力，勝過男生的女性（女強人）」或「男同性戀」。

日本語

　親族名称について、もう一つ問題があります。

　見知らぬ人に声をかける時、日本語には中国語のように「先生」「小姐」「小弟」「妹妹」などの便利な呼称がありません。そこで、「おじいさん」「おばあさん」「おじさん」「おばさん」「おにいさん」「おねえさん」「むすめさん」「おじょうさん」「おこさん」などの二親等の親族呼称が普通呼称としても使われるわけです。つまり、親しい人で比較的年取った人なら「おじいさん」「おばあさん」と呼び、中年の人なら「おじさん」「おばさん」と呼び、若い人なら「おにいさん」「おねえさん」「むすめさん」「おじょうさん」と呼ぶ習慣です。

　しかし、「おじいさん」「おばあさん」「おじさん」「おばさん」は子供が呼ぶ場合にはいいですが、同年輩の人がそう呼ぶのは日本ではセクハラになるので、男性には「旦那（だんな）さん」（一家の主の意味）、女性には「奥さん」と呼ぶのが無難なようです。しかし、「旦那さん」という呼称は古臭いし、「奥さん」は同年輩の人同士の呼称であり、若い人が年配の人を呼ぶにはふさわしくないし、また私のように結婚していない人は「奥さん」と呼ばれるとムカつく人もいるので、最近では普通呼称を一親等にまで広げて、親しみを込めて「お父さん」「お母さん」と呼ぶようになりました。私も見知らぬ若い男性から「お母さん」と呼ばれたことがありますが、「おばさん」や「奥さん」よりは抵抗がありませんでした。

敬語 36

中文

關於親屬名稱，還有一個問題。

向陌生人搭話時，日文裡沒有類似中文的「先生」、「小姐」、「小弟」、「妹妹」等方便的稱呼。因此，也會把二親等的親屬稱呼，如「おじいさん」、「おばあさん」、「おじさん」、「おばさん」、「おにいさん」、「おねえさん」、「むすめさん」、「おじょうさん」、「おこさん」拿來當作一般性的稱呼（稱呼不認識或不知道怎麼稱呼的人）使用。總之，習慣上如果對方是年長的、較親近的人，就稱為「おじいさん」、「おばあさん」；如果是中年人，就叫「おじさん」、「おばさん」；如果是年輕人，就喚他們「おにいさん」、「おねえさん」、「むすめさん」、「おじょうさん」。

不過，小孩叫別人「おじいさん」、「おばあさん」、「おじさん」、「おばさん」是沒問題，要是同輩的人如此稱呼的話，在日本會被視為性騷擾，所以對男性稱「旦那（だんな）さん」（意指一家之主），對女性稱「奧さん」還是比較安全。但是，「旦那さん」的稱呼有點過時，而「奧さん」則是同輩間的稱呼，不適合年輕人稱呼較年長者，而且像我這樣的未婚者，有些被稱「奧さん」會不高興，因此最近日本已將普通稱呼擴及一親等，會帶點親近感叫「お父さん」、「お母さん」。我也曾被陌生的年輕男性叫「お母さん」，但聽起來還是比「おばさん」或「奧さん」舒服。

日本語

　漢字の「御」の読み方には、「お」「おん」「ご」「ぎょ」「み」という5種の読み方があります。

　「お」は今まで述べてきた使い方です。「おん」は「お」より改まった言い方、「お」をもっと大げさに言う場合に使う語で、現代語では「御大将（おんたいしょう）」くらいしか使いません。このうち、「お」「おん」「み」は言葉の前につく接頭語ですが、「ご」「ぎょ」は言葉の前だけでなく後にも付く接尾語になることもあります。

　「ご」は主に漢語に付けることは、前に述べました。「ぎょ」も古い特別な読み方で、天皇の名前と天皇の公印を意味する「御名御璽（ぎょめいぎょじ）」、天皇の逝去を意味する「崩御（ほうぎょ）」などの古い言葉にしか用いません。

　「み」は、ご存知のように最高位の者に付ける敬語です。神様、或いは日本だったら天皇の所有物にしか付けません。「み言葉」は神様の語る言葉、「み業」は神様のなす奇跡、「み弟子」はイエス・キリストの十二使徒です。

　ですから、「お手」と言ったら相手の手ですが、「み手」と言ったら神様の手になり、「お心」と言ったら普通の敬語で話し相手の心のことを指しますが、「み心」と言ったら神様の心になるのです。

敬語 37

　　漢字「御」的讀音有「お」、「おん」、「ご」、「ぎょ」、「み」等 5 種。

　　「お」的使用方法如前所述。「おん」是比「お」更鄭重、更誇張的說法，現代語中只有使用在「御大将（おんたいしょう）」（大將、頭領）之類的。其中，「お」、「おん」、「み」是接在詞語前面的接頭語，而「ご」、「ぎょ」除了放在詞語前面外，也可以放在後面當接尾語。

　　一如前述，「ご」主要是加在漢語上。「ぎょ」是古代特別的讀法，只用在像意指天皇名字及天皇玉璽的「御名御璽（ぎょめいぎょじ）」，以及意謂天皇駕崩的「崩御（ほうぎょ）」等古老的用語上。

　　如大家所知的，「み」是加在最高位者上的敬語。只能附加在神或日本的話就是天皇的所有物上。「み言葉」是神所講的話語、「み業」是指神所行的奇蹟、「み弟子」是指耶穌基督的十二門徒。

　　因此，如果說「お手」是指對方的手，但說「み手」則是指神的手；如果說「お心」是用普通的敬語稱對方的心，但要是說「み心」則是指神的心。

　形容詞の敬語について考えてみましょう。

「お嬢さん、<u>おきれい</u>ですね。」

「お宅のお父さん、<u>お若い</u>ですね。」

「今、<u>お忙しい</u>ですか?」

「光熱費は、<u>お近く</u>のコンビニで支払うことができます。」

　これらの例を見ると、相手の状態に対して「お」をつけるのだな、と思われます。しかし、次の例はどうでしょう。

「そんなに褒められると、<u>お恥ずかしい</u>。」

「どうも、家を改築しておりますもので、<u>おやかましゅう</u>ございます。」

「先生、<u>おなつかしゅう</u>ございます。」

　これらは、自分の心理状態、自分の側の事情を述べているものです。では、形容詞は謙譲語としても使えるのでしょうか?

×「私は最近、とても<u>お忙しい</u>んですよ。」

×「光熱費はいつも<u>お近く</u>のコンビニで払っています。」

×「うちは子供が3人いるもので、毎日<u>おやかましくて</u>困っています。」

×「みんなの前で転んで、<u>お恥ずかしい</u>思いをしました。」

×「学生時代のアルバムを見て、とても<u>お懐かしかった</u>。」

　これらは間違った例です。

　動詞の場合、謙譲語は敬意を払うべき相手に対して行う行為だけに用い、誰とも関係ない自分だけの行為には謙譲語は使えませんでしたね。形容詞も同じく、「相手に影響を与える自分の状況」または「相手から影響を受けた自分の状況」だけに「お」をつけるのであって、自分だけの状況を述べる時には使えないのです。

敬語 38

　　接著，讓我們看看形容詞的敬語。

「お嬢さん、おきれいですね。」（令千金好漂亮啊！）

「お宅のお父さん、お若いですね。」（令尊好年輕啊！）

「今、お忙しいですか？」（現在忙嗎？）

「光熱費は、お近くのコンビニで支払うことができます。」

（電費、瓦斯費可以在您府上附近的便利商店繳。）

　　看這些例子，可以推想是針對對方的狀態加上「お」的吧。但是，下面的例子又怎麼說呢？

「そんなに褒められると、お恥ずかしい。」（過獎了，很慚愧！）

「どうも、家を改築しておりますもので、おやかましゅうございます。」

（因家中改建，多所打擾。）

「先生、おなつかしゅうございます。」（很想念老師。）

　　這幾個例子，是敘述自己的心理狀態及自己方面的事情。那麼，形容詞也可以當作謙讓語來使用嗎？

×「私は最近、とてもお忙しいんですよ。」（我最近很忙。）

×「光熱費はいつもお近くのコンビニで払っています。」

　（電費、瓦斯費我都在附近的便利商店繳。）

×「うちは子供が３人いるもので、毎日おやかましくて困っています。」

　（我家有３個小孩，每天吵得令人受不了。）

×「みんなの前で転んで、お恥ずかしい思いをしました。」

　（在眾人面前跌了一跤，覺得很丟臉。）

×「学生時代のアルバムを見て、とてもお懐かしかった。」

　（看到學生時代的相簿，很懷念。）

　　這些是錯誤的例子。

　　動詞的謙讓語，只能使用在對要尊敬的對象所進行的行為，如果是跟誰都沒有關係，純屬自己本身的行為，是不能使用謙讓語的。形容詞亦同，在敘述「影響到對方的自己的狀況」或「受對方影響的自己的狀況」時才可以加「お」，如果只是敘述自己本身的狀況是不能使用的。

第49回 敬語 39

日本語

　練習問題を少々。

［練習問題1］

　ある大学で、学生が先生に、自分の書いた論文を読んでくれるように頼みました。

学生：先生、論文を書いたんですが、<u>お読み（になって）くださいませんか</u>。

先生：いいですよ。

　ここまでの敬語は完璧ですね。数日経って、学生がまた先生を訪ねました。

学生：先生、私の論文、<u>お読みになりましたか</u>？

先生：（ムカッ！）

　先生はどうしてムカついたのでしょうか？　先生が学生の論文を読むのはあくまで先生の好意によるもので、先生の義務ではないはずです。「私の論文、お読みになりましたか？」では、まるで「読んだか、読まないか」と詰問しているようで、これでは「先生は村上春樹の最新作をお読みになりましたか？」と、全く第三者の作品を読んだか読まないか聞いているのと同じで、学生の先生に対する感謝が感じられません。ここは、

学生：先生、私の論文、お読み（になって）いただけましたか？

というふうに、受恩を表す「いただける（「いただく」の可能形）」の入った「お＋動詞＋いただける」という形を取らなくてはいけなかったのです。

敬語 39

以下幾題練習題。

〔練習問題1〕

在某個大學，學生拜託老師幫忙看論文。

学生：先生、論文を書いたんですが、<u>お読み（になって）くださいませんか</u>。

（老師，我的論文寫好了，可不可以麻煩您幫我看一下？）

先生：いいですよ。（好啊！）

到此為止，敬語的使用很完美。過了幾天，學生又來拜訪老師。

学生：先生、私の論文、<u>お読みになりましたか</u>？（老師讀過我的論文了嗎？）

先生：（ムカッ！）（火大！）

老師為什麼會火大呢？老師幫學生看論文，完全是基於老師的好意，應該不是義務才對。「私の論文、お読みになりましたか？」（老師，我的論文讀了嗎？）彷彿是在詰問對方「讀了嗎？不讀嗎？」，這就如同問「老師您讀過村上春樹的最新作品了沒？」一樣，像是在問有沒有讀過第三者的作品似的，完全感覺不出來學生對老師的謝意。這裡應該要：

学生：先生、私の論文、お読み（になって）いただけましたか？

如上例所示，必須使用加入表示受恩的「いただける（「いただく」的可能形）」，變成「お＋動詞＋いただける」形式才可以。

日本語

［練習問題2］

　私が出版社に勤めていた時のことです。ある医学書を売るため、その本の宣伝パンフレットを日本中の医者に送り届け、届いた頃に医者に電話をして本の注文を取るという仕事を、アルバイトの学生にやらせました。ところが、ある学生が医者に電話をかけてこう言ったのです。

「もしもし、○○先生ですか。弊社が送った『人間医学』という本の<u>パンフレットがお届きになった</u>かと思いますが……」

　私はびっくりして、学生をぶっとばしました。この学生は、どうして私にぶっとばされたのでしょうか?

　彼は相手の医者を尊敬するつもりでこう言ったのでしょうが、確かに「お届きになる」という敬語の形は正しいのですが、「パンフレットがお届きになった」では、パンフレットを尊敬していることになってしまうからです。相手の側に属する物を尊敬するのはいいですが、自分の側に属する物を尊敬してはいけません。また、相手の側に属する物でも、その動きを尊敬してはいけません。もし、相手の医者を尊敬したいなら、「パンフレットが<u>お手元に</u>届いたかと思いますが」と言えばよかったのです。

敬語 40

〔練習問題 2〕

這是我還在出版社上班時的事情。為了促銷某本醫學書籍，將該本書的宣傳小冊子寄送給全日本的醫生，在送到時，要工讀生打電話給醫生請他們購買。但某位工讀生打電話給醫生時，是這樣說的：

「もしもし、○○先生ですか。弊社が送った『人間医学』という本のパンフレットがお届きになった かと思いますが……」（喂喂，是○○醫生嗎？敝公司出版的《人類醫學》的宣傳冊是不是已經送到了？）

我嚇了一跳，把學生 K 了一頓。為什麼這個學生會被我 K 呢？

他或許為了尊敬那位醫生才這樣說吧，「お届きになる」也確實是正確的敬語形式，但「パンフレットがお届きになった」尊敬的是小冊子。屬於對方的東西是可以尊敬，但屬於自己的則不可以尊敬。而且，即使是對方的東西，關於它的動態是不可以尊敬的。如果要向該位醫生表達尊敬，只要說「パンフレットがお手元に届いたかと思いますが」（我想小冊子應該已經寄到您手邊了）就可以了。

日本語

　これからお話しするのは、過剰敬語についてです。

　現代は敬語が乱れていると、よく言われます。確かに、戦後世代の人は敬語の使い方がよくわからないようです。教会関係のある方から、「私の娘はデス・マス形を敬語だと思っていたようだ。」という話を聞いて、今の中学校では敬語を教えていないのか、とびっくりしました。「敬語」と「敬体」の混同が日本人にもあるのです。

　過剰敬語ではないか、と言われるのは、3 つの種類があると思われます。

1. 1 つの語には 1 つの敬語だけを用いればよいのに、2 つも 3 つもくっつけてしまう多重敬語。例えば、「食べる」の敬語は「召し上がる」（語彙によって敬意を表す方法）、「お食べになる」（「お～になる」という文型によって敬意を表わす方法）、「食べられる」（動詞語尾を変えることによって敬意を表わす方法）の 3 種がありますが、「お召し上がりになる」「召し上がられる」など 2 種を合わせて使った「二重敬語」や、「お召し上がりになられる」と 3 種をいっぺんに使ってしまう「三重敬語」です。これを過剰敬語と言うかどうかは人の語感によって違うでしょうが、少なくとも文法的には間違いとは言えないでしょう。また、「困っている」は「困って＋いる」の合成語ですが、「お困りになっている」「困っていらっしゃる」のどちらかでよいわけですが、二重敬語にして「お困りになっていらっしゃる」とやってしまうわけです。（これは、「困っておいでだ」「お困りでいらっしゃる」などの異形態もあります。）二重敬語、三重敬語の場合は、文法規則に則っているので、それほど抵抗はないと思われます。

　困るのは、使うべきでない対象に敬語を使う場合ですが、それはまた次回にお話しししましょう。

敬語 41

中文

　　這次要談的是過剩敬語。

　　經常有人說現代敬語十分紊亂。的確，戰後出生的日本人似乎不太清楚敬語的使用方式。我曾經聽見某位教會的人說：「我的女兒似乎以為デス・マス形就是敬語。」當時我非常驚訝，心想難道現在的國中已經不教敬語了。就連日本人都有可能以為「敬語」與「敬體」相同。

　　以下三種情形，可能會被視為過剩敬語。

1. 明明只要使用一種敬語就好，卻使用了兩種、三種的多重敬語。例如「食べる」的敬語有三：「召し上がる」（藉由語彙表達敬意）、「お食べになる」（藉由「お～になる」句型表達敬意）、「食べられる」（藉由改變動詞語尾表達敬意），但是如果使用了像是「お召し上がりになる」、「召し上がられる」這種結合兩種的就是「二重敬語」；或使用了像是「お召し上がりになられる」這種結合三種的就是「三重敬語」。這些是否算是過剩敬語或許因人的語感而異，但至少就文法而言，這些並沒有錯誤。此外，因為「困っている」是「困って＋いる」的合成語，因此敬語只要選擇「お困りになっている」或「困っていらっしゃる」其一即可，但是人們卻容易用成「二重敬語」，如「お困りになっていらっしゃる」。（這種多重敬語的情況，還有「困っておいでだ」、「お困りでいらっしゃる」等不同的形態）由於二重敬語、三重敬語符合文法規則，因此較不使人抗拒。

　　傷腦筋的是，對不該使用敬語的對象使用敬語。這部分留待下回揭曉吧。

日本語

2. やたらに敬語を使う場合は、話者の意図とは裏腹に聞き苦しいものです。最もおかしいのは、使うべきでない対象に敬語を使うことです。以前にも書きましたが、「パンフレットがお届きになったと思いますが」は、尊敬すべきでないパンフレットに尊敬語を付けてしまった例、「T先生も台湾にお住み着きになって」は、「住み着く」というあまりいい意味でない動作に敬語を付けてしまった例です。また、やたらに「お」を付けるのも噴飯物です。

　以前、私が日本の出版社に勤めていた時のことです。会社に営業に来た銀行の営業マンが「ご融資の仕方は、お会社とお個人では違います。」と言ったのです。「会社」「個人」という漢語の非生活用語に「お」を付けるべきではないのに、あまりのおかしさに吹き出すのをこらえるのに必死でお茶を出すのを忘れていたら、後で専務に「お前ら、お茶を出さなかっただろ。」と叱られましたが、そう言う専務もおかしさに顔を歪めていました。これこそ、聞く者をうんざりさせる「過剰敬語」と言っていいものでしょう。

　もっとも、この過剰敬語を逆手に取れば、さまざまな文学表現が楽しめます。例えば、「寝室のドアを開けたら……なんと、我が家のお犬様がご主人様のベッドの上に鎮座ましましていらっしゃるではないか。」なんて表現、おもしろいと思いませんか？　「鎮座」とは神霊が一定の場所にしずまっていることで、「まします」は「いる」の古語の尊敬語ですが、ずうずうしい犬がまるで神様のように主人のベッドにのさばっている様子を揶揄して述べることで、主人の呆れて困り果てた様子がよく伝わってくるではありませんか。

敬語 42

中文

2. 動不動就使用敬語，反而會有違話者的本意，使人覺得刺耳。最奇怪的是，對不該使用敬語的對象使用敬語。之前我也曾經提過「パンフレットがお届きになったと思いますが」這種對不該尊敬的小冊子使用尊敬語的例子，以及「Ｔ先生も台湾にお住み着きになって」這種對「住み着く」這個帶有負面意義的動作加上敬語的例子。此外，動不動就在名詞前加上「お」也很令人噴飯。

那是我以前在日本出版社工作時的事。曾經聽一名前來出版社拉業務的銀行業務員說：「ご融資の仕方は、お会社とお個人では違います。」（貸款的方式，貴公司和貴個人不同。）因為「会社」、「個人」等漢語的非生活用語不該加上「お」的，他這麼說實在太好笑了，我們為了憋住笑意甚至忘了端茶出去，之後專務罵我們：「你們這些人，忘記端茶了吧？」不過看他的表情也看得出在憋笑。這真可算是聽了會很煩的「過剩敬語」啊。

事實上，只要反向操作這種過剩敬語，就可以享受許多文學表現的樂趣。例如「寝室のドアを開けたら……なんと、我が家のお犬様がご主人様のベッドの上に鎮座ましましていらっしゃるではないか。」（我打開寢室的門……發現我們家的狗殿下高坐在主人殿下的床上。）。大家不覺得這種說法很有趣嗎？「鎮座」是指神靈安穩鎮守於某處，「まします」則是「いる」古語的尊敬語，這句話十分生動地以揶揄的感覺描述「厚臉皮的小狗坐在主人的床上，使主人看了目瞪口呆」的情形不是嗎？

第53回　敬語 43

　前回まで述べてきたような「過剰敬語」は、昔から溢れていました。しかし、私は最近、それらとは異質の「過剰敬語」を発見しました。

　最近、よく聞かれるのが、「～て もらう／いただく」という表現です。「Ａ が Ｂ に Ｃ してもらう」（Ａ 請 Ｂ 做 Ｃ）という文型は「Ｂ が Ｃ することを、Ａ が Ｂ にお願いする」という意味です。「母が私の弁当を作った」は、単に「お母さんが私の弁当を作った」という事実関係を表わすだけですが、「私は母に弁当を作ってもらった」は、「私がお母さんにお願いして、お母さんが私のために弁当を作った」という意味で、「私＝依頼者」「母＝被依頼者、行為者」、また「私＝恩恵取得者」「母＝恩恵授与者」という複雑な構図があり、これによって母への感謝の気持ちを表わしています。しかし、現代の人は、この「恩恵取得者」と「恩恵授与者」の関係が反転するような表現をするのです。

　私が日本に帰国して、父の入院先の病院に行く時、道がわからなかったのでデパートの案内人のおじさんに聞きました。「厚生年金病院は、どう行きますか?」すると、そのおじさんは非常に丁寧な様子で、「この道をまっすぐ行っていただいて、広場に出ましたら、その広場を突っ切っていただきますと、目の前に見える大きな建物が病院です。」と答えました。教科書には、「この道をまっすぐ行って、広場に出たら、その広場を突っ切ると、目の前に見える大きな建物が病院です。」と書いてあります。どうして、「まっすぐ行っていただいて」「突っ切っていただきますと」と言うのでしょう。道を教えてくれるようにお願いしたのは私の方で、恩恵を受けるのも私の方なのに、恩恵を与える方のこのおじさんが、どうして「いただく」という表現を使うのでしょう。

敬語 43

中文

　　上回提到的「過剩敬語」，從以前開始就十分常見。然而，我最近發現了一種不同以往的「過剩敬語」。

　　最近「～て　もらう／いただく」的表現方式十分常見。「AがBにCしてもらう」此一句型的意思是「A請B做C」。「母が私の弁当を作った」單純呈現了「媽媽做了我的便當」此一事實，但是「私は母に弁当を作ってもらった」卻有「我拜託媽媽為我做了便當」的意思，也就是說，「私＝委託者」、「母＝被委託者、行為者」；且「私＝受惠者」、「母＝施惠者」這種複雜的關係，藉以表達對於媽媽的謝意。然而，現代人卻做出將「受惠者」與「施惠者」關係反置的表現。

　　之前我返回日本，前往父親住院的醫院時，因為不知道該怎麼走，便詢問了百貨公司的導覽員大叔。當我問：「厚生年金病院は、どう行きますか？」（厚生年金醫院該怎麼走呢？）那名大叔十分有禮地回答：「この道をまっすぐ行っていただいて、広場に出ましたら、その広場を突っ切っていただきますと、目の前に見える大きな建物が病院です。」（幫我這條路直走，出到廣場後，幫我穿過那個廣場，眼前的大建築物就是醫院。）明明教科書寫：「この道をまっすぐ行って、広場に出たら、その広場を突っ切ると、目の前に見える大きな建物が病院です。」（這條路直走，出到廣場後，穿過那個廣場，眼前的大建築物就是醫院。）為什麼大叔要說：「まっすぐ行っていただいて」、「突っ切っていただきますと」呢？明明是我請他指引方向，受惠的也是我，為什麼施惠的大叔要使用「いただく」這種表現方式呢？

115

日本語

　また、テレビドラマなどで頻繁に聞かれる依頼表現が、「〜てもらって／いただいて いいですか」という言い方です。この表現は、私の書いた会話の教科書の中でも最も丁寧な依頼の文型として挙げました。「先生、その本、ちょっと見せて<u>いただいて</u>もいいですか。」などのように使います。この場合は、「先生」が恩恵授与者、発話者が恩恵取得者で、自然な表現と言えます。ところが、最近では医者が患者を診察する時に「服を脱いで<u>もらって</u>いいですか。」とか、教師が生徒の名前を点呼する時に「名前を呼ぶから、返事し<u>てもらって</u>いいかな。」などと言うのをテレビで見て、びっくりしました。この場合、医者や教師は恩恵取得者ではあり得ません。医者は患者の病気を治すし、教師は生徒に学問を与えるのですから、恩恵授与者のはずです。どうしてこのような表現になるのか。それは、また次回に解明することにしましょう。

敬語 44

中文

　　此外，「～てもらって／いただいて　いいですか」這種委託其他人的表現方式也頻繁地出現於電視劇等處。在我寫的會話教科書中列舉了許多委託句型，這是最有禮貌的請求句型。像是「先生、その本、ちょっと見せて<u>いただいて</u>もいいですか。」（老師，那本書能請您借我看一下嗎？）這種情況，「先生」是施惠者，話者是受惠者，感覺十分自然。然而，最近醫師為患者看診時會說：「服を脱いで<u>もらって</u>いいですか。」（能請您幫我脫一下您的衣服嗎？）或是教師點名時會說：「名前を呼ぶから、返事して<u>もらって</u>いいかな。」（叫到名字的，能幫我舉個手嗎？）等，當我在電視上看見這些情形時非常驚訝。這種情況，醫師、教師絕對不是受惠者。醫師為患者治療，還有教師為學生授課，應該是施惠者。為什麼會出現這種情形呢？留待下回揭曉。

日本語

　戦後、天皇制から民主主義になりました。新憲法の理念は「自由・平等・平和」です。「平等」の理念のもとに言葉も変わってきました。「上から目線」の言葉を使わない風潮が生まれました。

1. 特に社会的弱者を表現する蔑視語は、「差別用語」として一切の報道機関・出版物から排除されました。例えば、「めくら→盲人」「つんぼ→聾者」「おし→唖者」「どもり→吃音者」「びっこ（片脚の悪い人）・ちんば（両脚の長さが違う人）・せむし（佝僂症）→身体障害者」「バカ→知的障害者」などは、身体に障害を持つ人への蔑視を避けるために言い換えられたものです。「くず屋→廃品回収業」「ゴミ屋→清掃業」「女中→お手伝いさん」などは、人から卑しまれていた職業の人への蔑視を避けるために言い換えられたものです。また、「ジジイ」「ババア」「ガキ」「ブス」「デブ」「チビ」などは「不快語」とされ、日常会話でも慎まれる言葉です。これらの一部は「放送禁止用語」とも言われ、公の場、例えばテレビに出ている人がこのような言葉を使ったら問題になるし、NHK のアナウンサーがこんな言葉を言ったらたちまちクビになってしまうでしょう。

2. 戦後は、天皇の自称語も「朕」でなく、「わたくし」になりました。天皇は特別な存在ではなく、国民と目線を同じくしていることを表しています。

3. 動詞では、目下の者に恩恵を施す「やる」という言葉が聞かれなくなり、「あげる」に取って代わられています。「桃太郎」の歌の2番も、「やりましょう、やりましょう」でなく、「あげましょう、あげましょう」に変えられてしまいました。それ故、「犬に餌をあげる」などと言う人も出てきています。

　このような風潮の延長上に出現したのが、「〜てもらって」という「過剰謙譲語」なのです。

敬語 45

中文

　　第二次世界大戰後，日本從天皇制走向民主主義。新憲法的理念為「自由、平等、和平」。「平等」的理念，甚至改變了人們的用語。人們開始流行不使用「高高在上」的用語。

1. 尤其是形容社會弱勢族群的「蔑視語」被視為「歧視用語」，而完全自新聞媒體與出版品銷聲匿跡。例如「めくら→盲人」、「つんぼ→聾者」、「おし→啞者」、「どもり→吃音者（口吃）」、「びっこ（單腳行動不便者）・ちんば（兩腳長度不同者）・せむし（佝僂病）→身體障害者（身障者）」、「バカ→知的障害者（智能障礙者）」等，都是為了避免歧視身心障礙者所轉換的用語。「くず屋→廃品回収業」、「ゴミ屋→清掃業」、「女中→お手伝いさん（幫傭）」等，則是為了避免一般人歧視職業比較卑微者所轉換的用語。此外，「ジジイ」（老頭子）、「ババア」（老太婆）、「ガキ」（小鬼）、「ブス」（醜女）、「デブ」（胖子）、「チビ」（矮冬瓜）等被視為「不快語」（讓人不舒服的用語），在日常對話中也要謹慎使用。這些用語部分是「放送禁止用語」（播報禁止用語），假使有人在公開場合，例如在電視上使用這些用語，就會引發問題，還有 NHK 的主播如果使用這些用語，立刻就會被開除吧。

2. 第二次世界大戰後，天皇也不再自稱「朕」而以「わたくし」取代。這表示天皇與國民站在同樣視角，而非特別的存在。

3. 而在動詞，人們不再使用向地位較低者施惠的「やる」，而是以「あげる」取代。《桃太郎》這首歌第二段不再是「やりましょう、やりましょう」，而是成了「あげましょう、あげましょう」。這就是為什麼有人會說：「犬に餌をあげる」（餵飼料給狗）等。

　　「～てもらって」這樣的「過剰謙讓語」正是此風潮的延伸。

日本語

　「この道をまっすぐ行っていただきますと、広場に出ます。」「服を脱いでもらっていいですか。」などという表現は、本来は相手のためになる行為なのに、あたかも自分がお願いして相手に行為をしてもらっているみたいです。「〜てもいいですか」というのは許可を求める文型ですから、あたかも相手のためになる行為をするのに、相手に許可を求めているみたいです。人に道を教えるなら「この道をまっすぐ行くと、広場に出ます。」と相手の行動を指示すればいいのだし、医者なら患者に「服を脱いでください。」と指示していいはずです。

　しかし、単なる「指示」は冷たいものです。「ドアを開けてください。」「ちょっと使いに行ってください。」など。これは、人によっては「上から目線」を感じて不快に思ってしまうかもしれません。それを避けるため、あえて「許可求め」の文型を使っているのです。「平等」ということに、ここまで気を使わなければならない社会になったのです。

　ひところ、テレビで「天皇の料理番」（中文題目「天皇御厨」）という番組が大ヒットしました。佐藤健の演技もよかったし、スタッフが総力を挙げて大正・昭和初期の風俗を研究して画面に再現していました。明治・大正時代の薪を使う調理台をわざわざ作ったり、主役の俳優が料理学校へ通って包丁捌きを練習したり、CGを使って大正の街並を再現したり、微に入り細を穿った時代考証に感心しました。しかし、ただ一つ、当時を再現できていなかったことがありました。それは、登場人物の「台詞」です。登場人物の福井方言や、郷ひろみのフランス語の発音は完璧なものでしたが、問題は言葉使いです。人に依頼する時に「〜てもらっていいですか」を連発していました。この表現は、あの時代にはあり得なかったものです。特に、主人公の恋人のフランス人が「ちょっと待ってもらっていい？」なんて言うはずがない、恋人にだったら「ちょっと待って。」か、せいぜい「ちょっと待ってくださる？」でしょう。

敬語 46

中文

　　原本請對方照自己指示走、請對方脫衣方便診療是為了對方而做，受惠者是對方，但是「この道をまっすぐ行っていただきますと、広場に出ます。」、「服を脱いでもらっていいですか。」等說法，卻像是拜託對方為了說話者這麼做，好像自己才是受惠者。而「～てもいいですか」是請求許可的句型，所以明明是為了對方才做的行為，卻好像在請求對方許可似的。在指引他人方向時，只要像「この道をまっすぐ行くと、広場に出ます。」（這條路直走就會出到廣場。）指示對方的行動即可；而醫師為患者看診時，也只要指示病患：「服を脱いでください。」（請脫衣。）就好。

　　然而，單純的「指示」太冷淡了。像是「ドアを開けてください。」（請開門。）、「ちょっと使いに行ってください。」（請去跑個腿。）等等。這些說法，或許會令人感受到「高高在上」而覺得不舒服。為了避免這種情形，才會刻意使用「請求許可」的句型。「平等」使社會變得甚至必須留意這些細節。

　　之前有段時間《天皇の料理番》（台譯：天皇的御廚）這部電視劇大受歡迎。不僅佐藤健演技精湛，工作人員也同心協力，徹底研究並重現了大正、昭和初期的風俗。像是特地製作明治、大正時代那些使用柴火的流理台、扮演主角的演員也前往料理學校學習刀法、使用CG重現大正時代的街道等，我非常佩服他們對於時代考證的講究。然而，他們疏忽了一點。那就是登場人物的「台詞」。登場人物的福井方言、鄉廣美的法語發音都很完美，但用語卻出了問題。戲中在拜託別人時，不斷出現「～てもらっていいですか」。這樣的說法，在那個時代是不可能的。尤其是主角的法國女友，更是不可能會說：「ちょっと待ってもらっていい？」（可以請你等我一下嗎？）既然是女友，就應該說：「ちょっと待って。」（請等一下。）或頂多使用「ちょっと待ってくださる？」（能等我一下嗎？）吧。

日本語

　依頼の文型は、150 種以上あります。「〜てください」「〜てもらえますか」「〜てもらえませんか」「〜ていただけますか」「〜ていただけませんか」「〜てくれますか」「〜てくれませんか」「〜てくださいますか」「〜てくださいませんか」等々……これらは皆、依頼内容や依頼相手との親疎関係など様々なファクターが微妙に絡んでいるので、「この場合にはこう言う」という定式化をするのは大変難しいのです。

　では、「〜てもらっていいですか」というパターンの依頼の仕方は、どのような場合になされるのでしょうか。医者が「服を脱いでもらっていいですか。」と言ったり、教師が「返事してもらっていいかな。」と言ったり、恋人に「ちょっと待ってもらっていい？」などと言ったりするのは、以前だったら「服を脱いでください」「返事してください」「ちょっと待って」など、「指示」を表わす状況です。つまり、被依頼者が決して "No" と言わない状況です。つまり、相手が決して拒絶するはずがない状況においてのみ、この文型が使われるようです。相手に断られそうな重いお願い、例えば「家を買いたいから 1000 万元借りたい」などのお願いををする時は、この文型は使わないと思われます。また、切羽詰まったお願い、例えば「父親が危篤だから、病院に行くために車を出して欲しい」などのお願いををする時も、この文型は使われないでしょう。

　そうですよね、日本人のクリスチャンの皆さん、神様にお願いする時に、「神様、私の病気、治していただいてよろしいでしょうか。」なんて言いませんよね！

敬語 47

　　日語的委託句型總共有 150 種以上，包括「～てください」、「～てもらえますか」、「～てもらえませんか」、「～ていただけますか」、「～ていただけませんか」、「～てくれますか」、「～てくれませんか」、「～てくださいますか」、「～てくださいませんか」等。這些跟委託內容、與委託對象之間的關係親疏等各種因素，微妙地交互影響，因此很難歸結出什麼情況該怎麼說。

　　那麼，「～てもらっていいですか」這個句型會使用於何種情形呢？就像醫師說：「服を脱いでもらっていいですか。」（請幫我把你的衣服脫下）或是教師說：「返事してもらっていいかな。」（可以幫我回應一下嗎？）或是女友說：「ちょっと待ってもらっていい？」（可以請你等我一下嗎？）等，若是以前應該會使用「服を脱いでください」（請脫下衣服）、「返事してください」（請回應）、「ちょっと待って」（請等一下）等「指示」來呈現。也就是說，這些是被委託者絕對不會說「No」的情形。意即似乎只有在對方不可能拒絕的情形下，才會使用這個句型。若是有可能會被對方拒絕的重大請求，例如想做「家を買いたいから 1000 万元借りたい」（我要買房子，想要向你借 1000 萬元）等請求時，應該就不會使用這個句型。此外，窮途末路時的請求，像是想做「父親が危篤だから、病院に行くために車を出して欲しい」（我父親病危必須前往醫院，希望你能開車載我們去）等請求時，也不會使用這個句型吧。

　　是啊，日本的基督教徒在向上帝祈禱時也不會說：「神様、私の病気、治していただいてよろしいでしょうか。」（神啊，可以治好我的病嗎？）吧！

03

呼称

稱呼

日本語

　今回から、呼称の問題についてお話します。

　日本語の二人称呼称では、目上の人に向かって「あなた」と呼ぶのは大変失礼です。あたかも「私」と対立するかのように感じられるからです。ですから、よく学生に「先生、あなたは……」などと言われると、ドドっと崩れてしまうのです。

　「あなた」は、元々は「私などに手の届かないあなた（彼方、遠く）にいる偉い方」という場所名詞だったのです。それ故、「あなた」という言葉は「私から距離のある人」という意味になり、それが発展して「私と対峙する人」というニュアンスを帯びるようになりました。例えば、国会討論の時などで対立関係にある党派の議員が「首相、あなたは……」という場合とか、夫婦やある程度気心の知れた友達が「あなたは、何を食べる？」などのように、「あなた」という二人称呼称は「対立関係」か「親しい他人」のように、両極端の相手にしか使われません。

　敬意を払うべき先輩や、身内・家族に用いると、思わぬ反発を喰らいますよ。会社で上司のことを「あなた」と呼んでクビになった社員がいます。（その人の名前か、「課長」「先生」などの職称で呼ぶのが普通です。）また、私は若い時、自分の母を「あなた」と呼んだら母は泣いて怒り、私に罵倒の手紙をよこしましたから。

稱呼 1

本回開始，讓我們來討論稱呼的問題吧！

在日語稱呼對方時，對尊長使用第二人稱的稱呼「あなた」，是非常失禮的事。因為會讓人感覺和「我」對立。所以，常有學生對我說「先生、あなたは……」（老師你……）我都快崩潰了。

「あなた」本來指的是如「位於我等遙不可及處的あなた（彼方、遠處）的偉大之人」這當中所示的場所名詞。因此，「あなた」一詞意味著「跟我有距離的人」，由此進一步發展成帶有「和我對峙的人」的語意。例如在國會辯論時，反對派的議員會說「首相、あなたは……」（首相，你……），或者夫婦、熟識到一定程度朋友也會說「あなたは、何を食べる？」（你要吃什麼？），第二人稱的稱呼「あなた」僅使用在如「對立關係」或「親近的他人」，跟自己處於兩極的對象身上。

對應該表示敬意的前輩或親人使用的話，會遭到意外的反彈喲。就曾有職員在公司叫上司「あなた」而被解雇。（通常是稱呼那個人的名字，或職稱如「課長」、「老師」才對）。我年輕時，曾經稱呼家母為「あなた」，把她氣哭了，還因此寄信來把我痛罵一頓。

日本語

　前回の文章で、「『あなた』という二人称呼称は『対立関係』か『親しい他人』のように、両極端の相手にしか使われません。」という箇所に対して、「『対立関係』と『親しい他人』は全く反対の関係なのに、なぜ同じく『あなた』という呼称が使われるのか」という質問がありました。

　同じく話し相手を指す言葉でも、二人称と呼称は違います。呼称は、「もしもし、お嬢さん」などと、相手に呼びかける時の呼び方で、通常は「お父さん」「先生」などの普通名詞が使われますね。しかし、二人称とは「君は和食が好きか」など、話の相手が文の主語になり得る場合に使われるもので、西洋語では通常「あなた」「私」などの代名詞ですね。日本語では呼称がそのまま二人称の役割を果たしています。

　妻が夫を「あなた」と呼ぶようになったのは、恐らく戦後になってからでしょう。英語の darling の意味で使われたと思われます。それまでの夫唱婦随の呼称でなく、対等な呼称である「あなた」が新鮮に響いたのでしょう。この場合は、反対に二人称がそのまま呼称になっていますね。

　結局、日本人社会は階層社会で、人が二人寄れば必ず上下の差違が出てくるのです。対等な関係において初めて「あなた」という二人称が使われます。対等になれるというのは、同じ身分で、よほど親しい場合ですね。または、上位者が下位者を呼ぶ場合です。

　もし、下位者が上位者を呼んだら「あなた」と呼んだら、これは「反逆」「生意気」と見られるし、そんなに親しくない者に「あなた」と呼ばれると、馴れ馴れしさ、「上から目線」を感じて不愉快になるし、肉親に「あなた」と呼ばれると、疎遠さ、冷たさが感じられるのです。

稱呼 2

中文

在前回的文章裡，曾提到「第二人稱稱呼『あなた』僅能用在『對立關係』或是『親近的他人』這種兩極的對象身上」。對此，有人就質疑說「『對立關係』和『親近的他人』不是完全相反的嗎？為何可以同樣使用『あなた』來稱呼？」

雖然同樣都是指談話的對方，但第二人稱不同於稱呼。所謂的稱呼，是指像「もしもし、お嬢さん」（喂，小姐）之類的，以及招呼對方的方式，通常是使用「お父さん」（父親）、「先生」（老師）之類的普通名詞。但是，所謂的第二人稱就像「君は和食が好きか」（你喜歡和食嗎）等，是在談話的對象可以成為句子的主語時才能使用，在西洋語文裡通常就是「あなた」（你）、「私」（我）之類的代名詞。然而在日文裡，稱呼就直接有第二人稱的功能。

而妻子叫先生「あなた」，恐怕是戰後才開始的吧！一般認為相當於英語的 darling。不同於以往夫唱婦隨式的稱呼，對等式的稱呼「あなた」聽起來大概較新鮮吧！此種情況，是反過來將第二人稱直接當稱呼來使用。

總之，日本的社會是屬於階層社會，兩人聚集必分上下。只有在對等關係之下，才能使用第二人稱「あなた」。而能夠成為對等，就必須是同樣身分、相當熟的情況吧。或者是上位者稱呼下位者的情況。

如果下位者稱呼上位者「あなた」的話，會被認為是「造反」、「傲慢」，如果被不熟的人叫「あなた」的話，會覺得裝熟、好像「高高在上」而不舒服，至於如果被近親叫「あなた」的話，會有疏遠、冷淡的感覺。

第 **60** 回　呼称 3

日本語

　名前も知らない見知らぬ人、或いは目上の人を呼ぶ時の二人称は、どうしたらいいのでしょうか。実はこれは大変厄介な問題で、どの年代の人がどの年代の人を呼ぶか、また二人がどういう関係にあるか、によって違ってくるのです。

　まず、中年以上の見知らぬ人を「おじさん」「おばさん」と呼ぶのは（特に女性を「おばさん」と呼ぶのは）、よほど親しい仲でもない限り、大変失礼です。知り合いの仲なら、ケンカを売っていると誤解されることになります。「おじさん」「おばさん」と言うのは、「あなたはもう年を取って性的魅力がなくなったダサい人だ」という響きがあるからです。商人が客を「おばさん」などと呼んだら、他の人はどうか知りませんが、まず私だったら怒り狂って大暴れしますね。但し、小さい子供に「おばさん」と呼ばれるのは構いませんが。

　では、どう呼んだらいいのでしょうか。これは、双方の関係性によって違います。お店の店員が呼ぶ時は、男女に関わらず「お客さん／お客様」でいいし、職業がわかっている場合は「社長」「先生」などと職称で呼べばいいのですが、見知らぬ人に声をかける時は「あのー」とか「すみません」しかありません。また、二人称としては、「そちら様」などと、場所名詞を使うようです。

稱呼 3

　　稱呼不知道名字的陌生人或尊長時的第二人稱，又該如何呢？這確實是非常棘手的問題，依據是什麼年紀的人要叫什麼年紀的人，以及兩人是何種關係，稱呼方式也會不同。

　　首先，稱呼不認識的中年以上的人「おじさん」、「おばさん」（特別是叫女性「おばさん」），如果不是很熟的人的話，是非常失禮的事。即使是認識的人，也會被誤解為是在挑釁。那是因為「おじさん」、「おばさん」二語聽起來像是「你已經是年紀大、不再有性魅力、老土的人」的意思。商人如果喚客人「おばさん」的話，別人會如何我不知道，是我的話肯定是暴跳如雷。但是，如果被小孩叫「おばさん」則無妨。

　　那麼，應該如何稱呼才是呢？這取決於雙方的關係。店員在招呼客人時，男女不拘都可以叫「お客さん／お客様」，而如果知道對方職業時，稱呼他的職稱「社長」、「老師」即可，但如果要叫不認識的人時，就只能說「あのー」或「すみません」。要不然，就使用第二人稱「そちら様」等場所名詞來稱呼。

日本語

　最も面倒なのは、女性をどう呼ぶか、です。若い女性なら「お嬢さん」でいいのですが、年配の女性だったら？　相手が結婚しているかどうかわからないから「奥さん」「お母さん」では失礼かもしれないし、かと言って「お嬢さん」ではお世辞丸見えだし。それに、同年輩の女性同士が互いに「奥さん」と呼び合うのはいいけど、うんと若い女性が年配の女性を「奥さん」と呼ぶのは不自然です。……ああ、これは私もお手上げ！

　もともと、「奥さん」というのは「家の構成」を中心とした呼称です。例えば、私の家の近所の人は私の父を「吉田さんのご主人」と呼び、私の母を「吉田さんの奥さん」と呼び、私を「吉田さんのお嬢さん」と呼びます。（私は「妙子さん」と名前で呼ばれた方がうれしいのですが、私の母は「雪枝さん」と名前で呼ぶと怒り、「奥さん」と呼ばれるのを好んでいます。）

　また、日本語には「師丈」「師母」などの便利な呼称がありません。私は大学生の時に先生の家に遊びに行った時、先生の奥さんを何と呼んだらいいか、困った記憶があります。私の母が台湾に来た時、学生が母を案内してくれました。その時、学生に「先生のお母さんを何と呼んだらいいですか。」と聞かれてしばらく考え、「お母様」と呼ぶのがいいでしょう、と答えました。で、学生達は母に対して「お母様、お母様」を連発し、母は大喜び。学生達が自分の子供のように感じられたのでしょう。

　日本人でも、ケースによっていちいち呼称を考えるのです。

稱呼 4

中文

　　最麻煩的是如何稱呼女性。如果是年輕的女性可以叫「お嬢さん」，那上了年紀的女性呢？因為不知道對方是否已婚，叫「奧さん」或「お母さん」也許會失禮，但稱「お嬢さん」又明顯是奉承。再者，同年層的女性是可以相互稱「奧さん」，但年輕許多的女性稱年長的女性「奧さん」就不太自然。……唉，講到這裡我也投降。

　　本來，「奧さん」是以「家庭構成」為中心的稱呼。例如我家附近的人稱呼家父「吉田さんのご主人」（吉田家的主人），稱呼家母「吉田さんの奧さん」（吉田家的太太），稱我為「吉田さんのお嬢さん」（吉田家的小姐）。（我比較喜歡人家用名字稱呼我「妙子さん」，但家母如果聽到別人用名字稱呼她「雪枝さん」會不高興，她似乎還是喜歡被稱為「奧さん」。）

　　此外，日文裡也沒有像「師丈」、「師母」之類方便的稱呼。記得我唸大學到老師家玩的時候，也曾為該如何稱呼老師的太太一事困擾。家母來台灣的時候，學生幫忙接待家母。當時，就有學生問到「該如何稱呼老師的母親呢？」我想了一下回答說「就叫『お母様』好了」。於是，學生們對家母直嚷著「お母様、お母様」，讓家母非常高興。可能是因為讓她覺得學生們就像自己的小孩一樣吧！

　　即使是日本人，也是要根據不同的情況，對稱呼一一斟酌的。

日本語

　ところで、天皇のことを昔は「帝」と書いて「みかど」と読んだのは、どういうわけでしょうか。

　これは「御門（みかど）」から来ていると思われます。中国の皇帝もそうでしたが、昔は偉い人の顔を直視するのは不敬なことでしたね。だから、偉い人を直接指す呼称を用いるのもまた失礼なことだったのです。代わりに、その人がいる場所、所属団体などを呼称として使いました。今でも日本人は電話をかける時など「<u>政治大学の</u>吉田ですが」などと、名前の前に自分の必ず所属団体を言います。また、見知らぬ子供が紛れ込んできたりすると、「君、<u>どこの</u>子？」などと子供に所属を聞きます。また、見知らぬ人の訪問を受けた時は「<u>どちらさま</u>ですか？」と、場所を表す疑問詞で誰何しますね。

　「あなた」という言葉を避けるために、「お宅」などという評判の悪い呼び方をする人もありますね。私の前の職場のボスは、職員のことをいつも「お宅は……」と呼んでいたので、ずいぶん嫌がられていました。「お宅」は「あなたの住居」という意味ですね。私の母などは、池袋に住んでいる叔母（母の妹）のことを、「今日、池袋が来たのよ。」などと丸ごと地名で呼んでいました。中国語でも、電話で相手の名前を聞く時、「請問、您是哪裏找？」と言うでしょう？

　ですから、天皇を指す「みかど」は、その住居の大きな門を二人称代わりにして「門（かど）」と言い、さらに最高敬語の「み」を付けて「みかど」と言ったものと思われます。

稱呼 5

中文

　　且說，從前將天皇寫成「帝」讀音為「みかど」，這是何故？

　　一般認為這是從「御門（みかど）」來的。中國的皇帝亦復如此，從前直視大人物的尊容是大不敬的事吧！因此，使用直指大人物的稱呼也是相當失禮的事。取而代之的，是稱呼那個人在的場所或所屬的團體。即使是今日，日本人打電話時也會說「<u>政治大学の吉田</u>ですが」（我是政治大學的吉田）等等，在名字前面一定會說自己所屬的團體。此外，看到不認識的小孩混進來時，通常也會問「君、<u>どこ</u>の子？」（你，是哪家的孩子？）等等，問小孩所屬的地方。還有，接受陌生人拜訪時，會說「<u>どちらさま</u>ですか？」（您哪裡？）之類，使用場所疑問詞來查問吧。

　　為了避免使用「あなた」，也有人使用像「お宅」之類評價不好的稱呼方式呢。我以前職場上的老闆，老是以「お宅は……」來叫喚職員，所以大家都討厭他。「お宅」是「あなたの住居」（你的居所）」之意。像家母就常用「今日、池袋が来たのよ。」（今天池袋來了喔。）完全用地名來稱呼家住池袋的阿姨。而中文裡，在電話中問對方大名時，也會說「請問，您哪裡找？」吧。

　　因此稱呼天皇時的「みかど」，就是藉著他住所的大門代替第二人稱，用「門（かど）」再加上最高敬語的「み」就變成了「みかど」。

日本語

　「親方（おやかた）」も同様の語源と考えられます。「親方」という漢字は文字通りボスの意味を表すのですが、同じ「おやかた」という音形を持つ語で「御館（おやかた）」または「御屋形（おやかた）」というのがあります。（ボスを表す「親方」も、「御館」「御屋形」が語源なのかもしれません。）

　「御館」または「御屋形」は、文字通りには「立派なお屋敷」を意味しますが、内実は武家の棟梁（武家の統率者）を意味します。彼らは「御館様（おやかたさま）」「御屋形様（おやかたさま）」と呼ばれて尊敬されました。つまり、ここでも「人」を「住む場所」で呼んでいるわけです。

　「館（やかた）」も「屋形（やかた）」も 11 ～ 12 世紀の武士の時代に生じたものですが、「館（やかた）」は直接家屋を表す語でした。「御館」はまた、「みたち」とも呼ばれます。

　それに対して、「屋形（やかた）」とは室町時代に守護大名が特に許されて称した尊称ですが、やはり文字から「住居」がイメージされますね。その証拠に、平安時代から存在して今でも観光用に使われている「屋形船（やかたぶね）」とは、屋根が付いていて中で食事などもできる、家の形をした船のことですからね。

稱呼 6

中文

　　而「親方（おやかた）」的語源應該也相同。「親方」的漢字是頭目、首領的意思，與之音形同為「おやかた」的詞語還有「御館（おやかた）」和「御屋形（おやかた）」。（表示頭目、首領的「親方」也許也源自「御館」、「御屋形」。）

　　「御館」或「御屋形」就如其字面，意思是「壯觀的住宅」，實際上則有武家棟梁（武家的統御者）的意思。他們被稱為「御館樣（おやかたさま）」、「御屋形樣（おやかたさま）」受到尊敬。也就是說，這亦是用「居所」來稱呼「人」的方式。

　　「館（やかた）」和「屋形（やかた）」都是於 11 ～ 12 世紀武士的時代產生的，「館（やかた）」直接是代表家屋的詞。而「御館」又稱「みたち」。

　　相對於此，「屋形（やかた）」則是室町時代特別允許守護大名使用的尊稱，不過從文字上還是予人「居所」的印象呢。而其證據，就是平安時代就已存在，現在也作觀光使用的「屋形船（やかたぶね）」，其指的就是有屋頂，能夠在當中用餐等，形狀如住家的船。

04

男言葉・女言葉
男性用語 ・ 女性用語

第64回 男言葉・女言葉 1

日本語

　皆さんの周囲の、年配の女性の言葉と若い日本人女性の言葉を比べてみてください。年配者が女言葉を使うことが多いのに対し、若者はほとんど使っていないことに気がつくでしょう。最初に、男言葉・女言葉の社会的背景から始めたいと思います。

　言葉というものは必ず思想に裏打ちされているものです。特に、日本語は階層言語です。敬語も呼称も、日本人の上下・内外関係によって言葉が選ばれます。特に男言葉・女言葉は日本社会における女性の地位に関係し、さらに女言葉の消長は戦後の女権運動の発展とも深く関わっています。

　以前は男性は男言葉、女性は女言葉を使っていました。「男は社会を作る者、女は男に寄り添って生きる者」という価値観があり、女性は男性と違った活動をすることが求められました。戦前の女性は選挙権もなく遺産相続権も限られており、法的権利には格段の性差がありました。言語も男性とは別のものをあてがわれていたわけです。しかし、戦後は男女平等が叫ばれるようになり、女性も男性と同等の権利を求められるようになりました。しかし、初期の女権運動の段階では、女性は自立する方法を知らず、ひとまず男性の後追いをすることから始められたようです。女性も男性と同じ職場に進出し、男性のように酒やタバコを嗜んだり、結婚・出産を拒否したり。

　そして、言語も男性化してきました。現今の高校生では、男か女かわからないような言葉遣いをする者が多く、ここ十数年で女言葉は次第に聞かれなくなりつつあります。

　まず、このことをご理解いただきたいと思います。

男性用語 · 女性用語 1

中文

請比較一下各位周圍年長與年輕日本女性所講的話。應該會發現年長者常使用女性用語，相較之下，年輕人幾乎都不使用吧。在此，我想從男性用語、女性用語的社會背景開始說起。

用語背後必定有思想在支撐。特別是日文是屬於階層語言。不管是敬語或稱呼，都必須根據日本人的上下、內外關係來選擇用語。特別是男性用語、女性用語關係著日本社會的女性地位，而且女性用語的消長，和戰後女權運動的發展也關係密切。

在過去，男性使用男性用語，女性使用女性用語。在「男性是社會的創造者，女性則是依附男性而生者」的價值觀下，女性被要求從事有異於男性的活動。戰前的女性既沒有選舉權，繼承財產權也受到限制，在法律的權利上有顯著的性別差異。因此在言語上也被賦予不同於男性的用語。到了戰後提倡男女平等，要求女性應該擁有與男性同樣的權利。但是，在女權運動的初期階段，女性不知如何自立，就暫且從跟隨男性的腳步開始。女性和男性同樣進入職場，像男人一樣抽菸喝酒，拒絕結婚、生小孩。

接著，言語也男性化起來。現在很多的高中生講話用詞難辨男女，這十幾年來，已逐漸聽不到女性用語了。

所以，首先我想請大家先理解這樣的情況。

日本語

　まず、男言葉・女言葉が使われる場面です。改まった公の場、例えば仕事の場で人と話す時、公共のスピーチをする場合などでは、誰でも「敬体（丁寧体、デス・マス体）」で話すでしょう。この場合は男女とも社会性・公共性を要求されるわけですから、性差語は使われません。友達、家族など、プライベートな場面で親しい者同士が話す場合は「常体（普通体、ダ体）」で話しますが、この時に性差語が使われるわけです。

　性差語は、「人間関係によって違う表現を用いる」「人によって違う表現を用いる」ということを前提にして、まず文末表現から紹介します。（拙著『たのしい日本語会話教室』大新書局、p.28-29）

1. 推定表現　　男：〜だろう　　　例「明日は雨だろう。」「明日は雨だろう？」
　　　　　　　　女：〜でしょう　　例「明日は雨でしょう。」「明日は雨でしょう？」
　　　　　　　　公共語：〜でしょう　例「明日は雨でしょう。」「明日は雨でしょう？」

　まず、推定表現ですが、これはあまり性差が見られません。というのは、推定というのは話者の心の中で行うことですから、内言に近いものと言えるからです。ですから、独り言を言う場合や日記に書く場合は、女性でも「だろう」を用いていいことになります。

　「だろう」も「でしょう」も推定表現ですが、「だろう」が心の中で発せられる言葉であるのに対し、「でしょう」は他人に向けて発せられる対他疑問表現です。この用法の場合、女性は「だろう」は使いません。女性の方が他人を意識した言葉使いをすると言えます。

男性用語・女性用語 2

中文

　　首先談男性用語、女性用語使用場合。正式公開的場合，例如在職場與人交談或公開的演講，不管誰應該都是使用「敬體（デス・マス體）」吧！在這種場合，無論男女都被要求要符合社會性及公共性，因此不會使用性別用語。但在私人場合，與朋友、家人等熟人交談時，一概使用「常體（ダ體）」，此時就會使用性別用語。

　　性別用語是以「根據人際關係不同而使用不同的表現」、「不同的人要用不同的表現」為前提，首先就從句尾的表現開始介紹。（拙作《たのしい日本語会話教室》大新書局、p.28-29）

1. 推測表現　男：～だろう　　**例**「明日は雨<u>だろう</u>。」「明日は雨<u>だろう</u>？」

　　　　　　　女：～でしょう　**例**「明日は雨<u>でしょう</u>。」「明日は雨<u>でしょう</u>？」

　　　　　　　公共語：～でしょう　**例**「明日は雨<u>でしょう</u>。」「明日は雨<u>でしょう</u>？」（明天會下雨吧？）

　　大體上，推測的表現不太有性別的差異。因為所謂的推測，本來就是在說話者心中進行的，可說是類似於心聲。因此在自言自語或寫日記時，女性也能使用「だろう」。

　　「だろう」和「でしょう」雖然同屬推測表現，但相較於「だろう」是自己內心所發的詞語，「でしょう」則是針對他人所發出的疑問表現。這種用法時，女性是不使用「だろう」的。可以說女性比較會使用顧慮到他人的詞彙。

日本語

2. 勧誘表現　男：〜（よ）う　　例「一緒に行こう。」

　　　　　　　女：〜ましょう　　例「一緒に行きましょう。」

　　　　　　　公共語：〜ましょう　例「一緒に行きましょう。」

　これも、推定表現と同じく、あまり性差が見られません。女性語はやはり公共語と同じ表現になっています。しかし、ここで注意しておきたいのは、単に男性語は必ず男性が、女性語は必ず女性が話すというものではないことです。男女の関係の親疎によって変化するのです。下の表で、（親）というのは親しい者または目下の者に対する表現、（疎）というのは親しくない者または目上の者に対する表現を意味します。）

（親）男→男：「一緒に行こう。」

（疎）男→男：「一緒に行きましょう。」

（親）女→女：「一緒に行こう。」

（疎）女→女：「一緒に行きましょう。」

（親）男→女：「一緒に行こう。」

（疎）男→女：「一緒に行きましょう。」

（親）女→男：「一緒に行こう。」「一緒に行きましょう。」

（疎）女→男：「一緒に行きましょう。」

　「（親）の関係＝〜（よ）う」、「（疎）の関係＝〜ましょう」、という単純明快な方程式になればいいのですが、「（親）女→男」の関係がこの方程式を壊しています。どうやら、女性は男性に対する時はことさらしおらしく振舞おうとするようです。私も、学生には「一緒に行こう。」と言いますが、イケメンにはやはり「一緒に行きましょう。」と言っちゃいますね。

男性用語・女性用語 3

2. 勸誘表現　男：～（よ）う　　　例「一緒に行こう。」
　　　　　　　女：～ましょう　　　　例「一緒に行きましょう。」
　　　　　　　公共語：～ましょう　　例「一緒に行きましょう。」（一起去吧！）

　　這也與推測表現相同，不太看得見性別的差異。女性用語仍然與公共語是相同的表現。但此處要提醒的是，男性用語不單是男性、女性用語也未必只有女性使用。會因男女的親疏關係而有所變化。在下表中，（親）表示對親近的人或晚輩部下的表現；（疏）意指對不熟的人或尊長的表現。

（親）男→男：「一緒に行こう。」

（疏）男→男：「一緒に行きましょう。」

（親）女→女：「一緒に行こう。」

（疏）女→女：「一緒に行きましょう。」

（親）男→女：「一緒に行こう。」

（疏）男→女：「一緒に行きましょう。」

（親）女→男：「一緒に行こう。」「一緒に行きましょう。」

（疏）女→男：「一緒に行きましょう。」

　　「（親）的關係＝～（よ）う」、「（疏）的關係＝～ましょう」原可成為一簡單又清楚的方程式，但被「（親）女→男」的關係破壞了。女性似乎是藉此刻意對男性表現出很柔順的樣子。我平常對學生也是說「一緒に行こう。」，但碰到帥哥還是會說「一緒に行きましょう。」呢。

第 **67** 回　**男言葉・女言葉 4**

日本語

3.　自問表現　　男：〜かな　　　　　　　例「この服はどうかな。」

　　　　　　　　女：〜かしら　　　　　　例「この服はどうかしら。」

　　対他疑問　　男：〜かな　　　　　　　例「この服はどうかな？」

　　　　　　　　女：〜かしら　　　　　　例「この服はどうかしら？」

　　　　　　　　公共語：〜でしょう（か）　例「この服はどうでしょう（か）？」

　この自問表現も、内言の一種です。しかし、歴史的に見ると、「かな」と「かしら」は、男女の役割交代が見られます。夏目漱石の小説などを読むと、近代初期には男性でも「かしら」を使っていたようですし、女性でも独り言の時は「かな」を使います。

　「かしら」は、例えば「今、何時か知ら（ない）」が縮まって「今、何時かしら」という表現になったものですから、男も女も区別がなかったのです。また、「な」は自己確認の終助詞なので、「今、何時かな」という表現は、これも男女とも使えるものだったのです。

　しかし、自問表現としてでなく、他人に意見を求める場合などの対他疑問になると、「かな」も「かしら」もよほど親しい者か下位者に対して使う以外は、「でしょう」を使った方が無難でしょう。例えば、デパートで服選びをする時、男性客は店員に対して「この服はどうかな？」と意見を求め、女性客は「この服はどうかしら？」と意見を求めることができますが、店員は客に「この服はどうでしょう（か）？」と勧めるわけです。

男性用語・女性用語 4

中文

3. 自問表現　男：～かな　　　　　例「この服はどうかな。」

　　　　　　　女：～かしら　　　　例「この服はどうかしら。」

　對他疑問　男：～かな　　　　　例「この服はどうかな？」

　　　　　　　女：～かしら　　　　例「この服はどうかしら？」

　　　　　　　公共語：～でしょう（か）　例「この服はどうでしょう（か）？」

　　　　　　　　　　　　　　　　　　（這件衣服怎麼樣？）

　　此處的自問表現，也是一種內心話。但是，從歷史上來看，「かな」和「かしら」的男女使用是有變化的。如果讀夏目漱石的小說之類等，就會發現其實近代初期男性也使用「かしら」，女性獨白時也會使用「かな」。

　　在當時，「かしら」的表現方式是由例如「今、何時か知ら（ない）」（不知道現在是幾點）一句簡略成「今、何時かしら」（現在幾點呢）而形成的，因此沒有男女之別。而且，因為「な」是自我確認的終助詞，所以「今、何時かな」（現在幾點呢）的表現方式也是男女都可以使用。

　　但是，如果不是自問表現，而是徵求他人意見時的對他疑問的話，那麼不管是「かな」或「かしら」都只使用在對相當親近的人或晚輩部屬，其餘的則使用「でしょう」比較保險。例如，在百貨公司挑衣服時，男客人可以問店員「この服はどうかな？」來徵詢意見，女客人可以對店員說「この服はどうかしら？」以徵求意見，但店員要推薦給客人時就要說「この服はどうでしょう（か）？」。

日本語

4. 発問表現　男：［常体文］？／［常体文］か？　**例**「行く↗?」「行くか↗?」

　　　　　　女：［常体文］？／［敬体文］？　　**例**「行く↗?」「行きます↗?」

　　　　公共語：［敬体文］か？　　　　　　　**例**「行きますか↗?」

　日本語の疑問形は、必ずしも語尾に「か」をつけるのではなく、末尾を上昇アクセントにすることによって示されます。末尾に「か」をつけて疑問を示すのは、公式の場での表現、つまり「行きますか↗?」だけです。「行くか↗?」は極度に男らしいきつい表現、「行きます↗?」は極度に女らしい柔らかい表現となります。親しい仲で男女共通に使えるのは、「行く↗?」だけです。「か」は「彼はどこに行った<u>か</u>?」のように、語尾につけて相手に対する直接疑問文を作るよりも、「彼がどこに行った<u>か</u>、わからない。」などのように間接疑問文を作る時に活躍することが多いようです。

　私は、日本語疑問形の末尾上昇アクセントで失敗したことがあります。台湾に来たばかりの時、レストランで餃子を食べていてスープが欲しくなりました。そこで「有没有湯?」と言えばよかったのですが、疑問文を作る時に語尾を上昇させる日本語の習慣が抜けず、つい「湯」（tang →）を第二声で「tang ↗」と発音してしまいました。そうしたら、「有没有糖?」という意味になってしまい、私の前に運ばれてきたのはスープでなく砂糖でした。

男性用語・女性用語 5

中文

4. 發問表現　男：[常體句]？/[常體句] か？　　例「行く↗?」「行くか↗?」

　　　　　　　女：[常體句]？/[敬體句]？　　　　例「行く↗?」「行きます↗?」

　　　　　　　公共語：[敬體句] か？　　　　　　　例「行きますか↗?」（要去嗎？）

　　日文的疑問形並非一定在語尾加「か」，而是藉由尾調的上揚來表示。語尾加「か」表示疑問，僅限於正式場合亦即「行きますか↗?」。「行くか↗?」是極度男性化、陽剛的表現；「行きます↗?」則是極度女性化、溫柔的表現。熟人間男女共通使用的，就只有「行く↗?」。比起向對方提出直接疑問句，如「彼はどこに行ったか?」（他去哪裡了呢？），這種將「か」置於句尾的方式，「か」反而更常活用在間接疑問句「彼がどこに行ったか、わからない。」（我不知道他去了哪裡。）

　　我自己曾經有過因為使用日文疑問形提高尾音而失敗的例子。剛來台灣時，在餐廳吃餃子想要喝湯。本來說「有沒有湯？」就可以了，但因改不掉說日文疑問句時尾調上揚的習慣，結果「湯」（tang →）是以第二聲「tang ↗」脫口而出。如此一來就變成了「有沒有糖？」，送來的不是「湯」而是「糖」。

第69回 男言葉・女言葉 6

日本語

　依頼表現ほどバラエティに富んだものはありません。日本人は人に何かを課するということを、非常に心の負担に感じるからです。依頼表現は、何と300種以上もあるのです！（詳しくは、拙著『たのしい日本語会話教室』p.148~149 をご覧ください。）

　ここでは、「男性専用の依頼表現」「女性専用の依頼表現」を見ていくことにします。

5. 依頼表現

　　男：「ちょっと来<u>てくれ</u>。」＜「ちょっと来<u>てくれないか</u>↗？」＜「ちょっと来<u>てもらえないか</u>↗？」

　　女：「ちょっと来<u>てちょうだい</u>。」＜「ちょっと来<u>てくださる</u>↗？」＜「ちょっと来<u>ていただける</u>↗？＜「ちょっと来<u>てくださらない</u>↗？」＜「ちょっと来<u>ていただけない</u>↗？」

　　公共語：「ちょっと来<u>てください</u>。」＜「ちょっと来<u>てくださいませんか</u>↗？」＜「ちょっと来<u>ていただけませんか</u>↗？」

　上のように、右に行くほど丁寧度が増します。一般に、否定語を含む表現の方が丁寧度が高いです。

　女性の場合は、①敬語「くださる」「いただく」を用いる、②語尾に「か」を付けない、というのが特徴かと思われます。

男性用語 ・ 女性用語 6

中文

　　　沒有比請託表現更富於變化的了。這是因為日本人要把什麼事加諸他人身上時，都會覺得心裡很有負擔。有關請託表現，竟然有 300 種以上！（詳情請參見拙著《たのしい日本語会話教室》p.148~149）

　　　此處我們就來看看「男性專用的請託表現」和「女性專用的請託表現」。

5. 請託表現

　　男：「ちょっと来<u>てくれ</u>。」<「ちょっと来<u>てくれないか</u>↗？」<「ちょっと来<u>てもらえないか</u>↗？」

　　女：「ちょっと来<u>てちょうだい</u>。」<「ちょっと来<u>てくださる</u>↗？」<「ちょっと来<u>ていただける</u>↗？」<「ちょっと来<u>てくださらない</u>↗？」<「ちょっと来<u>ていただけない</u>↗？」

　　公共語：「ちょっと来<u>てください</u>。」<「ちょっと来<u>てくださいませんか</u>↗？」<「ちょっと来<u>ていただけませんか</u>↗？」（請你來一下。）

　　　以上諸例中，越是右邊的越客氣。一般而言，含否定語者客氣的程度也會增加。

　　　女性的部分有 2 個特徵，①使用敬語「くださる」、「いただく」，②語尾不加「か」。

日本語

　男らしさ・女らしさが最もよく現れるのは、一人称呼称と二人称呼称でしょう。一人称呼称と二人称呼称は、男らしさ・女らしさの他に親疎関係・上下関係も表します。

		一人称	二人称
（親）	男→男	俺・僕	おまえ・君・あんた
（疏）	男→男	僕・わたし・わたくし	────
（親）	女→女	あたし・わたし	あんた・あなた
（疏）	女→女	わたし・わたくし	────
（親）	男→女	俺・僕	おまえ・君・あんた
（疏）	男→女	僕・わたし・わたくし	────
（親）	女→男	あたし・わたし	あんた・あなた
（疏）	女→男	わたし・わたくし	────

　「呼称」のところで述べたように、目上の人や親しくない人、つまり遠慮のある関係の人に対しては二人称を使うことはできません。この中で、「俺－おまえ」は男のやや乱暴な呼称、「僕－君」は男のやや子供っぽい呼称、「あたし－あんた」は女のやや崩れた呼称、「わたくし」は最も公式の呼称です。「わたし」が大人の使う最も一般的な呼称なので、日本語の教科書は「わたし」で統一されているわけです。

　もっとも最近では女子高校生でも「俺－おまえ」を使っているのをよく聞きますが、社会に出たらそういう羽目はずしは許されないので、卒業してからは使わなくなるようです。

男性用語・女性用語 7

中文

　　最能表現男人味及女人味的，就是第一人稱的稱呼及第二人稱的稱呼吧！除了男人味、女人味之外，第一人稱的稱呼及第二人稱的稱呼也可以表達出親疏及上下的關係。

	第一人稱	第二人稱
（親）男→男	俺・僕	おまえ・君・あんた
（疏）男→男	僕・わたし・わたくし	――――
（親）女→女	あたし・わたし	あんた・あなた
（疏）女→女	わたし・わたくし	――――
（親）男→女	俺・僕	おまえ・君・あんた
（疏）男→女	僕・わたし・わたくし	――――
（親）女→男	あたし・わたし	あんた・あなた
（疏）女→男	わたし・わたくし	――――

　　如先前「稱呼」時所述，對於尊長或不熟的人，即需要客氣以待的人，是不可以使用第二人稱來稱呼的。上表中，「俺－おまえ」是男性稍微粗魯的講法；「僕－君」是男性稍微孩子氣的稱呼；「あたし－あんた」是女性比較隨意的講法；「わたくし」是最正式的稱呼。由於「わたし」是大人最普遍使用的稱呼，因此日文的教科書統一使用「わたし」。

　　雖然最近也常常聽到高中女生使用「俺－おまえ」，但一旦出了社會，這種脫軌的講法是不被允許的，所以畢業後應該就不會再用了。

第 71 回 男言葉・女言葉 8

日本語

　前回述べた呼称の他に、特殊社会の呼称や、方言の呼称があります。

　何年か前のことですが、政治大学の新入生の女の子が「先生、貴様は……」と呼んだことがありました。驚いた先生が「どこでそんな言葉を覺えたの？」と聞くと、「俺はテレビを見たんだぞ。」と来たので、先生は卒倒しました。この女子学生がテレビのどんな番組を見たか、もうおわかりですね。多分、ヤクザ映画か軍隊の映画でしょう。軍隊では「貴様－俺」と言わなければいけない規則があり、「私－あなた」などと言おうものなら、殴られたと言います。ヤクザの世界も軍隊と同じように男の階級社会なので、呼称も似たようになったのでしょう。しかし、敵を罵る時などにはもっと乱暴な「てめえ」という二人称が使われるようです。

　方言にいたってはキリがありませんが、東北地方の「おら」（男女共通）、関西地方の「わい」（男）、「うち」（女）がよく知られています。

　「わたし」「おら」「わい」「うち」の一人称に共通しているのは何でしょうか。いずれも母音または半母音で始まっていることです。外国語でも、英語の I、ドイツ語の ich、イタリア語の io、中国語の wo など、一人称は柔らかくて誰でも発音しやすい母音か半母音で始まることが多いようです。母音は最も意識に密着した音なのでしょう。

男性用語・女性用語 8

中文

　　除了上回所述的稱呼之外，還有特殊社會的稱呼及方言的稱呼。

　　幾年前，有一位政大的新進女學生竟然叫老師「先生、貴様は……」（老師，你這傢伙……）。老師吃驚之餘問她「哪裡學來那樣的話？」而她回答「俺はテレビを見たんだぞ。」（我看電視的。），聽了老師都昏倒了。這位女學生到底看什麼樣的電視節目，想必大家都了解吧。多半是黑道或軍隊的電影吧！在軍隊裡有一定要講「貴様－俺」的規定，如果說「私－あなた」據說會挨揍。黑道的世界因為與軍隊同屬男人的階級社會，因此稱呼方式也很類似。但是在罵敵人之類時，就會使用更粗暴的第二人稱「てめえ」。

　　方言的說法更五花八門，眾所周知的如東北地區使用「おら」（我；男女共通），關西地區使用「わい」（我；男）、「うち」（我；女）。

　　「わたし」、「おら」、「わい」、「うち」這些第一人稱共通的是什麼呢？它們都是以母音或半母音開頭。即使是外語，像英語的 I、德語的 ich、義大利語的 io、中文的 wo 等等，第一人稱也多數是以柔和、每個人都容易發音的母音或半母音開頭。母音可說是與意識關係最密切的發音吧！

日本語

　今回から、終助詞についてお話しします。まず、終助詞全体についてざっと説明しましょう。

　終助詞と言われるものには、「か」「ね」「よ」「わ」「な」「ぞ」「ぜ」「さ」があります。最近では「し」も終助詞の仲間に入ったようです。また、それらを組み合わせた「かな」「かね」「かよ」「よね」「わね」「わよ」「わな」「よな」「ぜよ」「さね」「さな」などがあります。このうち、「わ」の入ったものは女性専用語、「ぞ」「ぜ」の入ったものは男性専用語、「な」は基本的に男性語、「さ」「かよ」は品性に欠ける語、と考えられています。

　また「それで<u>ね</u>、明日<u>ね</u>、二人で<u>ね</u>、食事に<u>ね</u>、行こうと<u>ね</u>、思って<u>ね</u>、いるん<u>だね</u>。」のように、文節の終わりに挟んで間投助詞として使うことのできる終助詞は、「ね」「よ」「な」「さ」の4種です。

　さらに、「<u>ねえ</u>、お願い。」「<u>よう</u>、久しぶり。」「<u>なあ</u>、一緒に行こうよ。」などのように、独立した感動詞としても使うことのできるものは、「ね」「よ」「な」の3種です。

　終助詞は、使い分けによって男らしさ・女らしさを表現することができる調味料のような品詞です。次回から、これら一つ一つの意味と用法についてお話していきましょう。

男性用語・女性用語 9

中文

　　這回就來談談終助詞。首先，以下概略說明終助詞整體。

　　所謂的終助詞，包括「か」、「ね」、「よ」、「わ」、「な」、「ぞ」、「ぜ」、「さ」。最近「し」似乎也加入了終助詞的行列。此外，還有將上述組合而成的終助詞「かな」、「かね」、「かよ」、「よね」、「わね」、「わよ」、「わな」、「よな」、「ぜよ」、「さね」、「さな」等等。其中，一般認為有加「わ」的是女性專用語，有加「ぞ」、「ぜ」的是男性專用語，「な」基本上是男性用語，「さ」、「かよ」則是沒品的話。

　　另外，如「それでね、明日ね、二人でね、食事にね、行こうとね、思ってね、いるんだね。」（所以啊，我正在啊，想啊，明天啊，二人啊，去啊，吃飯啊）所示，可以夾在句節尾端作為間投助詞使用的終助詞有「ね」、「よ」、「な」、「さ」等4種。

　　還有，像「ねえ、お願い。」（嘿，拜託。）、「よう、久しぶり。」（嗨，好久不見。）、「なあ、一緒に行こうよ。」（喂，我們一起去嘛。）等等所示，可以作為獨立感動詞的有「ね」、「よ」、「な」等3種。

　　終助詞是類似調味料的詞類，可以藉著不同終助詞的使用，表現出男人味或女人味。下回起，將就這些終助詞一一探討其意思及用法。

日本語

　ちょっと日本語に親しんだ人なら誰もが知っている終助詞は、「か」「ね」「よ」でしょう。実は、この3つの終助詞を使い分けることで、男言葉・女言葉を巧みに操ることができるのです。どうすればいいのでしょうか？　その前に、まず、「か」「ね」「よ」の意味を考えましょう。

「ね」：自分も相手も知っている情報について使う。相槌を打ったり相槌を求めたりする場合。

「よ」：相手が知らない情報を一方的に教える場合に用いる。

「か」：自分が知らない情報を相手に求めたり、相手から与えられたりした場合に用いる。

　では、練習問題をやってみましょう。答は次回に書きます。

A「こんにちは。今日は寒いです（1　　　　）。」

B「そうです（2　　　　）。」

A「Bさん、お母さんは元気です（3　　　　）？」

B「はい、母はとても元気です（4　　　　）。」

A「Bさんのお母さんは、お若いです（5　　　　）。」

B「でも、先週は風邪を引いたんです（6　　　　）。」

A「ああ、そうです（7　　　　）。」

男性用語 ・ 女性用語 10

中文

　　稍微熟悉日文的人都知道終助詞「か」、「ね」、「よ」吧！其實，分別使用這 3 個終助詞，就能巧妙地運用男性及女性用語。那該怎麼用呢？首先，讓我們想想「か」、「ね」、「よ」的意思。

「ね」：使用在自己和對方都知道的資訊上。附和對方或者要求對方附和時使用。

「よ」：單方面告訴對方其所不知道的資訊時使用。

「か」：要求對方提供自己所不知道的資訊，或對方提供了資訊時使用。

　　那麼，來做一下練習吧！答案下回揭曉。

A「こんにちは。今日は寒いです（1　　　）。」（你好。今天真冷（　）。）

B「そうです（2　　　）。」（對（　）。）

A「B さん、お母さんは元気です（3　　　）？」（B，你母親好（　）？）

B「はい、母はとても元気です（4　　　）。」（是的，我媽媽非常好（　）。）

A「B さんのお母さんは、お若いです（5　　　）。」（B，你的母親真年輕（　）。）

B「でも、先週は風邪を引いたんです（6　　　）。」（但是，她上週感冒了（　）。）

A「あ、そうです（7　　　）。」（喔，這樣（　）。）

日本語

　前回の答。1. ね：相手に相槌や同意を求める。2. ね：相手に共感する。3. か：自分の知らないことを相手に聞く。4. よ：相手の知らないことを伝える。5. ね：自分の感動を伝え、相手に同意を求める。6. よ：相手の知らないことを伝える。7. か：自分の知らなかったことを自己納得する。

　4、6、7で「ね」を使ってはいけません。4と6で「ね」を使うと、まるで「あなたはこのことを知っていて当然でしょ」という非難のニュアンスになるし、7で「ね」を使うと、まるで「私はそのことをもう知っていたんだ」という高飛車なニュアンスになってしまいます。

　「ね」は基本的に自分も相手も知っていることの確認、「よ」は自分だけが知っていて相手が知らないことの情報伝達、という意味になります。ですから、

「昨日見た映画、おもしろかった<u>ね</u>。」：話者も聞き手も映画を見た

「昨日見た映画、おもしろかった<u>よ</u>。」：話者だけが映画を見た

ということになるのです。

男性用語 · 女性用語 11

中文

　　上回的解答。1. ね：要求對方附和或同意。2. ね：和對方同感。3. か：向對方詢問自己所不知道的事。4. よ：傳達對方所不知道的事。5. ね：傳達自己的感動，並徵求對方的同意。6. よ：傳達對方所不知道的事。7. か：自己了解到從前所不知道的事。

　　4、6、7 的答案不可以使用「ね」。4、6 如果使用「ね」的話，好像是說「你當然該知道這件事吧」，語氣中帶有責難的味道；7如果使用「ね」的話，則好像是說「我早知道那件事」，語氣中帶有高傲的感覺。

　　「ね」基本上是確認自己和對方都知道的事情；「よ」則是傳達只有自己知道，對方不曉得的資訊，因此：

「昨日見た映画、おもしろかった**ね**。」（昨天看的電影，很有趣吧。）：這句話意指説者、聽者都看了電影。

「昨日見た映画、おもしろかった**よ**。」（昨天看的電影很有趣喔。）：這句話則意指只有説者看過電影。

日本語

　では、この「か」「ね」「よ」をどう使えば男言葉・女言葉になるのでしょうか。

　まず、「か」について。

「か」：①相手に対する発問　例「あなたはどなたですか？」

　　　　②自己納得　　　　　例「ああ、そうか。」

　このうち、②の用法は独り言ですから、男女の区別はありません。しかし、①の方は男女言葉があります。相手に対する発問の男女言葉は、男性も女性も「か」を使わないことです。つまり、公共語が「敬体文＋か」であるのに対して、男女言葉はいずれも「常体文＋φ」（φは無、ゼロ記号）なのです。

男：「行くφ↗？」　　　女：「行くφ↗？」　　　公共語：「行きますか？」

　但し、男性をより男性的にするために、男性は「常体文＋か？」を使うことがあります。

男：「行くか↗？」

　この「常体文＋か？」という表現は、非常に男性的なのですから男同士で使われるのが常ですが、女性に対して用いられる場合は、男性の女性に対する「上から目線」の言葉か、或いは真反対に男性の女性に対する保護の関係、つまり「よほど親しい関係」というニュアンスがあります。男性に「寒いか↗？」と聞かれたら、女性は男性が自分の上着を脱いで肩にかけてくれることを期待してしまうかもしれません。

男性用語・女性用語 12

中文

　　那麼，這些「か」、「ね」、「よ」要如何使用，才會變成男性用語或女性用語呢？

　　首先，有關於「か」：

「か」：①向對方發問　　**例**「あなたはどなたですか？」（你是哪位？）

　　　　②自己理解了　　**例**「ああ、そうか。」（喔！這樣啊！）

　　其中，②的用法類似自言自語，所以沒有男女的區別。但是，①則男女有別。向對方發問的男女用語，不管是男性或女性都不使用「か」。意即，相對於如果公共語是「敬體句＋か」的話，男女用語則皆是「常體句＋φ」（φ是無的記號）。

男：「行くφ↗？」　　女：「行くφ↗？」　　公共語：「行きますか？」（要去嗎？）

　　不過，為了表現得更有男性氣慨，有時男性會使用「常體句＋か？」。

男：「行くか↗？」

　　這種「常體句＋か？」的表現是非常男性化的，因此男性之間常會使用，但若是男性對女性使用時，則是一種男性對女性態度「高高在上」的詞語，或者相反地是一種男性保護女性的關係，也就是有著「關係相當親密」的語感。因此當被男性問「寒いか↗？」時，女性或許會不禁期待男性脫下上衣披在自己的肩上。

日本語

　次に、「ね」「よ」です。

「ね」：相手への共感、相手との融合を求めるスタンスで発話される。

「よ」：相手の気持に拘らず、自分の気持や自分からの情報を一方的に伝達すると
　　　　いうスタンスで発話される。

　「ね」は相手を思いやり、相手からの思いやりを期待する双方向コミュニケーションのスタンスが含まれているのに対し、「よ」は話者から聞き手への一方通行のスタンスが感じられます。ここから、「よ」は乱暴な悪い言葉だと思われているようです。確かに、「実は<u>ね</u>、来週<u>ね</u>、日本へ<u>ね</u>、行くことに<u>ね</u>、なって<u>ね</u>。」などと言うより、「実は<u>よ</u>、来週<u>よ</u>、日本へ<u>よ</u>、行くことに<u>よ</u>、なって<u>よ</u>。」などと言う方が、はるかに乱暴で下品だと感じられるわけです。文節の終わりに付ける「ね」「よ」を、仮に「間投助詞」と呼んでおきます。

　しかし、だからと言って、「ね」がいい言葉、「よ」が悪い言葉だと思わないでください。「よ」は「相手の知らないことを伝える」という、「ね」と違った機能を持っているのですから。ですから、

×「**実は、来週、日本へ行くことになりました<u>ね</u>。**」

は間違いです。「実は」は、「これからあなたの知らないことを言いますよ」という前触れの言葉なので、相手との情報の共有を意味する「ね」とは合わないのです。但し、

○「**実は、来週、日本へ行くことになりまして<u>ね</u>。**」

は、OK です。「なりまして」は、動詞の中止形ですから、まだ後に文が続くというサインになります。ですから、「なりまして」の後に続く「ね」は間投助詞と見なされて OK なのです。一方、「なりました」は文の終わりの形ですから、「なりました」の後に続く「ね」は終助詞と見なされてしまい、相手の知らないことを教える「実は」とケンカしてしまうので×になるのです。

　男言葉・女言葉からちょっとずれてしまって、スミマセン。次回から元に戻ります。

男性用語 · 女性用語 13

中文

接下來是「ね」及「よ」。

「ね」：是以徵求對方的共鳴，企求與對方融合的態度來發話。

「よ」：是以不考慮對方的心情，單方面地將自己的心情及自己擁有的資訊傳達出去的態度來發話。

相較於「ね」是體貼對方，並期待也獲得對方體貼的雙向交流態度，「よ」則令人感覺到說者對聽者單方面的態度。於是，「よ」似乎被認為是粗暴的話。確實感覺上，「実は<u>よ</u>、来週<u>よ</u>、日本へ<u>よ</u>、行くことに<u>よ</u>、なって<u>よ</u>。」（其實啊，我下週啊，要去啊，日本了啊。）的說法比起「実は<u>ね</u>、来週<u>ね</u>、日本へ<u>ね</u>、行くことに<u>ね</u>、なって<u>ね</u>。」（其實呢，下週呢，要去呢，日本了呢。）要來得粗暴低俗得多。每個句節後面所加的「ね」、「よ」，我們就姑且稱之為「間投助詞」（類似感嘆詞，能加在句中、句尾，調整語調與表達感動、情緒）。

但是，請不要因此就認為「ね」是好話，「よ」是不好的話。因為「よ」可以傳達「對方所不知道的事」，具有與「ね」不同的功能。因此，

× 「<u>実は</u>、来週、日本へ行くことになりました<u>ね</u>。」

這句是錯的。「実は」是「接下來我要說你所不知道的事情喔」的預告，因此和與對方共享資訊的「ね」合不來，但是，

○ 「<u>実は</u>、来週、日本へ行くことになりまして<u>ね</u>。」

這句則是 OK 的。「なりまして」因為是動詞中止形，意謂著後面還有下文。因此，接在「なりまして」後面的「ね」，被視為間投助詞所以 OK。另一方面，因為「なりました」是句尾的形式，而接在「なりました」後面的「ね」會被視為終助詞，與告知對方不知曉事情的「実は」互相衝突，所以是錯的。

很抱歉有點離題，下回回歸男性用語、女性用語的主題。

日本語

　「ね」「よ」を使って男言葉・女言葉を作る方法は、とても簡単なのです。まず、動詞文、イ形容詞文、ナ形容詞文、名詞文の違いを認識してください。

動詞文：子供が遊んでいます。

イ形容詞文：今日は寒いです。

ナ形容詞文：陳さんは元気です。

名詞文：陳さんは台湾人です。

　これらに「ね」「よ」を付けてみましょう。

動詞文：子供が遊んでいますね。／子供が遊んでいますよ。

イ形容詞文：今日は寒いですね。／今日は寒いですよ。

ナ形容詞文：陳さんは元気ですね。／陳さんは元気ですよ

名詞文：陳さんは台湾人ですね。／陳さんは台湾人ですよ。

　これらは敬体文です。これらを男言葉にするには、敬体文をまず常体文にして、「ね」「よ」をつければいいのです。

［男言葉］

動詞文：子供が遊んでいるね。／子供が遊んでいるよ。

イ形容詞文：今日は寒いね。／今日は寒いよ。

ナ形容詞文：陳さんは元気だね。／陳さんは元気だよ。

名詞文：陳さんは台湾人だね。／陳さんは台湾人だよ。

　女言葉は、男言葉に比べてやや複雑ですから、また次回にきちんとお話しましょう。

男性用語 · 女性用語 14

中文

　　使用「ね」、「よ」來做成男性用語或女性用語的方法非常簡單。首先，請弄清動詞句、イ形容詞句、ナ形容詞句、名詞句的差異。

動詞句：子供が<u>遊ん</u>でいます。（孩子們在玩耍。）

イ形容詞句：今日は<u>寒い</u>です。（今天很冷。）

ナ形容詞句：陳さんは<u>元気</u>です。（陳先生／小姐很有精神。）

名詞句：陳さんは<u>台湾人</u>です。（陳先生／小姐是台灣人。）

　　這些句子加上「ね」或「よ」看看。

動詞句：子供が<u>遊ん</u>でいます<u>ね</u>。／子供が<u>遊ん</u>でいます<u>よ</u>。（孩子們在玩耍呢。／孩子們在玩耍喔。）

イ形容詞句：今日は<u>寒い</u>です<u>ね</u>。／今日は<u>寒い</u>です<u>よ</u>。（今天很冷呢。／今天很冷喔。）

ナ形容詞句：陳さんは<u>元気</u>です<u>ね</u>。／陳さんは<u>元気</u>です<u>よ</u>。（陳先生／小姐很有精神呢。／陳先生／小姐很有精神喔。）

名詞句：陳さんは<u>台湾人</u>です<u>ね</u>。／陳さんは<u>台湾人</u>です<u>よ</u>。（陳先生／小姐是台灣人呢。／陳先生／小姐是台灣人喔。）

　　這些都是敬體句，要讓句子變成男性用語的話，把敬體句先改成常體句，然後加上「ね」、「よ」就可以了。

〔男性用語〕

動詞句：子供が<u>遊ん</u>でいるね。／子供が<u>遊ん</u>でいるよ。

イ形容詞句：今日は<u>寒い</u>ね。／今日は<u>寒い</u>よ。

ナ形容詞句：陳さんは<u>元気</u>だね。／陳さんは<u>元気</u>だよ。

名詞句：陳さんは<u>台湾人</u>だね。／陳さんは<u>台湾人</u>だよ。

　　但女性用語就比男性用語稍微複雜，待下回再詳細說分明。

日本語

　女言葉を作るには、男言葉の「ね」「よ」の前に女言葉専用の終助詞「わ」を加えます。つまり、男言葉の「寒いね」「寒いよ」は女言葉では「寒いわね」「寒いわよ」になります。

［女言葉］

動詞文：子供が遊んでいるわね。／子供が遊んでいるわよ。

イ形容詞文：今日は寒いわね。／今日は寒いわよ。

ナ形容詞文：陳さんは元気だわね。／陳さんは元気だわよ。

名詞文：陳さんは台湾人だわね。／陳さんは台湾人だわよ。

　しかし、ナ形容詞文と名詞文の「〜だわね」「〜だわよ」は現代では使われていません。これは、明治生まれの私の祖母が使っていた古い形です。現代では「だわ」を省略して、ナ形容詞語幹、名詞に直接「ね」「よ」を付けて、次のような形にします。

ナ形容詞文：陳さんは元気—(だわ)—ね。／陳さんは元気—(だわ)—よ。

名詞文：陳さんは台湾人—(だわ)—ね。／陳さんは台湾人—(だわ)—よ。

　もう一回繰り返します。「ね」「よ」を使った女言葉は、次のようになります。

［女言葉］

動詞文：子供が遊んでいるわね。／子供が遊んでいるわよ。

イ形容詞文：今日は寒いわね。／今日は寒いわよ。

ナ形容詞文：陳さんは元気ね。／陳さんは元気よ。

名詞文：陳さんは台湾人ね。／陳さんは台湾人よ。

男性用語・女性用語 15

中文

　　女性用語的做法是，在男性用語的「ね」、「よ」之前加上女性用語專用的終助詞「わ」。易言之，男性用語是「寒いね」、「寒いよ」；女性用語則是「寒いわね」、「寒いわよ」。

〔女性用語〕

動詞句：子供が遊んでいるわね。／子供が遊んでいるわよ。

イ形容詞句：今日は寒いわね。／今日は寒いわよ。

ナ形容詞句：陳さんは元気だわね。／陳さんは元気だわよ。

名詞句：陳さんは台湾人だわね。／陳さんは台湾人だわよ。

　　但是，ナ形容詞句和名詞句的「～だわね」、「～だわよ」現代已經不使用了。這是出生於明治時代的我祖母所使用的舊形，現代則是將「だわ」省略，直接在ナ形容詞語幹和名詞後面加上「ね」、「よ」，形成以下的形式。

ナ形容詞句：陳さんは元気―(だわ)―ね。／陳さんは元気―(だわ)―よ。

名詞句：陳さんは台湾人―(だわ)―ね。／陳さんは台湾人―(だわ)―よ。

　　再重覆一次，使用「ね」、「よ」的女性用語是採用以下的形式。

〔女性用語〕

動詞句：子供が遊んでいるわね。／子供が遊んでいるわよ。

イ形容詞句：今日は寒いわね。／今日は寒いわよ。

ナ形容詞句：陳さんは元気ね。／陳さんは元気よ。

名詞句：陳さんは台湾人ね。／陳さんは台湾人よ。

日本語

　特徴的な女性専用終助詞「わ」についてお話ししましょう。

　まず、「わ」は「ね」のように相手を意識した発話ではなく、また「よ」のように一方的に相手に自分の情報を押し付ける言い方でもなく、どちらかと言うと中立的な、独り言に近い内容の発話に付けられます。人に聞かれてもいいけど認められなくてもいい、人に押し付けたり人に共感を求めたりすることがなく、ひたすら凛と宣言するという、declaration のスタンスで発話される内容に付けられます。つまり、「わ」はあってもなくても、文全体の情報実質には変わりがないのです。

　「わ」は、動詞文、イ形容詞文、ナ形容詞文、名詞文の後ろに付けられます。

「私も行く<u>わ</u>。」（動詞文）

「今日は寒い<u>わ</u>。」（イ形容詞文）

「きれいだ<u>わ</u>。」（ナ形容詞文）

「あ、雨だ<u>わ</u>。」（名詞文）

　気をつけたいのは、ナ形容詞文と名詞文です。何でもかんでも「わ」を付ければ女らしいと思い込んで、次のような誤りをする人がいます。

×「<u>そう</u>わ。」→〇「<u>そう</u>だわ。」（ナ形容詞文）

×「ああ、<u>いや</u>わ。」→〇「ああ、<u>いや</u>だわ。」（ナ形容詞文）

×「あ、<u>雨</u>わ。」→〇「あ、<u>雨</u>だわ。」（名詞文）

　「わ」は、あくまで常体の動詞文、イ形容詞文、ナ形容詞文、名詞文の後ろに付けるのです。

男性用語・女性用語 16

中文

接著，來討論具有特色的女性專用終助詞「わ」。

首先，「わ」並不像「ね」是在意識到對方的情況下發話，也不是如「よ」般單方面將自己的資訊硬塞給對方的講法，「わ」比較會加在屬於中立性的、近似自言自語的內容。被人聽到卻不被認同也無妨、一心一意嚴正地聲明，是以一種抱持宣言式的態度發話時所使用。也就是說，有沒有「わ」都不會改變整體句子所蘊含的實質資訊。

「わ」可以加在動詞句、イ形容詞句、ナ形容詞句、名詞句之後。

「私も行く<u>わ</u>。」（動詞句）（我也會去呢。）

「今日は寒い<u>わ</u>。」（イ形容詞句）（今天好冷呢。）

「きれいだ<u>わ</u>。」（ナ形容詞句）（真漂亮呢。）

「あ、雨だ<u>わ</u>。」（名詞句）（啊，下雨了呢。）

要注意的是ナ形容詞句和名詞句。有的人以為不管是什麼只要加上「わ」，就會有女人味，於是犯下了如下的錯誤。

×「<u>そう</u>わ。」→○「<u>そう</u>だわ。」（ナ形容詞句）

×「ああ、<u>いや</u>わ。」→○「ああ、<u>いや</u>だわ。」（ナ形容詞句）（哎呀，真討厭。）

×「あ、<u>雨</u>わ。」→○「あ、<u>雨</u>だわ。」（名詞句）

「わ」畢竟還是得加在常體的動詞句、イ形容詞句、ナ形容詞句及名詞句之後。

日本語

　女性専用言葉「わ」は、相手に対して訴えかけたり行為を促したりする「働きかけ文」には使われません。ニュートラル（neutral）な「中立叙述文」のみに使われます。この「中立叙述文」に「わ」が付けられると、女性らしさを表現することができます。特に敬体文に「わ」を付けると、極めて優雅で上品な女性らしさが醸しだされます。

「私は行きませんわ。」（動詞文）

「寒くありませんでしたわ。」（イ形容詞文）

「きれいですわ。」（ナ形容詞文）

「昨日は雨でしたわ。」（名詞文）

　しかし、「中立叙述」の文にのみ付く「わ」は、「勧誘」「命令」「依頼」のような「働きかけ文」には使われません。

×「行きましょうわ。」「行こうわ。」（勧誘）

×「行きなさいわ。」（命令）

×「早く来てくださいわ。」「早く来てちょうだいわ。」（依頼）

　これらの「働きかけ文」に女性らしさを添えるには、同意求めの「ね」か「な」を使えばいいでしょう。

「行きましょうね。」「行こうね。」（勧誘）

「行きなさいな。」（命令）

「早く来てくださいな。」「早く来てちょうだいな。」（依頼）

　終助詞の「な」については、20回に詳しくお話ししましょう。

男性用語 · 女性用語 17

中文

　　女性的專用語「わ」，不可使用在跟對方訴求或催促對方動作的「推動句」上。只能使用在中立（neutral）的「中性敘述句」上。這種中性敘述句加上「わ」的話，可以表現出女人味。特別是敬體句如果加上「わ」，會散發一種極高雅的女人味。

「私は行きませんわ。」（動詞句）（我才不去呢。）

「寒くありませんでしたわ。」（イ形容詞句）（不冷呢。）

「きれいですわ。」（ナ形容詞句）（真漂亮呢。）

「昨日は雨でしたわ。」（名詞句）（昨天下了雨呢。）

　　但是，只能附屬於「中性敘述句」的「わ」，不能使用在像「勸誘」、「命令」、「請託」之類的「推動句」上。

×「行きましょうわ。」「行こうわ。」（勸誘）

×「行きなさいわ。」（命令）

×「早く来てくださいわ。」「早く来てちょうだいわ。」（請託）

　　這些「推動句」如果要增添女人味的話，使用徵求同意的助詞「ね」或「な」就可以了。

「行きましょうね。」「行こうね。」（勸誘）（走吧。）

「行きなさいな。」（命令）（請你去嘛。）

「早く来てくださいな。」「早く来てちょうだいな。」（請託）（請你快點來嘛。）

　　關於終助詞「な」，20 回再詳細說明。

日本語

　「わ」のもう一つの用法があります。同じ使い方ですが、「断定」の用法というのがあります。女言葉の「わ」のアクセントが「ダメだ<u>わ</u>↗」と上昇調（「わ」を高く発音する）になるのに対し、「断定」の「わ」は、「ダメだ<u>わ</u>↘」と下降調（「わ」を低く発音する）になります。この「わ」は、話者が「ダメだ。」という絶対的な断定を下した、というスタンスを表します。ですから、「こりゃ、ダメだ<u>わ</u>↘」と言ったら、「私は、ダメだという絶対的な判定を下し、決して翻さない。」という決め付けの姿勢を表します。前々回に、女性語の「わ」は「ひたすら凛と宣言するという、declaration のスタンスで発話される」と述べましたが、この「断定」の「わ」はさらに「宣言」よりもっと強い「宣告」「言い放ち」のスタンスになるでしょう。これはかなり高飛車な表現なので、主に男性や姉御格の女性が発話しているようです。

　しかし、現代では女子高生など、典型的な女言葉である上昇調の「わ」を使わない若い人が増えています。女性は、女言葉から離れたがっているようです。「大男人主義」と言われる日本では、長い間、女性であることは男性への隷属を意味していました。女らしい仕草、女らしい服、女らしい仕事、女らしい言葉使い……これらは皆、男性が女性を服従させるものと感じられ、自立を目指す女性から拒否されているのでしょう。現代は、服装、仕事、生活、言葉使い、様々な面に渡って男女差が消えつつあると言われます。それがいいことか悪いことかは、もう少し様子を見て、歴史の審判を待たないとわかりませんが。

男性用語・女性用語 18

中文

　　「わ」還有另外一個用法。雖然是同樣的使用方式，但它還有一個「斷定」的用法。女性用語的「わ」重音是呈現上昇調「ダメだわ↗」（「わ」發高音），而相對地「斷定」的「わ」則是下降調「ダメだわ↘」（「わ」發低音）。此一「わ」表現出說話者「ダメだ。」（不可以！）這種絕對斷定的態度。因此，如果說「こりゃ、ダメだわ↘」的話，顯現出的是「對此我下了絕對不行的判定，不容推翻」這種片面斷定的態度。上上次回提及，女性用語的「わ」是「一心一意嚴正聲明，是一種宣告式態度發話時所使用」，然而這個「斷定」的「わ」，是比「宣言」更強烈的「宣告」、「斷言式」的態度吧。由於這是種相當高傲的表現，所以主要是男性或者大姊大的女性在使用。

　　但是，現代日本的高中女生中，不使用典型女性用語的上昇調「わ」的年輕人日益參加。女性似乎想要脫離女性用語。以「大男人主義」著稱的日本，長期以來所謂的女性意味著隸屬於男性。女人味的舉止、有女人味的穿著、適合女性的工作及女性用語……等等，這些感覺都是男性要求女性服從的東西，因而渴望自立的女性才會拒絕吧。一般認為，在現代的日本，不管是服裝、工作、生活、說話的方式等各方面，男女的差異性正在逐漸消失中。這種現象是好是壞，有待觀察及歷史的審判才能明瞭。

日本語

　ここで、皆さんはあまり聞き慣れないかもしれませんが、日本人が非常によく使う「ノダ」文についての男言葉・女言葉にちょっと触れておきましょう。「ノダ」文というのは、文末に「〜（な）のだ」（口語では「〜（な）んだ」）が付いた文です。

動詞文「私も行きます。」→「私も行くんです。」（ノダ文）

イ形容詞文「日本は寒いです。」→「日本は寒いんです。」（ノダ文）

ナ形容詞文「この服は、清潔です。」→「この服は、清潔なんです。」（ノダ文）

名詞文「外は雨です。」→「外は雨なんです。」（ノダ文）

　普通の文とノダ文の意味の違いについての説明は別の機会にしたいと思いますが、ここで言いたいのは、「の」は形式名詞と言って名詞の一種だということです。ですから文末にノダが付いた文は、名詞文と同じ振舞いをします。名詞文における男言葉と女言葉を思い出してください。

男言葉：陳さんは台湾人だね。／陳さんは台湾人だよ。／陳さんは台湾人？

女言葉：陳さんは台湾人ね。／陳さんは台湾人よ。／陳さんは台湾人？

　この「台湾人」の部分を「の」「ん」にすればいいわけです。？の付く疑問文の場合は、語尾を上昇調にすることは、言うまでもありません。

男：〜（な）んだ／（な）の？

例 「陳さんが来るんだ。」「陳さんが来るの？」（動詞文に接続）

　「今忙しいんだ。」「今忙しいの？」（イ形容詞文に接続）

　「彼は有名なんだ。」「彼は有名なの？」（ナ形容詞文に接続）

　「明日は出張なんだ。」「明日は出張なの？」（名詞文に接続）

女：〜（な）の／（な）の？

例 「陳さんが来るの。」「陳さんが来るの？」（動詞文に接続）

　「今忙しいの。」「今忙しいの？」（イ形容詞文に接続）

　「彼は有名なの。」「彼は有名なの？」（ナ形容詞文に接続）

　「明日は出張なの。」「明日は出張なの？」（名詞文に接続）

男性用語 · 女性用語 19

中文

　　在這裡稍微討論一下，各位可能聽不太習慣，日本人卻很常使用的「ノダ」句的男性用語及女性用語。所謂的「ノダ」句，意指句尾加上「～（な）のだ」（口語的話是「～（な）んだ」）的句子。

動詞句「私も行きます。」→「私も行くんです。」（ノダ句）（我也要去。）

イ形容詞句「日本は寒いです。」→「日本は寒いんです。」（ノダ句）（日本很冷。）

ナ形容詞句「この服は、清潔です。」→「この服は、清潔なんです。」（ノダ句）（這件衣服很乾淨。）

名詞句「外は雨です。」→「外は雨なんです。」（ノダ句）（外面在下雨。）

　　關於普通句與ノダ句的不同，以後別的機會再說。這裡我想說的是，「の」稱為形式名詞，也就是名詞的一種。因此，句尾加上ノダ的句子，與名詞句作用相同。請大家回想一下名詞句中的男性用語和女性用語。

男性用語：陳さんは台湾人だね。／陳さんは台湾人だよ。／陳さんは台湾人？

女性用語：陳さんは台湾人ね。／陳さんは台湾人よ。／陳さんは台湾人？（陳先生／小姐是台灣人呢／喔／嗎？）

　　此處的「台湾人」部分加上「の」或「ん」即可。疑問句加上「？」時，句尾會變成上昇調就不用多說了。

男：～（な）んだ／（な）の？

⑳「陳さんが来るんだ。」（陳先生／小姐會來。）「陳さんが来るの？」（陳先生／小姐會來嗎？）（接續動詞句）

　　「今忙しいんだ。」（現在很忙。）「今忙しいの？」（現在很忙嗎？）（接續イ形容詞句）

　　「彼は有名なんだ。」（他很有名。）「彼は有名なの？」（他很有名嗎？）（接續ナ形容詞句）

　　「明日は出張なんだ。」（明天出差。）「明日は出張なの？」（明天出差嗎？）（接續名詞句）

女：～（な）の／（な）の？

⑳「陳さんが来るの。」「陳さんが来るの？」（接續動詞句）

　　「今忙しいの。」「今忙しいの？」（接續イ形容詞句）

　　「彼は有名なの。」「彼は有名なの？」（接續ナ形容詞句）

　　「明日は出張なの。」「明日は出張なの？」（接續名詞句）

日本語

　今回と次回は終助詞「な」の話です。

　まず、「な」には上昇調と下降調があります。下降調は、「禁止命令」です。「行くな↘」と言ったら「行ってはいけない」という意味です。「上から目線」の禁止命令で貼り紙などに「廊下を走る<u>な</u>！」などとよく書かれますが、口語では主に男性が用います。

　上昇調の方は、主に「ね」と同じような使い方がされますが、「ね」が相手に向けられた確認や同意求めであるのに対し、「な」は「ね」よりも内言的なので独り言を言う時などにも使われます。「な」の用法は、次の通りです。

［常体文＋な］

1. 相手に向けた確認求めや同意求め。主に男性語。

　　例「おまえが犯人だ<u>な</u>↗？」

2. 独り言。男女共に使う。

　　例「明日は雨だ<u>な</u>↗。」

　つまり、「行くな↘」と下降調で言ったら禁止命令になり、「行くな↗」と上昇調で言ったら相手が行くことを確認する文になるわけです。また、疑問文で「行くか？」と言ったら相手が行くか行かないかを直接尋ねる文になりますが、「行くかな↗。」と言ったら誰かが行くか行かないかを自問自答する独り言になるわけです。

男性用語 ・ 女性用語 20

中文

　　這回和下回，來討論一下終助詞「な」。

　　首先，「な」有上昇調及下降調。下降調是「禁止命令」，如果說「行くな↘」的話，就是「行ってはいけない」（不可以去）的意思。像是標語等當中，常看到以「上對下」的禁止命令方式書寫，例如「廊下を走る<u>な</u>！」（別在走廊上奔跑！）而口語上，主要是男性在使用。

　　上昇調的部分，使用方法一般認為主要還是與「ね」相同，但「ね」是在向對方確認或徵求同意時使用，相對地「な」比「ね」更像是內心話，所以也可使用在自言自語之類時。「な」的用法如下：

[常體句＋な]

1. 向對方確認或徵求同意。主要是男性使用。

　　例「おまえが犯人だ<u>な</u>↗？」（你就是犯人吧？）

2. 自言自語。男女共用。

　　例「明日は雨だな↗。」（明天會下雨吧！）

　　也就是說，如「行くな↘」用下降調說的話，就是禁止命令，而如「行くな↗」用上昇調說的話，則變成是確認對方要去的句子。再者，如果以疑問句說「行くか？」的話，是直接詢問對方去不去，但如果說「行くかな↗。」的話，則變成是自問自答某人去不去的獨白。

日本語

　次に、男だけが使う「な」と、女だけが使う「な」についてお話しします。

［間投詞として単独で使われる場合］

　これも、「ね」と同じ「同意求め」です。男性語です。

例　「<u>な</u>？　これ、いいだろ？」

　　「<u>な</u>？　一緒に行こうよ。」

［敬体文＋な］

　次の用法は、男女はっきり分かれています。

1. 平叙文＋な：年配の男性が、対等の関係にある人に対して用いる「同意求め」の
　用法。

例　「今度の選挙はなかなか激戦です<u>な</u>。」「そうです<u>な</u>。」

　　「やっといい天気になりました<u>な</u>。」「明日も晴れるといいです<u>な</u>。」

但し、文末が「～と思います」等の場合、自分の意見を主張する時には使えません。

×「私は、今後物価が高くなると思います<u>な</u>。」

×「あなたには、会計係をやってもらいます<u>な</u>。」

2. ください／ちょうだい＋な：女性専用語、または子供が使う言葉で、やや甘えた
　言い方。

例　「ちょっと手伝ってください<u>な</u>。」「クーラーをつけてちょうだい<u>な</u>。」

　　「桃太郎さん、桃太郎さん、お腰につけたきびだんご　一つ私にください<u>な</u>。」

男性用語・女性用語 21

中文

接著，讓我們來討論有關男性專用的「な」和女性專用的「な」。

[單獨作為間投詞使用時]

此時用法也與「ね」相同，都是「徵求同意」。是男性用語。

例 「な？これ、いいだろ？」（是吧？這個不錯吧？）

　「な？一緒に行こうよ。」（好吧？一起去啦！）

[敬體句＋な]

下列的用法男女分得很清楚。

1. 平敘句＋な：是年長的男性，對平等關係的人所用的「徵求同意」用法。

例 「今度の選挙はなかなか激戦ですな。」「そうですな。」

　（這次選舉挺激烈的對吧。）（是啊。）

　「やっといい天気になりましたな。」「明日も晴れるといいですな。」

　（天氣終於變好了對吧。）（要是明天也是好天氣就好了對吧。）

但是，如果句尾是「～と思います」（我認為～）之類的，或主張自己的意見時，則不可使用。

× 「私は、今後物価が高くなると思いますな。」（我認為今後物價會變高。）

× 「あなたには、会計係をやってもらいますな。」（我要請你負責會計。）

2. ください／ちょうだい＋な：屬於女性專用語或孩童用語，是有點撒嬌的說法。

例 「ちょっと手伝ってくださいな。」「クーラーをつけてちょうだいな。」

　（稍微幫我個忙嘛。）（幫我開個空調嘛。）

　「桃太郎さん、桃太郎さん、お腰につけたきびだんご　一つ私にくださいな。」

　（桃太郎、桃太郎，你纏在腰上的黍糰子給我一個嘛。）

日本語

　今日は、「ぞ」の話です。

　「ぞ」の意味用法は基本的には「よ」と同じで、相手の知らないことを教える時に使います。しかし、「よ」と違って「ぞ」は完全に男言葉です。従って、次のように女言葉として使うのは間違いになります。

○「行くわ<u>よ</u>。」

×「行くわ<u>ぞ</u>。」

　また、男言葉としても、「ぞ」は「よ」よりも強く相手に訴える力があり、時には相手に圧迫や脅しを与えることにもなります。

「そんなことをしたら、クビになる<u>よ</u>。」（警告）

「そんなことをしたら、クビになる<u>ぞ</u>。」（脅し）

「さあ、行く<u>よ</u>。」（督促）

「さあ、行く<u>ぞ</u>。」（圧迫）

　それ故、相手より下手に出なければならない勧誘や依頼の文型には、圧迫や脅しを感じさせる「ぞ」は共起しません。

○「一緒に行こう<u>よ</u>。」（勧誘）

×「一緒に行こう<u>ぞ</u>。」

○「手伝ってくれ<u>よ</u>。」（依頼）

×「手伝ってくれ<u>ぞ</u>。」

　むろん、乱暴な感じを与える「ぞ」は、公式の場では使いません。

○「一緒に行きましょう<u>よ</u>。」（勧誘）

×「一緒に行きましょう<u>ぞ</u>。」

○「手伝ってください<u>よ</u>。」（依頼）

×「手伝ってください<u>ぞ</u>。」

男性用語・女性用語 22

中文

今天來談「ぞ」。

「ぞ」使用時的意思基本上與「よ」相同，是在告訴對方所不知道的事情時使用。但不同於「よ」，「ぞ」完全是男性用語。因此，如下列方式把它當作女性用語使用是錯誤的。

○「行くわよ。」（走吧。）

×「行くわぞ。」

另外，雖然同樣作為男性用語「ぞ」之於對方的訴求力要強過「よ」，有時甚至會有壓迫、威脅對方的感覺。

「そんなことをしたら、クビになるよ。」（警告）（要是你那麼做的話，小心會被開除喔！）

「そんなことをしたら、クビになるぞ。」（威脅）（要是你那麼做的話，會被開除喔！）

「さあ、行くよ。」（督促）（來，該走了！）

「さあ、行くぞ。」（壓迫）（來，走了！）

因此，如果是必須謙遜的勸誘或請託句型，就不可同時使用有壓迫或威脅感的「ぞ」。

○「一緒に行こうよ。」（勸誘）（一起走吧。）

×「一緒に行こうぞ。」

○「手伝ってくれよ。」（請託）（請你幫我吧。）

×「手伝ってくれぞ。」

當然，有粗暴感的「ぞ」在正式場合是不能使用的。

○「一緒に行きましょうよ。」（勸誘）

×「一緒に行きましょうぞ。」

○「手伝ってくださいよ。」（請託）

×「手伝ってくださいぞ。」

日本語

　今回は、「ぜ」の話です。

　「ぜ」は男言葉です。女性は、もし女らしいと思われたいのなら、「ぜ」を使ってはいけません。意味は「よ」「ぞ」と同様、相手の知らないことを言う時に使いますが、「よ」よりも強く、「ぞ」よりも柔らかい終助詞です。しかし、「よ」「ぞ」よりも馴れ馴れしく品のない言葉なので、よほど親しい間柄でなければ使わない方がいいでしょう。むろん、公式の場や目上の人に対しては使ってはいけません。

例　「そんなことをしたら、クビになるぜ。」

　　「俺は行くぜ。」

　また、「ぞ」と同じように依頼の文型とは共起しません。

×「手伝ってくれぜ。」

　しかし、「ぞ」と違って、勧誘の文型と共起することができます。

○「一緒に行こうぜ。」

　さらに、公式の場で使えないのですから、敬体文には付きません。

×「一緒に行きましょうぜ。」（勧誘）

×「手伝ってくださいぜ。」（依頼）

男性用語 ‧ 女性用語 23

中文

這一次要討論的是「ぜ」。

「ぜ」基本上是男性用語。女性如果想讓人覺得有女人味的話，就不可使用「ぜ」。「ぜ」的意思與「よ」、「ぞ」相同，是用於告知對方所不知道的事情時，但「ぜ」是語氣比「よ」強、比「ぞ」柔和的終助詞。但因為它比「よ」、「ぞ」更過度親暱且粗野，如果不是相當親近的人，還是不用為妙。當然，正式的場合或對尊長是不可以使用的。

例「そんなことをしたら、クビになるぜ。」（要是這麼做，可是會被開除的喔！）

「俺は行くぜ。」（我可是要去的。）

還有，跟「ぞ」相同，不可與請託句型一起使用。

× 「手伝ってくれぜ。」（幫我吧。）

但不同於「ぞ」的是，它可以和勸誘句型一起使用。

○ 「一緒に行こうぜ。」（一起去吧。）

再者，因為不可在正式場合使用，所以不可接在敬體句後面。

× 「一緒に行きましょうぜ。」（勸誘）

× 「手伝ってくださいぜ。」（請託）

日本語

　今回は、「さ」の話です。

　「さ」は間投助詞の用法と終助詞の用法と、二通りの用い方があります。

［間投助詞の用法］

　これは主に女性が使います。男性も時に使いますが、仲間内の無遠慮な会話でだけ使われます。

「あのさ、昨日の授業でさ、宿題がいっぱい出てさ……」

　この場合、アクセントは上昇調、「あのさ ↗」などになります。

　しかし、この間投詞は相手に対して無遠慮でだらしなく締りがない感じを与え、あまり上品な言葉ではありませんから、外の人に対しては使わないでください。私の学生が以前、アルバイトで日本人の中年婦人のツアーガイドをして、1ヶ月くらい彼らの相手をしていました。アルバイトが終わって私と会った時、「それでさあ」などと言ったので、ぶっとばしました。彼女は「すみません、ガイドをしていたもので、お客さんの言葉がうつってしまいました。」と言いましたが、その時私は、間投助詞の「さ」はおばさん言葉なんだな、と思いました。目上の人に対しては、間投助詞の「さ」は絶対に使ってはいけません。

　同じ間投助詞的用法でも、「ね」「よ」「な」「さ」では、微妙にニュアンスが違います。

「あの<u>ね</u>」：相手に「私の話を聞いて欲しい」と訴えかけるスタンス。

「あの<u>よ</u>」：相手に「私の話を聞くべきだ」と高圧的に決め付けるスタンス。男言葉。

「あの<u>な</u>」：相手に「私の話を聞いた方がいいよ」と説得するスタンス。男言葉。

「あの<u>さ</u>」：相手に「私の話を聞くとおもしろいよ」という情報公開のスタンス。

男性用語 ・ 女性用語 24

中文

這一回接著講「さ」。

「さ」有兩種用法，間投助詞的用法及終助詞的用法。

〔間投助詞的用法〕

主要是女性使用。男性有時也會使用，但僅限於朋友間無須客套的會話。

「あのさ、昨日の授業でさ、宿題がいっぱい出てさ……」（那個啊，昨天的課啊，出了好多作業啊……）

此時，重音是上昇調「あのさ✔」。

但是，這個間投詞，因為對對方不客氣、給人一種馬虎鬆懈的感覺，是不太高雅的言詞，所以請不要對外人使用。我的學生以前工讀時，曾擔任一個日本中年婦女旅行團的導遊，陪了她們 1 個月左右。工作結束後碰到我時，竟然說出「それでさあ」之類的話，被我 K 了一頓。她說：「對不起，因為當了一陣子嚮導，說話方式被客人影響了。」當時我就想，間投助詞「さ」果然是大嬸用語啊。對於尊長絕對不可以使用間投助詞「さ」。

同樣是間投助詞，「ね」、「よ」、「な」、「さ」在使用時還是有微妙的語氣上差異。

「あのね」：「希望你聽我說」這種訴求對方的態度。

「あのよ」：「你應該聽我的」這種強迫對方的態度。男性用語。

「あのな」：「你最好聽我的喔」這種欲說服對方的態度。男性用語。

「あのさ」：「聽我說的，一定會覺得有趣」這種欲向對方公開資訊的態度。

日本語

　引き続き、「さ」のお話。

［終助詞の用法］

　これは、主に男性が使い、女性が使うとやや下品な感じになるので注意。意味は断定、話者の判断を表す時に用います。

例　「旅行？　俺はむろん行く<u>さ</u>。」

　「今度の選挙は、〇〇が勝つに決まってる<u>さ</u>。」

　「フン、ヤツはまだ子供なの<u>さ</u>。」

　「やめた方がいい<u>さ</u>。」

　間投詞の「さ」と違って、アクセントは下降調、「行くさ↘」などになります。

　これらは「よ」と違って相手に訴えかける力はなく、相手が聞いていようといまいと勝手に自分の考えを述べるというスタンスで語られるので、相手を突き放すような印象を与えます。例えば、「そんなことをしたら、クビになる<u>よ</u>。」は相手に親切に忠告している感じがありますが、「そんなことをしたら、クビになる<u>さ</u>。」は相手の行為を傍観・評論しているような無責任な感じがあります。むろん、相手に訴えかける文型には使われないし、敬体文にも付きません。

督促：〇「さあ、行く<u>よ</u>。」　　×「さあ、行く<u>さ</u>。」

勧誘：〇「一緒に行こう<u>よ</u>。」　×「一緒に行こう<u>さ</u>。」

依頼：〇「手伝ってくれ<u>よ</u>。」　×「手伝ってくれ<u>さ</u>。」

　しかし、「さ」は一部の疑問文にも付きます。その場合は直接疑問詞につきます。また、下降アクセントなので、質問と言うよりはかなり無遠慮な非難・詰問になります。

例　「何さ↘」「いつさ↘」「どこさ↘」「誰さ↘」「どうしてさ↘」等々。

男性用語・女性用語 25

中文

　　繼續討論「さ」的用法。

[終助詞的用法]

　　這主要是男性在使用，女性使用的話稍有不文雅之感，要注意。表達斷定之意，用於表示說話者的判斷。

例　「旅行？俺はむろん行く<u>さ</u>。」（旅行？我當然會去啊。）

　　「今度の選挙は、〇〇が勝つに決まってる<u>さ</u>。」（這次選舉一定是〇〇會贏啦。）

　　「フン、ヤツはまだ子供なの<u>さ</u>。」（哼，他還小啦。）

　　「やめた方がいい<u>さ</u>。」（還是放棄好啊。）

　　與間投詞的「さ」不同，重音呈下降調，如「行くさ↘」。

　　上述的這些「さ」不同於「よ」，它沒有向對方訴求的力道，因為它是以任憑對方聽或不聽，只管自我表達的態度來說話，所以會給人一種不理睬對方的印象。例如「そんなことをしたら、クビになる<u>よ</u>。」（那麼做的話，會被開除喔。）給人一種親切地忠告對方的感覺，但「そんなことをしたら、クビになる<u>さ</u>。」（那麼做的話，會被開除啦。）則像是旁觀地評論對方的行為，給人沒有責任的感覺。因此當然，訴求對方的句型不能使用，敬體句也不能加。

督促：〇「さあ、行く<u>よ</u>。」　✕「さあ、行く<u>さ</u>。」（來，該走了喔。）

勸誘：〇「一緒に行こう<u>よ</u>。」　✕「一緒に行こう<u>さ</u>。」（一起走吧。）

請託：〇「手伝ってくれ<u>よ</u>。」　✕「手伝ってくれ<u>さ</u>。」（請你幫我吧。）

　　但是，有一部分的疑問句會加「さ」，那是直接加在疑問詞後面。而且因為重音是下降的，與其說是提問，倒不如說是相當不客氣的責難或詰問。

例　「何さ↘」（什麼啦）、「いつさ↘」（什麼時候啦）、「どこさ↘」（哪裡啦）、

　　「誰さ↘」（誰啦）、「どうしてさ↘」（為什麼啦）等等。

日本語

　昔々の物語が語られる時、終助詞の「さ」がよく使われます。物語の最後は、「そういうわけで、お爺さんとお婆さんは桃太郎が持ってきた宝物を売って、大金持ちになりました、<u>とさ</u>。」この「とさ」の「と」は引用の「と」です。最後に語り手が「さ」を言うことによって、物語を遠いところに突き放す感じがし、これで話が終わった、という合図になり、聞き手は物語の世界から現実の世界に引き戻されるのです。

　もう一つ、「さ」がたくさん出てくるわらべ歌を紹介しましょう。この歌を練習問題にして、「さ」の復習をしましょう。これは熊本県船場（くまもとけんせんば）地区に始まり、全国に伝わった手毬唄です。私も子供の頃、この歌を歌いながら毬を突いて遊びました。

「あんたがたどこさ　肥後（ひご）さ　肥後どこさ　熊本（くまもと）さ　熊本どこさ　船場（せんば）さ　船場山（せんばやま）には狸（たぬき）がおってさ　それを猟師（りょうし）が鉄砲（てっぽう）で撃（う）ってさ　煮（に）てさ　焼（や）いてさ　食（く）ってさ　それを木（こ）の葉（は）でちょいと被（かぶ）せ」

現代語訳：「あなたたちはどこの国の人ですか？」「肥後です。」「肥後のどこですか？」「熊本です。」「熊本のどこですか？」「船場です。船場山には狸がいて、それを猟師が鉄砲で撃って、煮て、焼いて、食って、それを木の葉でちょっと被せます。」

　遊び方は、ボールを突いて、「さ」のところで足にくぐらせます。最後の「ちょいと被せ」でスカート（昔は着物の裾）でボールを隠します。

（http://www.worldfolksong.com/songbook/japan/warabeuta/antagata-dokosa.htm）

　さて、この歌の11個の「さ」のうち、どれが「間投助詞」で、どれが「終助詞」でしょうか？

男性用語・女性用語 26

中文

　　在敘說古老的故事時，經常會使用到終助詞的「さ」。故事的最後通常是如下的結尾「そういうわけで、お爺さんとお婆さんは桃太郎が持ってきた宝物を売って、大金持ちになりました、<u>とさ</u>。」（就這樣，老爺爺和老婆婆賣了桃太郎帶回來的寶物，成了大富翁。），最後的「とさ」中的「と」是表引用的「と」。而最後因說話者使用「さ」，讓人覺得故事被推到遠方，發出故事到此為止的信號，將聽者從故事的世界重新拉回現實的世界。

　　另外，來介紹一首出現很多「さ」的童謠。利用這首童謠來複習一下「さ」的用法。這是始於熊本縣船場（くまもとけんせんば）地區，後來普及於全國的拍球歌。我小時候也曾邊唱這首歌，邊拍球玩。

「あんたがたどこ<u>さ</u>　肥後（ひご）<u>さ</u>　肥後どこ<u>さ</u>　熊本（くまもと）<u>さ</u>　熊本どこ<u>さ</u>　船場（せんば）<u>さ</u>　船場山（せんばやま）には狸（たぬき）がおって<u>さ</u>　それを猟師（りょうし）が鉄砲（てっぽう）で撃（う）って<u>さ</u>　煮（に）て<u>さ</u>　焼（や）いて<u>さ</u>　食（く）って<u>さ</u>　それを木（こ）の葉（は）でちょいと被（かぶ）せ」

翻譯成現代語：「あなたたちはどこの国の人ですか？」「肥後です。」「肥後のどこですか？」「熊本です。」「熊本のどこですか？」「船場です。船場山には狸がいて、それを猟師が鉄砲で撃って、煮て、焼いて、食って、それを木の葉でちょっと被せます。」

　　　　　　　（「你是哪國人？」「肥後人。」「肥後在哪裡？」「在熊本。」「熊本的哪裡？」「船場。船場山有狸貓，獵人用槍射牠、煮牠、烤牠、吃牠，並用樹葉蓋起來。」）

　　其玩法是，每唱到「さ」時要拍球穿過腳下。最後唱到「ちょいと被せ」的時候，要用裙子（古時候是用和服下襬）將球藏起來。

（http://www.worldfolksong.com/songbook/japan/warabeuta/antagata-dokosa.htm）

　　那麼，這首童謠裡的 11 個「さ」中，何者為「間投助詞」？何者為「終助詞」？

日本語

　一般に、助詞はそれ自体を独立して使うことができず、名詞の後ろにくっつけて使う「付属語」です。終助詞は文の終わりにしか付属して使えない語です。いわば、終助詞は最も自立性の低い語です。

　しかし、使用頻度の高い終助詞は、文末で用いられるだけでなく、文中でも用いられるようになります。「ね」「よ」「な」「さ」のように比較的よく用いられる終助詞は、間投助詞（「それでね、」「だからさ、」など）として使われることは、前に述べましたね。このうち、「ね」「よ」「な」はもっと独立して、間投詞という立派な自立語になることができます。いわば、もともと奴隷の身分で下働きをしていた「終助詞」という「付属語」が、その能力と働きを求められて「間投助詞」に昇格し（ここでもまだ「付属語」）、さらに能力を発揮して、ついには「間投詞」という「自立語」として独立会社を作ることを認められた、と考えればいいでしょう。

　間投詞として使われる「ね」「よ」「な」は、「ねえ」「よう」「なあ」と長音化されたり、会話の語調によっては「ねっ」「よっ」「なっ」と促音化されたりすることもあります。

「ねえ」：男女共用。親しみと信頼を持って、同等の相手に呼びかけ、相手の注意を惹く。例は次回に示します。

「なあ」：男性専用。関西では女性も使用。親しみと信頼を持って、同等或いは目下の相手に呼びかけ、相手の注意を惹く。例は次回に示します。

「よう」：男性専用。呼びかけとしては粗暴で下品。現在では親しい者同士が出会った時の挨拶言葉。挨拶に応答する語は「おう」。例えば、「よう、元気か？」「おう！」

男性用語・女性用語 27

中文

　　一般而言，助詞本身無法獨立使用，是緊隨名詞之後的「附屬語」。而終助詞是僅能附在句尾使用的詞語。可以說，終助詞是獨立性最低的詞語。

　　但是，使用頻率高的終助詞，不僅在句尾使用，也能使用在句子中。之前已經說過像「ね」、「よ」、「な」、「さ」這些比較常用的終助詞，也會被當作間投助詞使用（如「それでね、」、「だからさ、」等等）。其中的「ね」、「よ」、「な」尤為獨立，可以搖身一變為很棒的自立語──間投詞。所以可以說，「終助詞」原屬於「附屬語」，是以奴隸身分打雜的，後因需要其能力及功能而升格為「間投助詞」（在此處仍屬「附屬語」），再進一步發揮其能力後，終於以「間投詞」這樣的「自立語」身分，獨立門戶開起公司來。

　　當作間投詞使用的「ね」、「よ」、「な」，有時會被長音化形成「ねえ」、「よう」、「なあ」，或是由於會話的語調而促音化形成「ねっ」、「よっ」、「なっ」。

「ねえ」：男女共用。以親密及信賴的態度來招呼平輩，喚起對方注意。待下回再舉例。

「なあ」：男性專用。在關西女性也使用。同樣是以親密及信賴的態度來招呼平輩或晚輩，喚起對方注意。待下回再舉例。

「よう」：男性專用。用來打招呼時，較粗暴且不雅。現在是熟人間碰到時的寒暄用語。回答時的用語為「おう」，例如「よう、元気か？」「おう！」（「嗨，你好嗎？」「嗯！」）

日本語

　今回は、カラオケでいきます。前回お話しした「ねえ」と「なあ」の例です。

　若い方は、Mr. Children の「ねぇ　くるみ」（作詞・作曲：桜井和寿、2001 年）という歌をご存知でしょう。これは、男性が別れたか死んだかした恋人（或いは友達）に向かって現在の心境を語る歌です。

「<u>ねぇ</u>　くるみ　この街の景色は君の目にどう映るの？　今の僕はどう見えるの？<u>ねぇ</u>　くるみ、誰かの優しさも皮肉に聞こえてしまうんだ　そんな時はどうしたらいい？……」（http://j-lyric.net/artist/a001c7a/l002279.html）というように、「ねぇ　くるみ」が合計 4 回出てきます。親しい者に語りかける時、「ねぇ、くるみ」と「ねえ」を使っています。

　また、「帰って来たヨッパライ」（作詞：ザ・フォーク・パロディ・ギャング、作曲：加藤和彦、歌：ザ・フォーク・クルセダーズ、1967 年）という奇想天外な歌があります。東北弁の「オラ」（東北圏の一人称）が酔っ払い運転で事故を起こし、そのまま天国へ行きます。天国で「オラ」は毎日酒を飲み、大阪弁の神様に追い出されてまたこの世に戻ってくる、という歌詞です。その中の神様の言葉に、「なあ」が出てきます。

「おらは死んじまっただ　おらは死んじまっただ　おらは死んじまっただ　天国に行っただ」　―中略―「天国よいとこ一度はおいで　酒はうまいしねえちゃんはきれいだ」―中略―「だけど天国にゃ こわい神様が　酒を取り上げて いつもどなるんだ　『<u>なあ</u>おまえ、天国ちゅうとこは　そんなに甘いもんやおまへんのや。もっとまじめにやれ』」―中略―「毎日酒をおらは飲みつづけ　神様の事をおらは忘れただ　『<u>なあ</u>おまえ、まだそんな事ばかりやってんのでっか　ほなら出てゆけ』」―後略―（http://mojim.com/twy112558x15x2.htm）

　ご覧のとおり、親しい同等の者には「ねえ」が使われ、目下の者には「なあ」が使われています。但し、関西では親しい者にも「なあ」が使われるようです。

男性用語・女性用語 28

中文

　　這回就聊聊卡拉 OK 吧！這是前一回所說的「ねえ」和「なあ」的實用例。

　　年輕的人應該知道 Mr. Children 唱的「ねぇ くるみ」（作詞・作曲：櫻井和壽、2001 年）這首歌吧。這是一首男性向已分手或過世的戀人（或朋友），訴說自己心境的歌。

　　「ねぇ　くるみ　この街の景色は君の目にどう映るの？　今の僕はどう見えるの？ねぇ　くるみ、誰かの優しさも皮肉に聞こえてしまうんだ　そんな時はどうしたらいい？……」（欸，くるみ，這街道的景色在你的眼中是什麼模樣呢？現在的我看起來又是怎麼樣呢？欸，くるみ，他人的關心聽起來都像諷刺，這種時候我該怎麼辦呢？……）（http://j-lyric.net/artist/a001c7a/l002279.html）這首歌中總共出現了 4 次的「ねぇくるみ」。對親密的人說話時，使用了「ねえ、くるみ」及「ねえ」。

　　另外也有像「帰って来たヨッパライ」（作詞：The Folk Parody Gang、作曲：加藤和彥、演唱：The Folk Crusaders、1967 年）這樣異想天開的歌。歌詞大意是，操東北口音的「オラ」（東北地區的第一人稱）因為酒駕發生事故，就這樣上了天堂。在天堂裡的「オラ」依然每日飲酒，乃至於被操大阪腔的神趕回人間。其中，神的話語裡出現了「なあ」一語。

　　「おらは死んじまっただ　おらは死んじまっただ　おらは死んじまっただ　天国に行っただ」―中略―「天国よいとこ一度はおいで　酒はうまいしねえちゃんはきれいだ」―中略―「だけど天国にゃ　こわい神様が　酒を取り上げて いつもどなるんだ　『なあおまえ、天国ちゅうとこは　そんなに甘いもんやおまへんのや。もっとまじめにやれ』」―中略―「毎日酒をおらは飲みつづけ　神様の事をおらは忘れただ『なあおまえ、まだそんな事ばかりやってんのでっか　ほなら出てゆけ』」―後略―（「我死掉了，我死掉了，我死掉了，上天堂了」―中略―「天堂很棒，真該來一次，酒美小姐也美」―中略―「但天堂有可怕的神，總是拿走酒怒吼『喂，天堂可不是讓你這麼隨便的地方，給我正經點』」―中略―「我繼續每天喝酒，忘了神的事，『喂，你還成天淨做這些事啊。那就給我滾出去』」―後略―）（http://mojim.com/twy112558x15x2.htm）

　　就如大家所見，向親密而同等地位的人使用「ねえ」，對晚輩、部屬則使用「なあ」。但在關西，對親密的人似乎也使用「なあ」。

第92回 男言葉・女言葉 29

日本語

　あまり使われていない終助詞に「や」があります。決断を表示する語で、「よ」のように相手に働きかける時にも使われますが、「よ」と違って半ば独り言のようなことを言う時にも使われます。いわば、相手と自分自身に同時に何かを言って聞かせるような終助詞です。主に男性語です。これは、他人に対して働きかける時に使われる場合は、相手に対する「言い聞かせ」の機能を持ちますから、「〜よう」という勧誘の文型、または「〜しろ」という命令形にしかつかないようです。

「ちょっと高いかな……まあ、いい<u>や</u>。買っちゃおう。」（自分に対して・男女）

「あ、失敗しちゃった……まあ、しょうがない<u>や</u>。」（自分に対して・男女）

「まあ、ゆっくりやっていこう<u>や</u>。」（他人に対して・男性語）

「一生懸命親孝行しろ<u>や</u>。」（他人に対して・男性語）

　勧誘の文型が用いられる場合は常体文だけでなく敬体文（「〜ましょう」という文型）にも用いられますが、この場合は社会的地位を確立している 60 才以上の年配の男性に多いようです。

「まあ、仲良くやっていきましょう<u>や</u>。」（他人に対して・男性語）

　このような言い方は、いわば「オジン言葉」で、若い人が言うとおかしいですから注意してくださいね。

男性用語・女性用語 29

中文

　　另外有一個不太使用的終助詞「や」。「や」是表示決斷的詞語，雖然有時候也能像「よ」一樣用來推動對方，但與「よ」不同的是，它有時也使用在半自言自語的時候。也就是將某件事情同時說給對方及自己聽並說服的終助詞。主要是男性用語。這個助詞使用在推動他人時，因為具有「說服、勸說」的機能，似乎只能接在「～よう」這樣的勸誘句型或是「～しろ」這樣的命令形的後面。

「ちょっと高いかな……まあ、いい<u>や</u>。買っちゃおう。」（有點貴啊……算了。買吧！）（對自己說，男女通用）

「あ、失敗しちゃった……まあ、しょうがない<u>や</u>。」（啊，搞砸了……算了，這也沒辦法！）（對自己說，男女通用）

「まあ、ゆっくりやっていこう<u>や</u>。」（慢慢來吧！）（對他人說，男性用語）

「一生懸命親孝行しろ<u>や</u>。」（拚命孝順父母吧！）（對他人說，男性用語）

　　用於勸誘句型時不限常體句，敬體句（「～ましょう」的句型）也可使用，但這種情況似乎多是已確立社會地位、60 歲以上年長的男性在使用。

「まあ、仲良くやっていきましょう<u>や</u>。」（我們好好相處吧！）（對他人說，男性用語）

　　這種說法可以說是「歐吉桑用語」，年輕人說會很奇怪，要注意喔。

日本語

　ここ 10 年くらいに、男女を問わず若い人の間で流行り始めたのが、「し」という終助詞です。「し」は本来「理由の列挙」の機能を持つ接続助詞です。

例 「今日は休みだ<u>し</u>、天気もいい<u>し</u>、家族で出かけようか。」

　これは、倒置して使うこともできます。

例 「家族で出かけようか、今日は休みだ<u>し</u>、天気もいい<u>し</u>。」

　この最後の「し」が終助詞化して「理由の列挙」の意味が薄れ、「よ」と同様の使い方がされるようになったと考えられます。

例 1「今日、試験だよ。」「えっ、どうしよう。俺、勉強してない<u>し</u>。」

　　2「音楽会はどうだった？」「あ、私、行かなかった<u>し</u>。」

　　3「そんなことしちゃ、ダメだ<u>し</u>。」

　例1はまだ「理由」のニュアンスがありますね。「どうしよう」と慌てる理由として「勉強してない」という理由を言っています。それ故、この文は「どうしよう。俺、勉強してない<u>から</u>。」と、「し」を「から」で言い換えられます。

　例2になると「理由」のニュアンスが薄れていますが、まだ「私、行かなかった<u>から</u>。」と、「から」で言い換えることができます。つまり、「私、行かなかった<u>から</u>わかりません。」と、「わかりません」の部分が省略されていると考えることもできます。

　しかし、例3では全く「理由」の片鱗も見当たらず、単に相手に自分の意志を主張するだけの「よ」と同じ機能になっています。このように、元々の意味が漂白されてただ文法機能しか表さなくなることを、「文法化」と言います。

　語調の強い「よ」は優しさを求める若い世代に避けられて、理由や言い訳を交えた主張の仕方が好まれているためかもしれません。また、この新しい終助詞が男女を問わず用いられているところを見ると、言葉にだんだん男女差がなくなっていることが窺えます。

男性用語 ・ 女性用語 30

中文

最近 10 年，年輕人間不分男女開始流行使用終助詞「し」。「し」本來是具有「列舉理由」功能的接續助詞。

例「今日は休みだし、天気もいいし、家族で出かけようか。」（反正今天放假，天氣又好，全家人一起出遊吧！）

也可倒置使用。

例「家族で出かけようか、今日は休みだし、天気もいいし。」（全家人一起出遊吧，反正今天放假，天氣又好。）

最後的「し」已終助詞化，「列舉理由」的意思因而淡化了，可視為已變成與「よ」相同用法。

例 1「今日、試験だよ。」「えっ、どうしよう。俺、勉強してないし。」

（「今天要考試喔！」「咦，怎麼辦，我都沒唸書啊。」）

2「音楽会はどうだった？」「あ、私、行かなかったし。」

（「音樂會怎麼樣？」「啊，我沒去啊。」）

3「そんなことしちゃ、ダメだし。」（不能做那種事喔！）

例 1 尚有表「理由」的語感吧。說「どうしよう」之後，說明自己慌張的理由是「勉強してない」。因此，此句也可改說成「どうしよう。俺、勉強してないから。」，將「し」換成「から」。

例 2 的話，表「理由」的語感就淡了，但還是可以改說為「私、行かなかったから。」，以「から」來代替。總之，是將「私、行かなかったからわかりません。」（我沒去不清楚。）的「わかりません」部分省略了。

例 3 則完全看不到「理由」的一鱗半爪，而形成與單純向對方主張自己意志的「よ」同樣的功能。如此，原本的意思被漂白，只剩下文法功能者稱為「文法化」。

也許是年輕世代為了求語氣的溫和，避免使用語調強的「よ」，所以比較喜歡夾雜理由與藉口的主張方式也說不定。而且，這個新的終助詞使用不分男女，由此可窺知男女用語的差別正在消弭。

第94回 男言葉・女言葉 31

日本語

　次に、さまざまな終助詞が組み合わさってできた「複合終助詞」をご紹介しましょう。

1. 疑問の終助詞「か」と組み合わさった複合終助詞

①「かな」：「な」は基本的に独り言の時に用いるので、「かな」は自問する時に用います。それ故、他人に向かって発する時は、直接相手に向ける質問より遠慮がちの質問になります。常体文・敬体文ともに付きます。

　例「大丈夫かな？」（自分に向かって：男女）

　　「今日は何曜日だったかな？」（他人に向かって：男女）

　　「明日は晴れますかな？」（他人に向かって：主に上位の男性）

②「かね」：「ね」はもともと相手の同調を求める機能が強いので、「かね」は年配の男性が下位の者に対して遜って質問するという気持で語られます。常体文・敬体文ともに付きます。

　例「君は、今年何歳になるのかね？」「本当に、大丈夫ですかね？」

③「かよ」：「か」は相手に対する「発問」の用法とともに、「発見・確認」の用法もあります。「発問」の場合は、答えることを相手に強要するという気持で語られ、「発見・確認」の場合は相手に対する決めつけのニュアンスがあります。

　例「誰ですか？」（発問）

　　「誰かと思ったら、あなたでしたか！」（発見・確認）

　　「かよ」にも、相手に対する発問の用法とともに、発見・確認の用法があります。

　例「おまえ、まだあいつと付き合ってるのかよ？」（発問）

　　「ちぇっ、また雨かよ！」（発見・確認）

　但し、「かよ」は非常に乱暴で下品な感じを与えますから、敬体文には付きません。女性が使うのは禁物、男性でもよほど親しい間柄でしか使わないでください。（方言では乱暴な感じはなく、単に親しみを表すために使われる地方もあります。）

男性用語・女性用語 31

中文

　　接著介紹各種終助詞組合而成的「複合終助詞」。

1. 與疑問終助詞「か」組合而成的複合終助詞

①「かな」：因為「な」基本上是自言自語時使用的，所以「かな」也是用在自問自答時。故藉此向他人發話時，可以避免直接向對方提問，而以較為客氣的方式提出。常體句、敬體句後面都可以加。

　　例「大丈夫かな？」（沒問題吧？）（跟自己說：男女通用）

　　　「今日は何曜日だったかな？」（今天星期幾呢？）（向他人說：男女通用）

　　　「明日は晴れますかな？」（明天會放晴嗎？）（向他人說：主要是地位較高的男性）

②「かね」：「ね」本來就有很強的要求對方贊同的功能，所以「かね」通常是年長的男性對下屬、晚輩謙虛地問話時使用。常體句、敬體句後面都可以加。

　　例「君は、今年何歳になるのかね？」（你今年幾歲啊？）

　　　「本当に、大丈夫ですかね？」（真的不要緊嗎？）

③「かよ」：「か」除了可以用於向對方「發問」之外，也有「發現、確認」的用法。「發問」時是以強要對方回答的姿態說話，「發現、確認」的用法時有指責對方的語氣。

　　例「誰ですか？」（請問是哪位？）（發問）

　　　「誰かと思ったら、あなたでしたか！」（我還以為是誰，原來是你啊！）（發現、確認）

　　　「かよ」同樣地除了可以用於向對方「發問」之外，也有「發現、確認」的用法。

　　例「おまえ、まだあいつと付き合ってるのかよ？」（你怎麼還跟那傢伙在一起啊？）（發問）

　　　「ちぇっ、また雨かよ！」（嘖，又下雨了啊！）（發現、確認）

　　　但「かよ」給人非常粗暴且不雅的感覺，故敬體句不可以加。女性禁止使用，男性除關係相當親密的人之外也請不要使用。（有些地方的方言，使用起來沒有粗暴的感覺，只是表達親密的語氣。）

日本語

2. 「よ」と組み合わさった複合終助詞

①「よね」：前にお話ししたように、「よ」は自分の情報や考えを一方的に相手に
伝える終助詞で、「ね」は相手の同意・共感を求める終助詞です。ですから、「よ
ね」は一旦自分の判断・考えを述べておいて、後から相手に同意・確認を求める
というスタンスで語られます。男女とも使用可ですが、女性の場合は「よね」の
前に「わ」が付きます。また、常体文にも敬体文にも付きます。

　例「君、明日、来る<u>よね</u>？」（常体文・男）

　　「私、さっき言った<u>わよね</u>？」（常体文・女）

　　「そうです<u>よね</u>。」（敬体文）

　しかし、「よ」は命令形に付きますが、「ね」は命令形には付きません。それ故、
「よね」は命令形には付きません。

　例×「そこに<u>座れよね</u>。」

　しかし、依頼の文型には付くことができます。

　　○「そこに<u>座ってよね</u>。」

②「よな」：これも前にお話ししましたが、「な」は「ね」と似ているものの、「ね」
よりも内言的で、独り言を言う時などにも使われます。ですから、「よな」は「よ
ね」より押し付けがましくない同意求めと言えます。これは男性用語です。敬体
文にはつきません。

　例「試験の日って、本当に憂鬱だ<u>よな</u>。」

　しかし、「よね」と違って、「よな」は命令文に付けることもできます。

　例「やめろ<u>よな</u>。」

　反対に、依頼の文型には付くことができません。

　例×「やめて<u>よな</u>。」

男性用語・女性用語 32

2. 與「よ」組合的複合終助詞

①「よね」：如前述，「よ」是單方地向對方傳達自己的訊息或想法的終助詞，「ね」則是要求對方同意、共鳴的終助詞。因此，「よね」是以在陳述自己的判斷或想法後，要求對方同意或確認的態度來說話。男女皆可用，但女性會在「よね」前面加「わ」。而且常體句、敬體句都可加。

例 「君、明日、来る<u>よね</u>？」（你明天會來吧？）（常體句・男）

「私、さっき言った<u>わよね</u>？」（我剛才說過了吧？）（常體句・女）

「そうです<u>よね</u>。」（對吧。）（敬體句）

但是，「よ」可以加在命令形後面，「ね」則不可以加在命令形後面。故，「よね」不可加在命令句後面。

例 ×「そこに座れ<u>よね</u>。」

但請託句後面可以附加「よね」。

○「そこに座って<u>よね</u>。」（請坐那邊喔。）

②「よな」：前面也有提到過，「な」的用法近似於「ね」，但比「ね」更接近內心話，常在自言自語時使用。因此，可以說「よな」不像「よね」那般地強要對方同意。這個是男性用語。不可加在敬體句後面。

例 「試験の日って、本当に憂鬱だ<u>よな</u>。」（考試的日子真令人鬱悶啊。）

但和「よね」不同，可以將「よな」加在命令句後面。

例 「やめろ<u>よな</u>。」（給我住手啊。）

相反地，請託句型則不可以加「よな」。

例 ×「やめて<u>よな</u>。」

日本語

---

3. 特殊な複合終助詞

①断定の「わ↘」と組み合わさった「わな」

　　上昇調の「わ↗」は女性専用語ですが、下降調の「わ↘」は「断定」の用法だということは、前にお話ししましたね。この「わ↘」と、独り言の「な」が組み合わさったのが、全体に下降調の「わな↘」です。あること断定し、さらにそれを自己確認する、というスタンスです。これは主に男性語です。

例 「そんなことを言われたら、誰でも怒る<u>わな</u>。」

②「ぜ」と「よ」が組み合わさった複合終助詞「ぜよ」

　　これも最近用いられ始めた終助詞ですが、出典はどうもテレビの大河ドラマで幕末に活躍した土佐脱藩藩士・坂本龍馬の役をやっていた俳優の高知弁から来ているようです。

例 「俺も後から行く<u>ぜよ</u>。」

　　共に「相手の知らない情報を言う時に使う」という同じ意味を持った終助詞が組み合わさったものですが、「よ」は「ぜ」より柔らかいので、「よ」は「ぜ」の働きを和らげ、さらに相手に対する親しみを増す役割をしていると考えられます。坂本龍馬が源泉ですから、もちろん男言葉です。

男性用語 ・ 女性用語 33

中文

3. 特殊的複合終助詞

①與斷定的「わ↘」組合而成的「わな」

　　先前已說過，雖然上昇調的「わ↗」是女性用語，但下降調的「わ↘」則是「斷定」的用法。此一「わ↘」與自言自語的「な」結合起來，就變成整體下降調的「わな↘」。是一種對於某一件事先斷定，然後再自我確認的態度。這個主要是男性用語。

例 「そんなことを言われたら、誰でも怒る<u>わな</u>。」（聽到人說這種話，誰都會生氣啊。）

②「ぜ」與「よ」組合而成的複合終助詞「ぜよ」

　　這也是最近開始使用的終助詞，出典好像是來自電視大河劇中演員的高知腔，該位演員飾演活躍於幕末的土佐脫藩藩士 ・ 坂本龍馬一角。

例 「俺も後から行く<u>ぜよ</u>。」（我之後也會去的。）

　　雖然同是具有「在說明對方所不知道的訊息時使用」之意的終助詞組合，但因「よ」要比「ぜ」柔和，所以「よ」可以緩和「ぜ」的作用，感覺上具有增加與對方親密感的功能。因為起源是坂本龍馬，所以當然是男性用語。

日本語

4.「さ」と組み合わさった複合終助詞「さな」「さね」

　この例は、「そうさな」「そうさね」しか思い浮かびません。簡単にいえば、「そうさな」は男性語、「そうさね」は女性語です。

　「そうさな」ですぐ思い出すのは、2014年上半期のNHK連続朝ドラマ「花子とアン」で有名になった、花子のお祖父さんの口癖です。『赤毛のアン』の登場人物、マシュウの口癖の英語の"Well, now..."を、村岡花子が自分の祖父の口癖とそっくりだったところから、「そうさな」と訳したものだそうですから、主に年配の男性の言葉ですが、何かを考えるため間を取る時に使います。

　これに対して、「そうさね」は年配の女性（たまに男性も）の使う言葉です。私の祖母も、よくこの言葉を言っていました。例えば、私の母が「今日の晩御飯は、何にしますか？」と聞くと、「そうさね……」と言って考え込んでいました。

　何かを考える時に現在普通に使われる男言葉は「そうだな」、女言葉は「そうね」ですから、「そうさな」「そうさね」は明治時代に主に使われていた言葉ではないかと思われます。（村岡花子も私の祖母も明治生まれです。）また、「そうさな」は一人で考え込む様子ですが、「そうさね」は自分が考えていることに共感を持って欲しい、というスタンスが含まれているようです。

　「さな」は現在では「そうさな」しか使われていないようですが、「さね」については、「そうさね」以外の用法が、村岡花子の『赤毛のアン』シリーズの最終巻『アンの娘リラ』の中に一つだけ見つけました。近所のおばさんがリラの友達を評して「悪い子さね。嘘をつくのを自慢にしているんだからね。」と言っているところです。「悪い子さ」と、一旦「さ」で突き放しておいて、後で「ね」で共感を求めているわけです。

男性用語・女性用語 34

中文

4. 與「さ」組合而成的複合終助詞「さな」、「さね」

　　對此想得出的只有「そうさな」、「そうさね」的例子。簡言之，「そうさな」是男性用語、「そうさね」是女性用語。

　　說起「そうさな」馬上想到的是，因 2014 年前半年 NHK 晨間連續劇《花子とアン》（花子與安妮）而變得有名的花子祖父的口頭禪。《赤毛のアン》（紅髮安妮）一作中的人物馬修，其英語口頭禪是 "Well, now..."，據說因為與村岡花子自己的祖父的口頭禪很類似，於是她就將它譯成「そうさな」，所以它主要是年長的男性的用語，用於思考事情的空檔。

　　相對地，「そうさね」是年長的女性（有時男性也）使用的話語。我的祖母就經常講這句話。例如她一聽到我母親說「今日の晩御飯は、何にしますか？」（今天晚餐要吃什麼呢？），就會回答說「そうさね……」而陷入思考。

　　現在思考事情時，通常男性的用語是「そうだな」，女性的用語是「そうね」。所以推測「そうさな」、「そうさね」可能主要還是用於明治時代的詞語。（村岡花子和我祖母都是出生於明治時期。）再者，「そうさな」是一個人思考的樣子，「そうさね」則含有希望自己思考的事情能引起共鳴之態度。

　　「さな」在現在似乎只有使用於「そうさな」，但是「さね」則除了「そうさね」以外，僅見於村岡花子的《赤毛のアン》系列最終回〈アンの娘リラ〉（Rilla of Ingleside）裡。附近的歐巴桑批評莉拉（Rilla）的朋友說「悪い子さね。嘘をつくのを自慢にしているんだからね。」（真是個壞孩子啊。竟然為說謊沾沾自喜呢。）就是像「悪い子さ」這樣，先冷言冷語地說「さ」，然後再以「ね」要求同感。

第98回

男言葉・女言葉 35

日本語

　前にお話しした「男言葉・女言葉」で、まだ話し忘れたことがありました。

　日本語は階層言語です。言葉というものには、必ず思想がまつわりついています。若者の言葉には若者の思想が、ヤクザの言葉にはヤクザの思想が現れている、つまり、ある階層の言葉にはその階層の思想が現れているということです。

　男言葉・女言葉が使い分けられているのは、実は東京言葉だけで、他の地方の方言には男女の性差語はありません。大阪を中心とする関西弁にも、性差語はありません。では、なぜ日本語の共通語（今は「標準語」とは言いません）とされる東京方言だけに性差語があるのでしょうか。

　明治初期、幕末の混乱期を抜けて一個の政府のもとに統一された日本では、中央集権国家を目指したため、国語も統一する必要が出てきました。各地方のバラバラな方言で日本人同士がコミュニケーションが取れなかったのです。そして、どの国の言葉を標準語とするか、議論が起こりました。結論は、主に東京山の手の教養層が使用する言葉（山の手言葉）を基に標準語を整備しようということになりました。（詳しくは、井上ひさし著『國語元年』をご覧ください。）さて、この「山の手言葉」を使う人たちとは、どんな階層だったのでしょうか。それは、また次回にお話ししましょう。

男性用語 ・ 女性用語 35

中文

之前談論的「男性用語 ・ 女性用語」，還有一些部分忘了告訴大家。

日文屬於階層語言。用語背後一定具備特定的思維。年輕人的用語體現了年輕人的思維、黑道用語體現了黑道的思維，也就是說，該階層的用語體現了該階層的思維。

事實上，日本只有東京話會分男性用語與女性用語，其他地方的方言並沒有這種性別用語。以大阪為中心的關西腔也沒有性別用語。那麼，為什麼只有日文的共通語（目前已不使用「標準語」一詞）也就是東京方言，會出現這種性別用語呢？

日本結束幕末的紛擾後進入明治初期，由單一政府統治全國，為達成中央集權國家的目標，必須統一所謂的「國語」。當時由於各地方言不同，即使都是日本人也無法好好溝通。問題是，應該以何處的語言作為標準語呢？為此，引起眾人議論。結論是以東京知識階級使用的用語「山の手言葉」（山手話）作為標準語。（詳情請參考井上ひさし著《國語元年》）至於使用「山の手言葉」的人們是什麼樣的階級，則留待下回揭曉。

日本語

　「山の手」というのは、文字通り山側（山の方向）にあたる高台のことで、明治政府の高級官僚、財閥関係者、文化人、ブルジョワ（bourgeoisie）と呼ばれた新興資本家など、当時の中流から上流の人々が集まって住んだ場所でした。現在でも、JR 山手線という環状線がありますね。その山手線の内側、主に皇居や国会議事堂などの官庁街を中心とした地域は地価が高く、昔から有名人が多く住んでおり、まさにお金持ちの住む高級住宅街になっています。（「山の手」に対する言葉は「下町（downtown）」。）

　さて、上流階級の人たちは、どんな思想を持っていたのでしょうか。高級官僚、財閥関係者、文化人、新興資本家……このような人たちの家庭は、夫である男性が仕事をし、妻である女性は家事に専念する専業主婦であったでしょう。上流家庭の女性が仕事をしていたとは考えられません。戦前は結婚してからも仕事を持つ女の人は、夫が死んだり病身だったりしてやむを得ず働いている惨めな境遇の人と見られていました。つまり、女が仕事をしているのは男に能力がない証拠と考えられていたのです。1992 年には共稼ぎ世帯が専業主婦世帯を上回りましたが、保守的な考えの人は「女は結婚したら家にいるべきだ」という考えで、自分の妻が仕事をするのを嫌がるようです。このような「女は男についてくるものだ」という暗黙の了解のもとで、男言葉・女言葉はできあがったのです。

　下町の方は、様子が違います。下町では商売をやっている家庭が多く、男も女も同じように働かなくてはなりません。下町言葉が少々乱暴だという印象を与えるのは、下町には性差語が少ないからでしょう。

　なお、山の手言葉にあっても、男言葉・女言葉は公式の場では使われません。プライベートな場で、しかも遠慮のない仲（不客気関係）でのみ、用いられます。「デス・マス体」でなく「ダ体」の中で性差が出てくるのですから、当然のことなのですが。

男性用語 · 女性用語 36

中文

　　「山の手」一如文字所述，是指位於山邊（靠山處）的高台，當時居住於此地的大多是明治政府的高級官僚、財閥關係人士、文化人士以及有中產階級（bourgeoisie）之稱的新興資本家等，也就是中流社會至上流社會的人們。現在亦然，大家應該都聽過 JR 名為「山手線」的環狀線吧。山手線內側主要是皇居、國會議事堂等以政府機構為主的區域，地價高昂，有許多知名人士居住於此，就像是富有人士居住的高級住宅區。（與「山の手」相對的用語是「下町（downtown）」。）

　　那麼，上流社會的人們具備什麼樣的思維呢？高級官僚、財閥關係人士、文化人士、新興資本家……在這些人的家庭裡，都是男主外、女主內吧。上流社會家庭的女性是不可能工作的。第二次世界大戰以前，已婚婦女還在工作的，不是因為丈夫死亡就是生病，在旁人眼裡，她們是不得不工作，境遇淒涼的人。也就是說，女性工作表示男性無能。雖然到了 1992 年，職業婦女（雙薪家庭）的比例超過家庭主婦的比例，保守人士仍然認為「女性結婚後就應該待在家裡」，而反對自己的妻子工作。「女性是男性的附屬品」這樣不言而喻的默契，形成了男性用語與女性用語。

　　「下町」則不然。大多數下町家庭以經商維生，無論男女都必須工作。「下町話」之所以使人覺得有些粗魯，也是因為「下町話」沒有男性用語與女性用語這種分別吧。

　　此外，就算有「山手話」，男性用語與女性用語也不會使用於正式場合。男性用語與女性用語是在私底下，而且是不需要顧慮彼此的關係（不客氣關係）才會使用。因此男性用語與女性用語的差異出現在「ダ體」而非「デス・マス體」，也是理所當然。

日本語

　以前、「東京以外に性差語はない」と書いたら、「関西では『私』のことを、男は『わい』、女は『うち』と言うではないか。」と、お叱りを受けました。確かに、東北では男女とも「おれ」と言う地域もありますが、一人称に男女差のある地域もあります。しかし、これは次の二つの理由から反論を申し上げたいと思います。

［理由 1］

　ある言語現象を考える時に、言語学では「語彙」と「統語」の2つの面から分析します。「語彙」の面での男女差というのは、同じ物を指すのに、男女で使う単語が違うということです。関西で男が『わい（「い」を高く読む）』、女が『うち』（「う」を高く読む）と言うのは、男女で自分を指す言葉が違う、つまり語彙的な差があるということです。語彙の差はどこにでもあることで、女性が名詞によく「お」をつけるのもその一つの現象です。単語を入れ替えれば男になったり女になったりするのですから、これは外国人にとっては学びやすい項目でしょう。

　これに対して、「統語」面での男女差は、男性「寒いね」、女性「寒いわね」など、名詞でなく助詞等の機能語に組み込まれているものです。これは、マスターするためには文法的な訓練が要りますから、外国人にとっては、難しい項目でありましょう。これが、東京方言に著しい性差語です。男らしさ、女らしさは、単語でなく、文の末尾で表現する方が効果的なようです。

　理由 2 については、また次回にお話ししましょう。

男性用語 · 女性用語 37

中文

　　當我前幾回提到「東京以外的方言沒有性別用語的分別」，有人指正我：「在關西，男性會稱『私』為『わい』，而女性會稱『私』為『うち』啊。」的確，比如說東北有些區域，無論男女都會稱「私」為「おれ」，不過也有部分區域的第一人稱有男女之分。然而，關於這一點，我想以下列兩個理由反駁。

〔理由1〕

　　在思考某個語言現象時，語言學會以「語彙」與「句法」兩個層面進行分析。在「語彙」層面的男女之分，是指男女使用不同的詞語，來稱呼相同的物品。比如說在關西，男性說「わい」（「い」的語調較高）、女性說「うち」（「う」的語調較高）是男女使用不同的詞語稱呼自己，也就是「語彙」的不同。這樣的差異隨處可見，女性在名詞前加「お」也是其中一種現象。只要變換使用的詞，就能一下像男性一下像女性，所以對外國人來說，是比較容易學習的部分。

　　相對來說，「句法」層面的男女之分，是指男性說：「寒いね」但女性會說：「寒いわね」等，差異為助詞等虛詞而非名詞。若要精通這個部分必須經過文法的訓練，所以對外國人來說，是比較困難的項目吧。東京方言顯著的男女之分，大多屬於後者。不單純是使用的詞語像男性或像女性，而是語尾的表現方式不同。

　　至於理由2，則留待下回揭曉。

日本語

［理由2］

　前にも述べたように、日本語は、階層語です。若者は若者言葉を話し、ヤクザは
ヤクザ言葉を話し、主婦は主婦言葉を話し、学生は学生言葉を話し、教師は教師言
葉を話し、皇族は皇族言葉を話します。一人称、二人称まで違います。昔の軍隊で
は「俺」または「自分、貴様」が正式な一人称と二人称だったし、吉原などの遊郭
では、遊女の一人称は「あちき」、遊女が客の男を呼ぶ二人称は「主（ぬし）さん」
でした。また、ご存知のように、天皇の一人称は中国でも日本でも「朕（ちん）」
でした。（現在では天皇は「わたくし」と言っています。）それぞれの階層によっ
て語彙が違うのです。

　また、例えば同じ学生でも、学生同士で話す時の言葉と教師に対する言葉とは違
うはずです。教師でも、同僚の教師に対する時と学生に対する時とは、言葉が違う
はずです。私は学生に対しては教師、教会では教友、家庭では娘です。それぞれの
場で、言葉や話し方が違います。つまり、私は学校では教師の役割を、教会では教
友の役割を、家庭では娘の役割を演じているわけです。それぞれの役割に従って、
言葉を選んでいるのです。これを「役割語」と言います。（詳しくは、金水敏『ヴ
ァーチャル日本語　役割語の謎』を参照。）

　同じ男性でも、仲間同士で話す時は「俺」と言い、女性と話す時は「僕」と言い、
公式の場では「私」と言う人が多いようです。女性も、男性に対して話す時より女
同士で話す時の方が乱暴な話し方になるようです。私の場合だと、普段はあまり女
言葉を使わないのですが、イケメンの男性と話す時は明らかに女言葉を使っていま
す。（＾＾；）

　日本語は、役割語の世界なのです。男女言葉も、役割語と考えてよいと思います。
男女の役割分担がはっきりしていた東京の「山の手」地域の方が、関西よりも男女
の役割語を強く要求されていると思われます。だから、東京方言には性差語が多い
のでしょう。そして、男女同権の思想が強くなった現在では、女言葉は少なくなっ
てきているようです。

男性用語・女性用語 38

中文

〔理由 2 〕

　　一如之前提及的內容，日文為階層語言。年輕人使用年輕人用語，黑道使用黑道用語，主婦使用主婦用語，學生使用學生用語，教師使用教師用語，皇族使用皇族用語。就連第一人稱、第二人稱都不同。以前的軍隊會使用「俺」或是「自分、貴樣」作為正式的第一人稱與第二人稱，而在吉原等娛樂場所，妓女的第一人稱為「あちき」，而稱呼男客的第二人稱則是「主（ぬし）さん」。此外，就像各位知道的，日本天皇、中國皇帝的第一人稱都是「朕（ちん）」。（現在日本天皇則是使用「わたくし」。）階級不同，使用的語彙也不同。

　　此外，例如學生對學生使用的用語、對教師使用的用語也會不同。教師亦然，面對同事與面對學生使用的用語一定也不同。我對學生使用教師用語，在教會使用教友用語，在家裡則是使用女兒用語。場合不同，使用的用語與語氣也不同。也就是說，我在學校的角色是教師，在教會的角色是教友，在家裡的角色則是女兒。我們會根據自己的角色選擇用語。日文稱此為「役割語」（やくわりご；角色語）（詳情請參考金水敏著《ヴァーチャル日語　役割語の謎》（虛擬日語　角色語之謎））。

　　似乎有許多男性在與男性談話時使用「俺」，在與女性談話時使用「僕」，而身處正式場合則會使用「私」。女性亦然，女性面對女性的遣詞用字似乎會比面對男性來得粗魯。就我自己而言，我平常很少使用女性用語，但與帥哥談話時，使用女性用語的情形卻很明顯。（ˆˆ;）

　　日文是「役割語」的世界。男性用語與女性用語也可以視為一種「役割語」。因此在男女角色鮮明的東京「山の手」區域，重視男女「役割語」的情形比關西來得強烈。因此，東京方言才會有這麼多的男性用語與女性用語吧。而目前男女平權的觀念日漸強勢，因此女性用語也就越來越少了。

一人称と二人称

第一人稱與第二人稱

日本語

　日本語の一人称と二人称は、他の諸外国語のそれとは違うようです。

　一人称代名詞は英語では 'I' 、中国語では「我」ですが、日本語では「私（わたくし）」の他に「わたし・あたし・あたい・あたくし（いずれも「わたくし」の異形態）」もあるし、「俺」「僕」「おいら」など、男女で呼称が違うし、「うち」「あて」「おら」「おいどん」など方言もあります。さらに、「私」（この漢字の正式な読み方は「わたくし」であり、「わたし」というのは省略形です）には「私（わたくし）する」（私物化する）という動詞にもなります。また「私事（わたくしごと）」「私心（わたくしごころ）」など、他の名詞の修飾語にもなります。これでは、「私」は代名詞とは言えません。日本語の一人称は、普通は「指示詞」と分類されています。

　また、英語では 'Do you like coffee?' 'Yes, I do.' と、つまり答えの文にも義務的に 'I' を入れなければならない、つまり必ず主語と述語を置かなければなりませんが、日本語の場合は「あなたは、コーヒーが好きですか？」と聞かれて「はい、私はそれが好きです。」などと返事をするのは不自然で、「はい、好きです。」と言うでしょう。また、電話で自分の名を述べる時には、「もしもし、_私_は吉田です。」と言うのは不自然で、「もしもし、吉田ですが」と、「私」という主語を言わないのが普通です。主語が「私」であることがわかっている場合は、なるべく「私」と言わないのがつつましい表現です。

　つまり、日本語の「私」は「公（おおやけ・public）」と区別された private の要素が強いのです。これに対して西洋語の 'I'（英語）、'ich'（ドイツ語）、'Ju'（フランス語）、'yo'（スペイン語）、'io'（イタリア語）などは、公と関係ない個人（individual）としての要素が強いと言えましょう。「私」を始めとした日本語の自称語は一人称代名詞ではなく「一人称として使われる指示代名詞」なのです。

第一人稱與第二人稱 1

中文

日文裡的第一人稱與第二人稱，和其他國家的語言有所不同。

英文裡的第一人稱是 'I'，中文是「我」，而日文裡除了「私（わたくし）」還有「わたし・あたし・あたい・あたくし（都是「わたくし」的變化形）」，以及「俺」、「僕」、「おいら」等等，因男女性別而有不同的稱呼，另外也有「うち」、「あて」、「おら」、「おいどん」等方言。再者，「私」（這個漢字正式的讀音是「わたくし」，「わたし」是其省略形）這個字，還有「私（わたくし）する」（私有化）這樣的動詞用法。另外「私」還可以當作其他名詞的修飾語，像是「私事（わたくしごと）」、「私心（わたくしごころ）」等。這樣一來，「私」就不能算是代名詞。日文中的第一人稱一般被分類為「指示詞」。

在英文裡 'Do you like coffee?' 的回答是 'Yes, I do.' 回答的句子裡必須要放入 'I'，也就是句子裡要有主語和述語，但是在日文中被問到「あなたは、コーヒーが好きですか？」（你喜歡咖啡嗎？）的時候，若是回答「はい、私はそれが好きです。」（是，我喜歡那個。）就顯得不自然，一般會回答「はい、好きです。」（是，喜歡。）。還有在電話裡報上自己名字的時候，說「もしもし、私は吉田です。」也不自然，不說主語的「私」而說「もしもし、吉田ですが」是比較自然的。在大家都清楚知道主語是「私」的情況下，盡可能不用「私」會給人較為謙虛的感覺。

也就是說日文的「私」是「公（おおやけ・public）」的相對詞，強烈具有 private 的意思。而歐美語言中的 'I'（英文）、'ich'（德文）、'Ju'（法文）、'yo'（西班牙文）、'io'（義大利文）等等，個人（individual）的意味濃厚，跟「公」沒有關係吧。所以「私」等等的日文自稱語並非第一人稱的代名詞，而是「被當成第一人稱使用的指示代名詞」。

日本語

　日本語では「私」は一人称ですが、「我」を「が」と読むとどういう意味になるでしょうか。「我」のつく熟語を調べてみましょう。

「我が強い（ががつよい）」：強情。意地っ張り。

「我を出す（がをだす）」：隠していたわがままな本性を出す。

「我を張る（がをはる）」：自分の考えを変えないで譲らない。意地を張る。

「我を通す（がをとおす）」：自分の考えを変えないで押し通す。

「我を折る（がをおる）」：自分の考えを押し通すことをやめて、他人に譲歩する。

「我流（がりゅう）」：正統なやり方でなく、自分勝手なやり方。

「我利我利亡者（がりがりもうじゃ）」：欲深くて自分の利益だけを考える人。

「我田引水（がでんいんすい）」：自分の田だけに水を引く。物事を自分の都合の
　　　　　　　　　　　　　　　　いいように言ったりしたりすること。

　どうやら、「我」という言葉は「わがまま」「自分勝手」（自我中心）という意味があるようです。では、「私」（音読は「し」、訓読は「わたくし」）は、どういう意味になるでしょうか。

「私語（しご）」：公の場（例えば授業中）で、自分たちだけで勝手な話をすること。

「私物化（しぶつか）」：公の物を勝手に自分の物にすること。

「私する（わたくしする）」：公の物を勝手に自分の物にすること。

「私生児（しせいじ）」：未婚の男女の間に生まれた子供

　どうやら、「私」とは、「隠すべきもの」という意味があるようです。本来、「公」は「公開」のもの、「私」は隠すべきものという黙契が日本にはある、しかし、その黙契を破って「私」が公の場で突出したものが「我」である、という日本人の精神構造が見えてこないでしょうか。

　中国語は「我」が一人称で「自私」がわがままという意味です。日本語と正反対ですね。

第一人稱與第二人稱 2

中文

　　日文中「私」是第一人稱，而漢字「我」若讀成「が」的話又是什麼意思呢？我們來考察一下關於「我」的慣用句吧。

「我が強い（ががつよい）」：固執。堅持己見。

「我を出す（がをだす）」：露出不為人知的任性的本性。

「我を張る（がをはる）」：不改變自己的想法，不讓步。堅持己見。

「我を通す（がをとおす）」：不改變自己的想法，強迫別人接受。

「我を折る（がをおる）」：不強迫別人接受自己的想法，對他人讓步。

「我流（がりゅう）」：非正統、任意妄為的手段。

「我利我利亡者（がりがりもうじゃ）」：貪心又自私自利的人。

「我田引水（がでんいんすい）」：只把水引流到自己的田裡。只說或做對自己有利的事情。

　　看來「我」這個字就意味著「任性」、「自我中心」。那「私」（音讀是「し」，訓讀是「わたくし」）又是什麼意思呢？

「私語（しご）」：在公共場合（例如課堂上）私下閒聊。

「私物化（しぶつか）」：擅自把公共物品據為已有。

「私する（わたくしする）」：擅自把公共物品據為已有。

「私生児（しせいじ）」：非婚生子女

　　看來「私」這個字有「應該隱藏的東西」這樣的意涵。本來日本有一種默契是「公」就是「公開」的東西，「私」就是應該隱藏的東西。然而若是不顧這樣的默契，在公共場合突出「私」的話就是「我」的概念了，而大家是否能從中看出日本人的思想模式呢？

　　在中文裡「我」是第一人稱，「自私」是任性的意思。跟日文恰恰相反呢。

日本語

　今回から、二人称のお話です。日本語では上司や家族に「あなた」と言ってはいけないことは、「呼称」のところでお話ししました。それを少し補足・整理する形で展開します。

　英語では 'Miss Yoshida, do you like dog?'、中国語では「吉田老師、你喜歡狗嗎？」、呼称は「Miss Yoshida」「吉田老師」、二人称は「you」「你」と、それぞれ使い分けています。しかし、日本語では「吉田先生、吉田先生は犬がお好きですか？」と、呼称も二人称も同じ「吉田先生」です。（この時、「吉田先生、あなたは犬が好きですか？」などと「あなた」を使ったら、間違いなく私にぶっとばされますよ。）こうなると、「あなた」は二人称とは言えず、単なる代名詞または指示詞としか言えません。何故なら、二人称とは構文の中に組み込まれているもの、対話相手を指示する決まった言葉だからです。

　英語の二人称「you」は、話す相手によって指示対象が違います。私がお母さんと話している時は「you」はお母さんを指し、弟と話している時は「you」は弟を指します。このように、場合によって指示対象が違う言葉を「境遇性を持つ語」と言います。ところが、日本語で二人称が「吉田先生」という固有名詞では、指示対象が一つだけになってしまいます。「吉田先生」は世界で私一人だけなのですから。つまり、日本語には対話相手全般を指す二人称というものは存在しない、ということになります。「あなた」という語は二人称ですが、しかし指示対象が社会的・文化的な制約を持っているし、また日本語には「あなた」以外にも対話相手を指す語は他にたくさんあるのですから、英語の「you」のような普遍的な二人称は存在しないことになります。

　では、「あなた」は何故目上の人に使ってはいけないのでしょうか。

第一人稱與第二人稱 3

中文

　　這一回開始我們來談談第二人稱。之前在「稱呼」的部分曾經跟大家提過，在日文中不可以稱呼上司或家人「あなた」。接下來我想以補充、整理一下這件事來展開此話題。

　　在英文裡 'Miss Yoshida, do you like dog?'，在中文裡「吉田老師，你喜歡狗嗎？」，分別使用了「Miss Yoshida」、「吉田老師」的稱呼，以及「you」、「你」的第二人稱。然而，在日文裡像「吉田先生、吉田先生は犬がお好きですか？」這樣，稱呼與第二人稱都是「吉田先生」。（這時要是有人說「吉田先生、あなたは犬が好きですか？」對我用了「あなた」的話，一定會被我一腳踢飛吧。）這樣看來，「あなた」不能說是第二人稱，而僅僅算是代名詞或是指示詞。因為所謂的第二人稱必須是一個句子的組成成分，專門用來指說話對象的固定詞彙。

　　英文的第二人稱「you」所指對象，會依說話對象而有所不同。我跟母親說話的時候「you」就是指媽媽；跟弟弟說話的時候「you」就是指弟弟。像這樣根據場合不同所指對象也不同的詞，我們稱之為「視情況而定的語詞」。然而，像日文的第二人稱「吉田先生」這樣的專有名詞，所指的對象卻只有那一人。因為「吉田先生」在這世界上是獨一無二的。也就是說，日文裡面不存在可以用來指示所有說話對象的第二人稱。「あなた」這個詞雖是第二人稱，但所指的對象有其社會上跟文化上的限制，而且日文當中除了「あなた」以外還存在著許多可以用來指示說話對象的詞，所以並不像英文那般擁有一個「you」這類普遍通用的第二人稱。

　　那麼，為什麼不能對尊長使用「あなた」呢？

日本語

　「あなた」の語源は「彼方、遠く」の意味でした。（「遠く」の意味で使われる「あなた」と言えば、ドイツの詩人、カール・ブッセの詩「山のあなた」をすぐ思い出しますが、「遠く」の意味の時は「あ̇なた」の「あ」を高く読み、「you」の意味の時は「あな̇た」の「な」を高く読みます。）「第58回　呼称-1」で述べたように、元々は「私などに手の届かないあなた（彼方、遠く）にいる偉い方」という意味だったのです。（日本語では、場所名詞が人を表すことがよくあります。これも、前に述べましたね。）それが、だんだん自分と相手との距離が縮まって、現代では目の前にいる人を指す言葉、つまり対等な相手を示す二人称として使われるようになりました。そして、さらには目上の者に使ってはいけない、目下の者だけに使うようになりました。つまり、「あなた」の指示対象が「目上」→「対等」→「目下」へと、だんだんランクがさがっているのです。（私の母も、私が母を「あなた」と呼ぶと泣いて怒るくせに、母は私を「あんた」と呼んでいました。）

　でも、「あなた」という二人称の問題は、本当に指示対象のランクが降下したというだけの原因でしょうか？　私の母が「あなた」と呼ばれて泣いて怒ったのは、単に目下の者に「あなた」と呼ばれたからではないと感じられます。これは、人間の上下関係だけでなく、内外関係が絡んでいると思われますが、それはまた次回にお話ししましょう。

第一人稱與第二人稱 4

中文

　　「あなた」的語源是「彼方、遠方」的意思。（說到當作「遠方」的意思使用的「あなた」，馬上就聯想到德國詩人 Carl Hermann Busse 的詩「山のあなた」（山的遙遠那一方）。「あなた」當作「遠方」的意思時「あ」要唸高音調，當作「you」的意思時「あなた」的「な」要唸高音調。）就如同在「第 58 回　稱呼 -1」中所說的，這個字原本是「位於我等遙不可及處的あなた（彼方、遠方）的偉大之人」這樣的意思。（先前也曾提過，日文經常用場所名詞來表示人）後來自己跟對方的距離變得越來越近，在現代這個詞就變成用來指示眼前的人，也就是被當作第二人稱，指與自己相對等的對象。後來，又發展成不能對尊長使用，只能對自己的下屬、晚輩使用。也就是說，「あなた」所指的對象由「長輩」→「平輩」→「晚輩」，等級變得越來越低。（我若叫我母親「あなた」，她就會氣哭，可是我母親卻會叫我「あんた」。）

　　但是，「あなた」這個第二人稱的問題，真的單純是因為所指的對象等級降低了嗎？我認為母親之所以會因我稱她「あなた」而氣哭，不是單單只是因為我是晚輩卻用「あなた」叫她而已。這個問題不只是人與人之間的上下階層關係，其實還牽涉到親疏關係。關於這點，我們留待下一回揭曉。

日本語

　名前も知らず顔も見えない人とメール、スカイプ、ラインなどのSNSで初めて通信する場合、最初は相手を何と呼ぶでしょうか。多分、「<u>あなた</u>とお友達になりたいです。」「<u>あなた</u>はどなた？」など、「あなた」を使うのではないでしょうか。そして、名前がわかったら「○○さんは、どこに住んでいるの？」「△△さんの趣味は？」など、名前を呼び合うでしょう。また、「あなた」が最もよく聞かれるのは、国会討論です。野党議員が与党の首相に質問する時、「首相、<u>あなた</u>はどう考えているのですか。」などと相手に詰め寄る場面です。

　こう考えると、「あなた」という二人称は目下の者に対して使うと言うより、「外の者」に対して使われるようです。名前を知らない相手を「あなた」と呼ぶのは外の関係の証拠だし、野党議員が首相を「あなた」と呼ぶに至っては対立関係とさえ言えます。家族に対して「あなた」と呼ぶのはいかにもよそよそしい感じがするので、避けられるのでしょう。

　「あんた」（「あなた」の異形態）は、「あなた」よりもっと気楽に使えるようです。親しい者同士の遠慮のない会話でも、目下の者に対しても使えます。但し、「あなた」に比べてやや下品な感じがするので、よほど親しい人でない限り使わないでください。

第一人稱與第二人稱 5

中文

　　當我們用電子郵件、skype、Line 等社交通訊軟體跟素昧平生的人交流的時候，最一開始會如何稱呼對方呢？應該會說「あなたとお友達になりたいです。」（我想和你交朋友。）、「あなたはどなた？」（請問你是哪位？）等，在這些話裡面應該會使用到「あなた」這個字吧。然後在知道對方名字之後應該會說「○○さんは、どこに住んでいるの？」（○○先生／小姐你住哪裡？）、「△△さんの趣味は？」（△△先生／小姐你的嗜好是什麼？）等，彼此互稱名字吧。而最常聽到「あなた」的情況，其實是國會議論的時候。在野黨議員對執政黨首相提出質詢時，會用「首相、あなたはどう考えているのですか。」（首相你是怎麼想的？）等，來逼問對方。

　　這樣想的話，「あなた」這個第二人稱與其說是對下屬或晚輩使用，不如說是對「外人」使用才是。稱呼不知名的對象「あなた」，就證明了對方是「外人」；還有在野黨議員稱呼首相「あなた」，甚至可以稱是對立關係。因為對家人稱呼「あなた」有一種見外的感覺，所以才會避免這麼稱呼吧。

　　「あんた」（「あなた」的變化形）感覺上比「あなた」更能輕鬆使用。不論是與熟人間不必客氣的對話，或是與下屬、晚輩的對話都能使用。只是，這個詞比「あなた」感覺又更為粗俗一些，所以若對方不是非常親暱的人還是不用為妙。

日本語

　前にもお話ししましたが、「あなた」は妻が夫を呼ぶ時にも使われます。これは、呼称としての「あなた」の用法です。

　もう一つ、「あなた」については、別のおもしろい用法があります。これは、我が政治大学日文系の頼助教が発見したのですが、「吉田先生は『あなた』を間投詞のように使いますね。」と言ったのです。自分でも気づかなかったことですが、確かに言われてみれば、「それが、あなた、停電しちゃってパソコンが使えなかったのよ。」とか「だって、あんた、おかしいじゃないの。」など、相手に強く訴えたい時に使っているようです。英語で言えば、'Do you know?'、中国語で言えば「我告訴你」「知道嗎？」というところでしょうか。ここまで来ると、「あなた」はもはや二人称代名詞とは言えないでしょう。

　さらに、相手を指示する語は「あなた」だけではありません。共通語（いわゆる標準語）では、丁寧な呼び方としては「あなた様」、同等の者に使う男性語の「君」、軽卑語としては「おまえ・おめえ（「おまえ」の異形態）」、敵対語としては「てめえ」などがあるし、「あんさん」「あんたはん」などのような関西方言もあります。ビジネスでよく使われるのは、「そちら」「そちら様」という指示詞です。（ビジネスでは相手のことを決して「あなた」とは呼びません。）

　つまり、「あなた」は指示代名詞であり、呼称であり、間投詞でもあり、決して「you」のような二人称代名詞ではありません。「二人称として使われている指示代名詞」なのです。

第一人稱與第二人稱 6

中文

先前提過，太太叫先生的時候也會使用「あなた」。這是「あなた」當作稱呼的用法。

「あなた」還有一種相當有趣的用法。這是我任職的政治大學日文系的賴助教發現的，他對我說：「吉田老師，你好像把『あなた』當作一種間投詞（感嘆詞）在用呢。」這件事情連我自己都沒發現，經他這麼一說，我才發現這個詞也會用在強烈地想跟對方訴說某事的情況，例如「それが、あなた、停電しちゃってパソコンが使えなかったのよ。」（那個，我告訴你，停電了電腦不能用了啊。）或是「だって、あんた、おかしいじゃないの。」（因為，你說，這不是很奇怪嗎？）等。用英文來說就是 'Do you know?'；用中文的話應該是「我告訴你」、「知道嗎？」這樣的語感吧。談到這裡，「あなた」這個詞應該再也不能說是第二人稱代名詞了吧。

還有，指稱對方的詞並不只有「あなた」。在共通語（也就是標準語）當中，客氣地稱呼對方可以用「あなた様」，男性稱呼平輩時可以用「君」，輕蔑的稱呼有「おまえ・おめえ（「おまえ」的變化形）」，敵對的稱呼有「てめえ」等，而關西方言裡還有「あんさん」、「あんたはん」。在商務往來的場合中有「そちら」、「そちら様」等指示詞。（商務往來的場合絕對不能稱對方為「あなた」。）

總之，「あなた」可以是指示代名詞，可以是稱呼，可以是間投詞，但絕對不是像「you」這樣的第二人稱代名詞，應該稱為「被當成第二人稱使用的指示代名詞」。

日本語

　人称代名詞でないのは、「あなた」だけではありません。三人称代名詞と言われる「彼」「彼女」もそうですね。恋人のことを「僕の彼女」とか「ユウコの彼」とか言ったりしますね。さらに「彼氏（かれし）」となると「Mr. Boyfriend」という意味で、固有名詞化してきます。もともと「彼」「彼女」とは、明治時代に外国文学の「he」「she」を、遠い所を表わす「か」系語で翻訳したものです。日本人が発話する自然な三人称は、「あの方（尊重語）」「あの人（対等語）」「あいつ（軽卑語、「あの奴（やつ）」→「あやつ」→「あいつ」と変化）」など、「あ」系の指示代名詞を使うでしょう。その場合、「あの」の後にはやはり話者との関係を表す「尊重語」か「対等語」か「軽卑語」か、いずれかが接続するのです。指示対象が自分より上か対等か下かを発話時に決めなければいけないというのは、考えてみれば日本語は悲しい言語と言えるかもしれませんね。それを避けるためには、「課長は」「先生が」などの呼称を用いるか、「山田くんが」とか「良子さんは」などと、その人の名前を言うしかありません。三人称も指示代名詞なのです。

　そうなると、日本語には一人称も二人称も三人称も、人称代名詞はないことになります。いったい、人称代名詞がないということは、どういうことでしょうか。人称代名詞がない世界とは、どんな世界でしょうか。実は、自分を指す言葉・一人称と、相手を指す言葉・二人称には、実はもっと奇怪な関係があるのです。それをお話しする前に、日本語の「私」とは何かを考えてみましょう。

第一人稱與第二人稱 7

　　不能算是人稱代名詞的不只有「あなた」。被說是第三人稱代名詞的「彼」、「彼女」也是如此。我們會稱男女朋友為「僕の彼女」（我女朋友）或是「ユウコの彼」（ユウコ的男朋友）吧？而且「彼氏（かれし）」這個詞就是「Mr. Boyfriend」（我男朋友）的意思，已經成為一種專有名詞了。原本「彼」、「彼女」這兩個詞，是明治時代用表示遠方的「か」開頭詞，來翻譯外國文學的「he」、「she」而來。日本人談話中自然的第三人稱應該是「あ」開頭的指示代名詞，例如「あの方（尊重語）」、「あの人（對等語）」、「あいつ（輕蔑語，由『あの奴（やつ）』→『あやつ』→『あいつ』演變而成）」等吧。此時，「あの」的後面還是必須接「尊重語」或「對等語」或是「輕蔑語」，來表達與談話者的關係。必須在發話時，就決定所指的對象是長輩、平輩、還是晚輩，這麼一想，日文也許可稱為一種悲哀的語言啊。如果想避免的話，就只能用「課長は」、「先生が」之類的稱呼，或是直接稱呼對方的名字，例如「山田くんが」、「良子さんは」。所以第三人稱其實也是指示代名詞。

　　如此一來，日文裡面就變成根本沒有第一人稱、第二人稱、第三人稱等人稱代名詞。沒有人稱代名詞究竟是怎麼一回事？沒有人稱代名詞的世界，是個怎樣的世界？其實指自己的第一人稱和指對方的第二人稱之間，還存在一種更奇怪的關係。在談論這件事之前，我們來思考一下日文中的「私」到底是什麼。

日本語

　前に、日本語ではやたらに「もしもし、<u>私は</u>吉田です。」などと、やたらに「私は」「私は」を連発するのは不自然だ、と述べました。自己主張が強いという印象を与えて、感じが悪いからです。自己紹介の時は「吉田妙子です。東京出身です。今台北に住んでいます。趣味は料理で、100以上のレシピを持っています。」と、全く「私」という言葉を使わずに自分のことを述べます。しかし、英語では「<u>My</u> name is Taeko Yoshida. I'm from Tokyo and <u>I</u> live in Taipei now. <u>My</u> hobby is cooking. I have more than one hundred recipes.」などと、Iやmyを惜しげもなく使います。英語では、1つの文には必ず主語を置かなければなりません。これは英文法上の義務なのです。つまり、心の中で（私は100以上のレシピを持っている）と思ったら、それを言葉にする時には必ず「主語＋述語＋目的語」という構文規則を満たさなければいけないのです。英語の構文規則はまるで厳しい警察のようで、ちょっとでも違反すると逮捕されてしまいます。

　これに対して、日本語の文法規則では「主語＋述語＋目的語」は義務ではなく、特に必要がない時は適当に省いたり順序を変えたりしてもいいのです。心の中で（私は100以上のレシピを持っている）と思っても、それを言葉にする時には「私は」という主語を省いてもかまいません。「私は」と言うと自己主張が強いと思われて印象が悪くなる、と思ってつい遠慮してしまうのです。日本語の構文規則は、まるで、事情によってはちょっとぐらいの違反を見逃してくれる物わかりのいい警察のようです。

　では、どうして日本の構文警察はこんなに寛大なのでしょうか。どうして日本では「私」を言わなくてもいいのでしょうか。それは、また次回お話しすることにします。

第一人稱與第二人稱 8

中文

前面跟大家提過，在日文裡若是像「もしもし、<u>私は</u>吉田です。」這樣頻繁使用「私は」、「私は」是很不自然的。因為這會給人一種自我主張強烈的印象，令人不快。日文自我介紹的時候會說「吉田妙子です。東京出身です。今台北に住んでいます。趣味は料理で、100以上のレシピを持っています。」（吉田妙子，生於東京。現在住在台北。興趣是作菜，擁有100道以上的食譜。），完全不使用「私」這個詞語來敘述關於自己的事。然而，英文會說「<u>My</u> name is Taeko Yoshida. <u>I</u>'m from Tokyo and <u>I</u> live in Taipei now. <u>My</u> hobby is cooking. <u>I</u> have more than one hundred recipes.」，毫不吝於使用 I 或 my。在英文裡，一個句子必須要有一個主語。這是英文的文法規則。意即若是心裡想著（私は100以上のレシピを持っている），要把這件事用言語表達的時候，就必須遵守「主語＋述語＋目的語」的構句規則。英文的構句規則就像是嚴格的警察一樣，稍微違反就會遭到逮捕。

相對地，日文的文法規則裡面，「主語＋述語＋目的語」並非硬性規定，若不是特別必要的時候，隨意省略或是改變順序都是可以的。就算心裡想著（私は100以上のレシピを持っている），要把這件事用言語表達的時候，省略「私は」這個主語也無妨。因為擔心講「私は」的話，會給人自我主張強烈的印象，令人不快，所以就避免使用。日文的構句規則就像是一個近乎人情的警察，視情況對一點小小的違規會睜一隻眼閉一隻眼。

那麼為什麼日本構句警察會如此寬宏大量呢？為什麼在日本不說「私」也沒關係呢？這留到下回再揭曉。

日本語

　日本語では「私」をできる限り言わない、と言うと、皆さんはきっと「日本語は謙虚で慎み深い言語だ」と思われるかもしれません。ところが、裏を返せば日本語ほど自己中心の言語はないと言っていいのです。

　まず、「～たい」「欲しい」などの欲求を表わす文型、「うれしい」「悲しい」「ひもじい」などの感情形容詞、さらに「思う」「考える」などの思考動詞の主語は必ず「私」であることは、皆さん、ご存知ですね。これらは人の心の中を表わす語です。人の内面は他人にわかるはずがありません。他人の内面を知るには、外から見えるその人の行動で判断するしかありません。ですから、第三者を主語にする時は、「彼は行き<u>たがっている</u>」「彼は欲し<u>がっている</u>」「彼はうれし<u>そうだ</u>」「彼は悲しん<u>でいる</u>」「彼はひもじい<u>ようだ</u>」「彼は……と思っ<u>ている</u>」「彼は考え<u>ている</u>」など、欲求が外面に現れた様子を示す「たがっている」、見た様子を表わす「そうだ」「ようだ」、観察状態を示す「ている」などの文型を付けなければなりません。

　つまり、内面を表わす「～たい」、「欲しい」、感情形容詞、思考動詞などは、「私」の行為であることが前提されているのです。「私」という主語が文法的に保証されているのです。「私」という主語が言語化されなくとも、述語の中に含まれているのです。

　前回述べた「吉田妙子です。東京出身です。今台北に住んでいます。趣味は料理で、100以上のレシピを持っています。」という自己紹介の文も、「私」という言葉は一言も言っていないものの、話者の心の中ではどの句にも「私」が付き纏っているのです。「（私は）吉田妙子です。（私は）東京出身です。（私は）今台北に住んでいます。（私の）趣味は料理で、（私は）100以上のレシピを持っています。」……この「私」が言語化されると、英語のように「<u>My</u> name is Taeko Yoshida. <u>I</u>'m from Tokyo and <u>I</u> live in Taipei now. <u>My</u> hobby is cooking. <u>I</u> have more than one hundred recipes.」ということになるわけです。日本語を話す人は常に心の中に「私」という意識を持っているのです。

第一人稱與第二人稱 9

中文

　　一提到在日文裡面盡量不說「私」，大家應該都會以為「日文真是個謙虛內斂的語言」吧？然而，反過來說，沒有語言比日文更自我中心了。

　　首先，像「～たい」、「欲しい」這類表達欲望的句型和「うれしい」、「悲しい」、「ひもじい」（飢餓）這類用來表達感情的形容詞，還有「思う」、「考える」這類思考動詞的主語都必定是「私」，這個大家應該都知道吧？這些都是表達人內心的詞。人的內心是別人不可能會知道的。若要知道別人的內心世界，只能由外觀察對方的行動來判斷。所以第三者要當主語的時候，必須使用「彼は行き<u>たがっている</u>」（他很想去）、「彼は欲し<u>がっている</u>」（他很想要）、「彼はうれし<u>そうだ</u>」（他好像很高興）、「彼は悲しん<u>でいる</u>」（他好像很悲傷）、「彼はひもじい<u>ようだ</u>」（他好像很餓）、「彼は……と思っ<u>ている</u>」（他認為……）、「彼は考え<u>ている</u>」（他想……）等句型，「たがっている」是表示欲求願望顯露在外的樣子，「そうだ」、「ようだ」是表示看起來的樣子，「ている」是表示觀察到的狀態。

　　也就是說，表達內心的「～たい」、「欲しい」、感情形容詞、思考動詞等等，都是以「私」的行為當作前提。「私」這個主語在文法中是受到保障的。所以就算「私」這個主語沒有被明白說出來，也已經隱含在述語裡面了。

　　前回提到的自我介紹文「吉田妙子です。東京出身です。今台北に住んでいます。趣味は料理で、100 以上のレシピを持っています。」當中一次也沒用到「私」這個詞語，但在話者的心中無論是哪個句子都離不開「私」。「（私は）吉田妙子です。（私は）東京出身です。（私は）今台北に住んでいます。（私の）趣味は料理で、（私は）100 以上のレシピを持っています。」若是明白地把「私」說出來，就會變成像英文這樣「<u>My</u> name is Taeko Yoshida. <u>I'm</u> from Tokyo and <u>I</u> live in Taipei now. <u>My</u> hobby is cooking. <u>I</u> have more than one hundred recipes.」所以講日文的人在內心中一直都抱持著「私」的意識。

日本語

　英語と日本語の違いを、比喩を用いて説明してみましょう。

　例えば、英語で "I love you." と告白する場合を考えてみます。舞台の上に "I" という役者と "love" という役者と "you" という役者がいます。"I love you." という劇を行う時、"I" という役者は「主語」という役を演じ、"love" という役者は「述語」という役を演じ、"you" という役者は「目的語」という役を演じます。そして、左から "I"、"love"、"you"、の順に並んで見せることによって、"I love you." の意味を観客に伝えます。

　これに対して日本語では、愛を告白する場合は「私はあなたが好きです」と言われることはなく、「あなたが好きです」だけでしょう。つまり、「私」という役者が舞台に現れることはなく、「あなた」という役者が「が」という助手を従えることによって「目的語」という役を演じ、「好き」という役者が「です」という助手を従えることによって「述語」という役を演じるだけです。では、日本語の愛の告白劇では、「私」という役者はどこにいるのでしょう。観客は、どこに「私」を見ているのでしょうか。

　日本語の場合、「私」は実は舞台の上で何かの役を演じているのでなく、「私」が「舞台」そのものなのです。「私」という舞台の上で、「あなた」も「が」も「好き」も「です」もそれぞれの役を演じているのです。舞台そのものが「私」なのですから、舞台の上に登場しなくとも観客は主語が何かわかるのです。だから、日本語の「私」は言語表現されなくてとも理解可能なのです。

第一人稱與第二人稱 10

中文

　　我想用個比喻來說明英文和日文的差異。

　　假設有一個要用英文說 "I love you." 來告白的場景。舞台上有 "I" 演員和 "love" 演員和 "you" 演員。在表演 "I love you." 這部戲的時候，"I" 這個演員演「主語」、"love" 這個演員演「述語」、"you" 這個演員演「目的語」。然後 "I"、"love"、"you" 必須排列成由左至右的順序，來把 "I love you." 的意思傳達給觀眾。

　　相對地，日文中愛的告白的情況，一般不說「私はあなたが好きです」，而只說「あなたが好きです」。也就說「私」這個演員不需出現在舞台上，僅僅由「あなた」這個演員搭配「が」這個助手來演出「目的語」這個角色，並由「好き」這個演員搭配「です」這個助手來演出「述語」這個角色。那麼，在日文的愛的告白劇中，「私」這個演員到底在哪裡呢？觀眾要在哪裡才能看到「私」這個演員呢？

　　在日文裡，「私」其實並不是在舞台上表演的人，「私」本身就是「舞台」。在「私」這個舞台上，「あなた」、「が」、「好き」、「です」都各自演出自己的戲分。因為「私」本身就是舞台，所以就算不在舞台上登場觀眾也知道誰是主語。因此，日文裡就算不明白說出「私」大家也都能清楚知道。

日本語

　前回、日本語では愛を告白する場合は「私はあなたが好きです」と言われることはなく、「あなたが好きです」だけだ、と書きました。しかし、二人だけでいる時に面と向かって告白する場合は、「あなたが」も省略して「好きです」だけで通じますよね。「私」と「あなた」は舞台裏で通じているようです。

　実は、日本語の一人称と二人称の関係を見ていくと、一人称と二人称の交代というおもしろい現象に気づきます。

1. 「自分」という言葉はもともと「再帰代名詞」で、主語の動作が自分自身に及ぶ場合に使います。「太郎も花子も、それぞれ自分の部屋に帰った。」という場合は、「太郎は太郎の部屋へ、花子は花子の部屋へ帰った」ということを表します。主語によって指示対象が違います。ですから、まず話者自身を指すことができます。昔の日本の軍隊では、上官に対しては「私」と言わずに「自分」と言いました。「私」はプライベートなニュアンスを持っているので、公僕たる軍人にはふさわしくないと考えられたのでしょう。さらに、話者と話している相手を指すことになります。しかし、現代では相手のことを「自分はどう考えますか」などと言うのは感じが悪いので、やめた方がいいでしょう。

2. 「己（おのれ）」も「自分」の古典的な言い方です。「自分」が漢語であるのに対し、「おのれ」は和語です。これももともとは一人称でしたが、次第に二人称を表わすことになりました。そればかりか、「おのれ！」と言うと相手を罵る言葉になります。現代で言えば「バカヤロー」に相当するでしょうか。そして、この「おのれ」が「おれ（俺）」になったのです。

第一人稱與第二人稱 11

中文

　　上回寫到，在日文中愛的告白時一般不說「私はあなたが好きです」，只說「あなたが好きです」。然而，在兩人獨處當面告白時，即使連「あなたが」都省略，只說「好きです」也能懂。「私」和「あなた」好像在檯面下彼此心照不宣。

　　事實上，我們來看日文中的第一人稱和第二人稱的關係，就會發現第一人稱和第二人稱會交替這種有趣的現象。

1. 「自分」原本是「反身代名詞」，用於主語的動作牽涉到自己的情況。「太郎も花子も、それぞれ自分の部屋に帰った。」（太郎跟花子各自回到自己的房間。）這句話的意思是「太郎回到太郎的房間，花子回到花子的房間」。主語不同所指示的對象也不同。所以，這個詞可以用來指說話者自己本身。以前日本的軍隊裡，對長官不能說「私」而要說「自分」。因為「私」帶有一種「私人／隱私」的語感，所以不適合身為公僕的軍人使用吧。後來，這個詞又演變成跟說話者談話中的對象。不過在現代如果用「自分」指稱對方，說「自分はどう考えますか」（你怎麼想）會給人不快的感覺，還是不用為妙吧。

2. 「己（おのれ）」是「自分」的古典說法。「自分」是漢語，「おのれ」則是和語。這個詞原本也是第一人稱，後來漸漸地演變成第二人稱。不只這樣，「おのれ！」還變成責罵對方的詞。相當於現代在講的「バカヤロー」（混帳東西）吧！之後由「おのれ」演變成了「おれ（俺）」。

日本語

3. 「我（われ、わ）」は、もちろん話者自身を指す一人称です。しかし、「わのこと（我の事）」と言うと「自分のこと」という再帰的意味になり、そこから「あなたのこと」という二人称に転じます。自分のことを指す場合は「われ」と「わ」を高く読みますが、主に東北地方の方言で相手のことを指す場合は「われ」と「れ」を高く読んでいます。

4. 「御前（おまえ）」「手前（てまえ）」も、もともとは「高貴なあなた様の前にいるこの私」という意味で自分のことを指す一人称でした。それがいつのまにか自分が偉い人に成り上がって、「お前」は相手のことを指すようになり、「手前」は「お手前」となってやはり相手のことを指すようになり、異形態の「てめえ」となると乱暴に相手を罵る二人称となりました。

   これら、一人称はなぜ二人称に転化するのでしょう。実は、この現象は現代にも普遍的に見られる現象です。多くの子供は母親のことを「お母さん」と呼びますが、それにつられて母親も自分のことを「お母さん」と呼んで、「お母さん、ちょっと出かけてくるからね。」なんて言っていませんか。これは、「相手と同じ目線で物を見る」、特に自分より弱い者の目線で物を見る、というスタンスから来ているものと思われます。相手にとっての自分の呼称を自称として使うことにより、相手との一体感を表し、相手との絆を確認し、相手からの信頼を得るという、一種のコミュニケーションスキルと言えましょう。

第一人稱與第二人稱 12

中文

3. 「我（われ、わ）」當然也是指說話者本身的第一人稱。然而若提到「わのこと（我の事）」就是「自分のこと」（自己的事），有反身的意思，又從而演變成「あなたのこと」這樣的第二人稱。指自己的時候「われ」的「わ」要唸成高音調，但是指對方的時候在東北方言裡「われ」的「れ」會唸成高音調。

4. 「御前（おまえ）」、「手前（てまえ）」原本也是指自己的第一人稱，意思是「高貴なあなた様の前にいるこの私」（在高貴的您面前的這個我）。但不知道什麼時候開始變成自己才是偉大的人物，「お前」變成用來指對方，「手前」變成「お手前」也是用來指對方，「手前」的變化形「てめえ」竟變成了粗魯辱罵對方的第二人稱。

　　為什麼這些詞，會從第一人稱演變成第二人稱呢？其實這個現象在現代也很常見。很多小孩會稱呼母親為「お母さん」，結果連帶地母親亦自稱「お母さん」，例如「お母さん、ちょっと出かけてくるからね。」（媽媽出去一下喔！）。這應當是一種源於「跟對方用相同觀點看事物」的態度，特別是對比自己弱小的對象更是如此。把對方稱自己的稱呼當作自稱，表達出和對方的連帶感，確認彼此的羈絆，進而得到對方的信任，可算是一種溝通技巧吧。

日本語

　一人称と二人称が交代する世界、つまり「私」「あなた」という一人称・二人称を使わないない世界とはどんな世界か、想像してみましょう。

1. 幼児の言語の獲得は、まず「名付け」から始まります。

　自分に乳をくれる人は「ママ」、自分と遊ぶ人は「けんちゃん」「たえちゃん」「みどりちゃん」など、自分にいろいろなことを教えてくれる人は「先生」、そして自分自身は、みんなが自分を呼んでいるとおり、「よっちゃん」……これは幼児の社会意識の形成でもあります。幼児の心の風景は平面的で、名前がそのまま実体を表します。幼児には「自己意識」はありません。「私」「僕」などの一人称が使えませんから、幼児は自分のことを自分の名で呼びます。幼児にとっては。自分の視線だけが絶対です。自分もママも『私』であることが理解できません。もし母親が自分のことを「私」と言ったら、幼児の世界は混乱します。幼児にとっては実体と名前の一致が大事なのですから、「ママ」も自分のことを「ママ」と言ってくれなければ、幼児の社会は安定しません。自己意識のない初期段階の人間は、自分の世界を相対化できません。

　このような幼児の世界構図に大人も付き合っているのが、「呼称」を一人称代わりに使う世界、つまり母親が自分の子供に対して自分のことを「ママ」と言ったり、教師が生徒に対して自分のことを「先生」と言ったり、男性が子供に対して自分のことを「おじさん」と言ったりする世界です。つまり、この世界では「役割語」を持って自称としているわけです。「社長」「お客様」「先生」などと相手のことを役割語で呼ぶことは日本社会では普通ですが、自分自身のことをも役割語で呼ぶ社会とは、一番幼い者に目線を合わせる社会、つまり「家族」や「学校」です。（或いは、誘拐犯みたいに幼い者の関心を引きたい場合でしょう。）私の母は、家庭内では自分のことを「お母さん」、自分の夫のことを「お父さん」、自分の姑のことを「おばあちゃん」、そして私のことを「おねえちゃん」と呼んでいましたが、最も幼い弟たちのことだけを名前で呼んでいました。私の家だけでなく、どの家庭でもそうだと思います。

第一人稱與第二人稱 13

中文

　　我們來想像一下，第一人稱第二人稱會交替的世界，也就是不使用「私」、「あなた」這些第一人稱、第二人稱的世界，究竟是怎樣的世界。

1. 幼兒獲得語言的過程是由「名付け」（命名）開始的。

　　哺育自己乳汁的人叫做「ママ」，跟自己玩的人叫「けんちゃん」、「たえちゃん」、「みどりちゃん」等，教自己很多事情的人叫「先生」，然後自己就如大家所稱是「よっちゃん」……這也是幼兒社會意識形成的過程。幼兒內心的情景是平面的，名字就表示該實體。幼兒沒有「自我意識」。因為不會使用「私」、「僕」之類的第一人稱，所以會用自己的名字稱呼自己。對幼兒來說，自己的視點是絕對的。他們無法理解自己和媽媽都是「私」。如果母親自稱「私」的話，幼兒會感到混亂。因為對幼兒來說，實體和名字一致是很重要的，所以「ママ」如果不自稱「ママ」的話，幼兒的社會就不穩定。人類在沒有自我意識的初期階段，是無法把自己的世界相對化的。

　　像這樣大人配合幼兒的世界構圖，就是以「稱呼」代替第一人稱的世界，也就是母親會在自己的孩子面前自稱「ママ」，教師會在學生面前自稱「先生」，男性會在孩子面前自稱「おじさん」的世界。總之，在這個世界下，是用「役割語」（角色語）來稱呼自己的。在日本社會通常用「社長」、「お客様」、「先生」這類的役割語來稱呼對方，但是用役割語來稱呼自己的社會，是配合最小幼童視角的社會，也就是「家庭」和「學校」。（或者是像誘拐犯想引起幼童注意的情況下。）我媽媽在家裡稱自己為「お母さん」，稱自己的丈夫為「お父さん」，稱自己的婆婆為「おばあちゃん」，然後稱我為「おねえちゃん」，但是只用名字稱呼最小的弟弟們。我想應該不只有我家是如此，每個家庭都一樣。

日本語

　日本の家族は、成員中最も幼い者が家族を呼ぶ呼び方、「ママ」「パパ」「おねえちゃん」「おにいちゃん」「おばあちゃん」「おじいちゃん」「おじちゃん」「おばちゃん」などの呼び方がそのまま自称にも他称にもなっているようです。そう呼ぶことは、幼児の世界に大人が同化することです。自己意識のない幼児の世界に入り込むことです。一人称と二人称の同化。自分と相手の同化。家族は「私」「あなた」のない世界です。以前、私が塾の教師をやっていた時、父兄面談（台湾では「家長面談」）で生徒の母親が「うちでは、おにいちゃんが私立高校だから、マサヨシは是非公立に入れたいと思って。」などと言っているのを聞きました。家族内部の呼称を外部でも使っている例です。

　そのような家族内部の構図にしっかり嵌り込んでいる母親が、娘からいきなり「あなた」と呼ばれたら、どんな心地がするでしょうか。娘が家族の絆を断ち切って外に出てしまったような気がするのではないでしょうか。だから、親に対して「あなた」と呼ぶことは、実はタブーなのです。母親なら泣いて悲しむでしょうし、父親なら「生意気だ」と怒り出すでしょう。

第一人稱與第二人稱 14

中文

　　在日本的家庭裡，家族成員中最年幼者對家人的稱呼，既會是自稱也是他稱，如「ママ」、「パパ」、「おねえちゃん」、「おにいちゃん」、「おばあちゃん」、「おじいちゃん」、「おじちゃん」、「おばちゃん」等。之所以這麼稱呼，是因為大人要跟幼兒的世界同步。要進入尚未有自我意識的幼兒的世界。這是第一人稱與第二人稱的同化。自己跟對方的同化。家庭裡是一個沒有「私」也沒有「あなた」的世界。以前我在當補習班老師時，在父兄面談（台灣稱為「家長面談」）時聽到學生的母親說「うちでは、おにいちゃんが私立高校だから、マサヨシは是非公立に入れたいと思って。」（因為我家的哥哥是唸私立高中，所以我想一定要讓マサヨシ進公立。）這個例子說明了家庭內部的稱呼對外也能使用。

　　對於牢牢身處於這種家庭內部結構的母親而言，突然被自己的女兒叫「あなた」的話，會是怎樣的心情呢？我想大概會覺得女兒好像要跟家人切斷關係，搬出去住吧。所以對自己的父母親叫「あなた」是禁忌。母親聽到應該會傷心哭泣，父親聽到應該會氣得大罵「生意気だ」（你太自以為是了）吧。

日本語

　しかし、幼児も「私」「僕」という一人称を使えるようになると、この世の中には「私」がたくさんいることに気づき、自分の世界の相対化ができるようになります。しかし、家庭内の習慣に引きずられて、いつまでも家族を役割語で呼び続けます。それが、思春期になると家族だけが世界ではないことを知り、家族の呼称も変えようとします。それが、成人男子に見られる「親爺」「お袋」という呼称です。私の弟は、両親を呼ぶ時に、子供の頃は「おとうちゃん」「おかあちゃん」、高校を卒業した頃は「とうさん」「かあさん」、勤め始めてからは「親爺」「お袋」になり、自分に子供や孫ができた今では「じいさん」「ばあさん」になりました。しかし、子供たちを呼ぶ時は「おまえ」と二人称を使っていました。家族の中でも目上の者は目下の者を「あなた」「おまえ」と二人称を使ってもよいようです。家族における呼称は、次のようにまとめられます。

目上→目下：自称（一人称）は役割語、対他称（二人称）は「おまえ（男）」「あなた（女）」

目下→目上：自称（一人称）は役割語、対他称（二人称）も役割語

同等→同等：自称（一人称）は「私」「僕」「俺」、対他称（二人称）は「おまえ」「あなた」

第一人稱與第二人稱 15

中文

　　然而，當幼兒開始會使用「私」、「僕」等第一人稱時，便會察覺到這個世界有許許多多的「私」存在，能夠建立自己世界中的相對關係。只是，受到家裡面的習慣影響，不管到了幾歲還是會以役割語（角色語）稱呼家人。然後到了青春期的時候，因為知道這世界不只有家人，所以也會試圖改變對家人的稱呼。比方說我們可以聽到成年男子稱呼父母為「親爺」、「お袋」。我弟弟對父母親的稱呼在孩童時代是「おとうちゃん」、「おかあちゃん」；高中畢業的年紀時稱「とうさん」、「かあさん」；開始工作了之後稱「親爺」、「お袋」；現在有了孩子跟孫子時則稱「じいさん」、「ばあさん」。然而他稱呼孩子們時是用「おまえ」這個第二人稱。在家人裡面長輩對晚輩可以使用「あなた」、「おまえ」這種第二人稱。我把家人間的稱呼整理如下：

長輩→晚輩：自稱（第一人稱）是役割語，稱人（第二人稱）是「おまえ（男）」、「あなた（女）」

晚輩→長輩：自稱（第一人稱）是役割語，稱人（第二人稱）也是役割語

平輩→平輩：自稱（第一人稱）是「私」、「僕」、「俺」，稱人（第二人稱）是「おまえ」、「あなた」

日本語

2. 次に、一人称を二人称代わりに使う世界、つまり一人称である「われ」「おのれ」を対話相手を指す二人称として使う世界とは、どういう世界でしょうか。

　小さい男の子と話す時は「ボク、いくつ？（あなたは何歳？）」などと大人が子供の一人称を使って話しかけることがあります。これは、相手のことを自分のことのように考える、つまり自己意識の発達していない子供の立場に立って大人が人称交代している例です。

　また、テレビの時代劇で「ワレもワルよのう。（お前も悪い奴だな。）」などというセリフをよく聞きます。この「ワレ」というのは自分のことでなく、相手を指しています。また、「己（おのれ）」が二人称として使われ、さらには相手を罵る言葉になったということは、何回か前お話ししました。これらは、相手を自己意識のない子供扱いすること、つまり自己意識の押し付けです。「自分」は一人称から再帰代名詞への過程を経て二人称になっていますが、「自分はどう思う？」などと言われると何となく不愉快になるのは、自己意識というものを強く押し付けられているような気になるからでしょう。

第一人稱與第二人稱 16

中文

2. 接下來，我們看看把第一人稱拿來代替第二人稱使用的世界，也就是把第一人稱「われ」、「おのれ」拿來當作指說話對象的第二人稱，會是什麼樣的世界呢？

當跟小男生說話的時候，大人會用小孩的第一人稱問：「ボク、いくつ？」（小朋友，你幾歲？）就是個很好的例子。這個人稱互換的例子是因為小孩子的自我意識還沒發展完全，會把對方當成自己來思考，所以大人必須站在孩子的立場，使用小孩所用的人稱。

還有，在電視裡的時代劇，我們常聽到「ワレもワルよのう。（お前も悪い奴だな。）」（你也真是個壞蛋啊。）之類的台詞。這裡的「ワレ」指的不是自己，而是對方。此外，前幾回就曾經說過「己（おのれ）」這個詞被當作第二人稱使用，後來又演變成辱罵對方的詞。這些都表示說話者把對方當作沒有自我意識的孩子看待，也就是將自我意識強加在對方身上。雖然「自分」這個詞，從第一人稱經過反身代名詞的過程，之後變成第二人稱，但是一旦被問「自分はどう思う？」（你怎麼想？）之類的話，還是會覺得不快，這是因為感覺到被其他人強加了自我意識的緣故吧。

日本語

　自分のことを「ママ」「おねえちゃん」「おじさん」などと、相手にとっての自分の呼称で呼ぶ人がいることは、前にも述べました。しかし、まさか自分のことを「あなた」と呼ぶ人、つまり一人称を二人称で呼ぶ人はいないと思うでしょう。ところが、過去に一つだけ例があったのです。

　相手の名前がわからない場合に相手を呼ぶ最も遠慮深い二人称は、指示詞「そ」を使った「そちら」「そちら様」でしょう。江戸時代には「そなた」「そち」「その方（そのほう）」「そこもと」などがありました（これらは専ら目上の者から目下の者への呼称）。その中に、「それがし」というのがあります。「そ」が使われていますが、実はこれは武士が自分を指して言う一人称、「私」のことなのです。同じ意味の言葉に「なにがし」というのがありますが、これは「某」という意味で、名前がわからない場合や名前をはっきり言いたくない場合に「某月某日某所で某住民が……」などのように使われます。「なにがし」「それがし」は、現代語で言えば「或る人」というところでしょうか。しかし、「そ」が付くならば、「そなた」「そち」のように相手のことを「それがし」と言ってもよさそうなものです。なのに、なぜ自分のことを「それがし」と言ったのでしょう。

　これは、極度に謙遜した自称です。相手の立場で自分を捉え、「今、あなたのそばにいる或る人物」といった意味になるでしょうか。もともと「そ」系統の指示詞は遠くもない、近くもない、中途半端の距離ということで、不定称と一緒に使って「誰それ」「どこそこ」などと不特定の対象を表わす性質があります。「あなた」の示す対象（話し相手）は確かに場合によって変わるのですから、「今、ここで、あなたと話している者」という意味で「それがし」という表現になるのでしょう。これも、一種の人称転換と言えましょう。

第一人稱與第二人稱 17

中文

前面曾經提過有人會稱自己「ママ」、「おねえちゃん」、「おじさん」，也就是用對方叫自己的稱呼來自稱。大家是否在想，該不會有人叫自己「あなた」，也就是用第二人稱來稱呼第一人稱吧。可是在過去確實有過一例。

當不知道對方的名字而要稱呼對方的時候，最客氣的第二人稱應該是使用了指示詞「そ」的「そちら」、「そちら様」吧。在江戶時代有「そなた」、「そち」、「その方（そのほう）」、「そこもと」等稱呼（這些都是上對下專用的稱呼）。其中，有一個稱呼是「それがし」。雖然使用了「そ」，但其實這是武士在講自己時所用的第一人稱，也就是「私」的意思。同樣意思的還有「なにがし」，這是「某」的意思，像「某月某日某所で某住民が……」這樣，不知道對方名字或是不想清楚講出對方名字的時候使用。「なにがし」、「それがし」在現代日文裡應該翻成「或る人」（某人）吧。但是，既然是「そ」開頭的詞，像「そなた」、「そち」一樣，用「それがし」來稱呼對方好像也很合理。然而，為什麼「それがし」被用來稱呼自己呢？

這是極度謙虛的自稱。意指站在對方的立場看待自己，變成「現在在你身邊的某個人物」這層意思。原本「そ」開頭的指示詞就是表達一種不遠也不近、不上不下的距離，所以和不定詞一起使用時，例如「誰それ」、「どこそこ」等就能表達不特定的對象。因為「あなた」所指示的對象（說話的對象）是隨著場合而變化的，所以才會用「それがし」這個詞來表示「現在，在這裡，和你說話的人」吧。這也可稱作為一種人稱轉換吧。

06

間投詞

間投詞

日本語

　今回から、間投詞のお話をしましょう。間投詞というのは、「ああ」「えっ！」「うん」など、驚いた時や感激した時などに発する情動的な音声です。これは、英語では「フィラー（filler）」と言います。filler というのは、英語で「詰め物」のことです。引っ越しで荷造りをする際に、ダンボールの中身がガタガタ揺れないように、ダンボールの隙間に新聞紙などを詰め込むことがありますね。あの新聞紙の詰め物が filler です。それ自体に意味はなくても、言葉の途切れを埋めるために私たちはよく「あのー」とか「えーと」とか言いますね。あれが言語の filler です。

　日本人は、びっくりした時に「あっ！」と声を上げますが、西洋では「Oh!」ですね。単純な情動語でも、国によって発声が違います。また、相手の言うことがよく聞き取れない時には、「え？」とか「はあ？」とか「はい？」とか、語尾を高くして聞き返しのサインを出しますが、「え？」と「はあ？」と「はい？」では丁寧さが違います。間投詞は語彙的な意味を持たないものの、社会的な意味は持っているのです。

　また、以前述べたように、私は「あなた」という語を無意識に間投詞のように使う癖があるようです。もともとは由緒正しい一個の語彙だったものが、間投詞化しているものもあるのです。

　さらに、若い人は「なんか」と言うのが癖になっている人もいます。世代によって新しい間投詞が生まれてくることもあるのです。

　私たちが無意識に使っている間投詞を通して、私たちの意識の底を探ってみましょう。

間投詞 1

　　從這回起我們來談談「間投詞」（感嘆詞）。所謂「間投詞」是指「ああ」、「えっ！」、「うん」等，在驚訝或激動時所發出的情緒聲音。亦即英文中所謂的「フィラー（filler）」。「filler」意指「填充物」。當搬家打包行李時，為使紙箱內的物品不致搖晃，會在箱內縫隙間填塞報紙等物。這個用來填塞的報紙就是「filler」。雖然它本身未具意義，但為填塞說話不使之中斷，我們常會說「あのー」、「えーと」等吧。這就是語言上的「filler」。

　　日本人在驚訝時會發出「あっ！」的聲音，而在西方則會發出「Oh!」吧。可見單純的情緒用語，也會依國家而發不同聲音。另外，當我們未聽清楚對方所說的話時，會發出「え？」、「はぁ？」、「はい？」等提高語尾聲調的反問信號，但「え？」、「はぁ？」、「はい？」等其禮貌程度卻不相同。亦即「間投詞」雖未具有詞彙性的意義，卻具有社會性的意義。

　　誠如以前所述，我似乎有在無意間將「あなた」作「間投詞」般使用的習慣。這種原本來歷明確的詞彙，也會有間投詞化的現象。

　　另外，年輕人中也有常說「なんか」成性的人。意即世代不同也可能會產生新的間投詞。

　　我們來藉由無意間使用的間投詞，探討一下我們的意識底層吧。

日本語

1. まず、「肯定の返事」について。

「肯定の返事」には、「はい」「ええ」「うん」「ああ」「おう」「OK」などがあります。

「この手紙を出してきてください。」「はい、わかりました。」

「この手紙、出してきてくれますか？」「ええ、いいですよ。」

「この手紙、出してきてよ。」「うん、わかった。」

「この手紙、出してきてくれる？」「ああ、いいよ。」

「この手紙、出してきてくれや。」「おう、いいとも。」

「この手紙、出してきて。」「OK。」

などのように、下に行くほどぞんざいな調子になるようです。後に敬体の返事が続くのは、「はい」と「ええ」だけですが、「ええ」は女性の方に多いようです。「はい」は公式の場で使う最も正式な返事なので、初級日本語でまず教えられます。「うん」はどちらかというと内向的な、自己納得するようなニュアンスなので、子供がよく使います。「ああ」は相手の言うことがわかった、という意味合いがあるので、目下の者か親しい者にしか使えません。「おう」は肯定というより賛同を表わす応答詞なので、体育会系の男子によく使われます。「OK」も親しい者にしか言いません。一般に、「OK」「バイバイ」「サンキュー」などの英語の応答詞は正式な場や目上の人に使うのは失礼とされますから、注意してください。（相手が西洋人なら別ですが。）

次回から、この「はい」「ええ」「うん」「ああ」「おう」について詳説していきます。

間投詞 2

中文

1. 首先，關於「肯定的答覆」。

「肯定的答覆」有「はい」、「ええ」、「うん」、「ああ」、「おう」、「OK」等。

「この手紙を出してきてください。」「はい、わかりました。」

（「請幫我寄出這封信。」「好的，我知道了。」）

「この手紙、出してきてくれますか？」「ええ、いいですよ。」

（「可以請你幫我寄出這封信嗎？」「好，可以啊。」）

「この手紙、出してきてよ。」「うん、わかった。」

（「幫我寄出這封信喔。」「嗯，我知道了。」）

「この手紙、出してきてくれる？」「ああ、いいよ。」

（「可以幫我寄出這封信嗎？」「喔，可以。」）

「この手紙、出してきてくれや。」「おう、いいとも。」

（「幫我寄出這封信啦。」「喔，好啊。」）

「この手紙、出してきて。」「OK。」

（「請幫我把這封信寄了。」「OK。」）

以上例子，似乎有越來越草率的感覺。其中後面接敬體回答的只有「はい」與「ええ」，女性較常使用「ええ」。「はい」是在正式場合中最正式的答覆，所以初級日文中會先教「はい」。「うん」具有內向性、自我肯定的語感，所以小孩常使用。「ああ」表示瞭解對方所說的，所以僅對晚輩或親近的人使用。「おう」與其說肯定，不如說是一種表示贊同的應答，所以體育界的男士常使用。「OK」僅限於對親近的人使用。一般而言，「OK」、「バイバイ」、「サンキュー」等英文式的應答，如在正式場合或對長輩使用是很失禮的，請注意。（對方是西方人的話另當別論）

下回開始，將詳細說明「はい」、「ええ」、「うん」、「ああ」、「おう」等。

1.1.「はい」

1.1.1.「はい」の異形態

　「はい」には、いろいろな異形態があります。昔、江戸時代などでは下級武士が殿様にした返事は「はっ」でしたが、それが現代では「はい」になりました。

　また、「はい」の訛った言い方に「へえ」があります。これは昔、身分の低い者や教育の低い者などが使ったという経緯もあり、かなり曖昧な肯定の返事、また人を馬鹿にしたいい加減な返事と受け取られるので、使わない方がいいでしょう。なお、「え」を高く発音して「へえ？」と言うと、「肯定」ではなく「驚き」や「聞き返し」の意図となり、「へーえ」と長く伸ばすとあきれた気持ちを表します。

　「はい」に「よ」を付けて「はいよ」とか、さらに崩れた言い方の「あいよ」などと言うこともありますが、これは「わかったよ」という意志を強く示すもので、景気を付けるために工事現場や調理の現場など、職人の間で用いられているようです。

　また、「はいはい」と、「はい」を繰り返して二度言うのは、年配者に嫌がられます。「はい」が「あなたの言うことに従います」という意図を表すのに対し、「はいはい」は「あなたの言うことを聞きたくないけど、しょうがないから聞いてあげますよ」という不承不承の承諾の気持を表すので、年配者に向かって「はいはい」と言うと「『はい』は一度でいい！」と叱られますよ。

　同じく「はい」の異形態で、「はあ」という応答がありますが、これは肯定の意味ではなく、相手の話に疑問を持っているという合図、単に「あなたの話を聞いているが、肯定しているわけではない」という合図になります。「はあ」については、別の項で述べることにします。

　以上が「はい」の異形態です。次回は、「肯定を表さない『はい』」について述べます。

間投詞 3

中文

1.1. 「はい」

1.1.1. 「はい」的變形

「はい」有諸多變形。從前，在江戶時代等，下級武士對主上的應答是「はっ」，但現今已變成「はい」。

「はい」尚有一種變形的說法「へえ」。由於昔日是身分卑賤或教育程度低的人所用，是一種極為含糊的肯定性應答，且會被認為是愚弄對方的輕率應答，故不用為佳。此外，將「え」提高聲調說成「へえ？」，就非「肯定」，變成具有「驚訝」或「反問」的意思，而若再將之拉長說成「へーえ」，則表示愕然的心情。

在「はい」之後加上「よ」，變成「はいよ」，或變形說成「あいよ」等，則具有強烈表示「我知道了」的含意，因此在工地現場，或在烹飪現場等，匠人間為了提振精神會使用。

另外，「はいはい」這種重複兩次「はい」的說法，會遭年長者厭惡。「はい」表達「就依從你所說的」，相對於此「はいはい」則含有「雖然不願聽你所說，但不得不聽」，含有勉強應允的心情，故對年長者說「はいはい」時，會被斥責說「『はい』講一次就好」喔！

「はい」還有一種變形，就是「はあ」這樣的應答，它不代表肯定，而是懷疑對方所說，含有「雖然我有在聽你說，但並非肯定你所說的」的意思。之後會再詳加說明「はあ」。

以上是「はい」的變形。自下一回起，將說明「不表示肯定的『はい』」。

1.1.2. 肯定を表さない「はい」

人の話を聞きながら「はい」「はい」と返事をしていても、相手の言っていることを肯定しているのではなく、単に「あなたの話がわかった」という合図だけの場合もあります。対話をしている時、欧米人は黙って相手の話を聞くのが礼儀のようですが、日本人の場合は相手から何の反応もないと「この人は自分の話をちゃんと聞いているのだろうか。」と不安になるので、適宜相槌を打った方がよいのです。話の区切りごとに「はい」「はい」を挿入するのは、「ここまではあなたの話がわかりました。」という明確な合図になるのです。これが「はあ」「はあ」になると、相手の反応はもっと悪いです。「あなたの話を聞きたくないけど聞いている」「あなたの話を聞いているけど、全部わかっているわけではない」「あなたの話を聞いているけど、賛同しているわけではない」などの、曖昧で感じの悪い合図になります。

では、相手の話がわからない場合、相手の話に賛同できない場合、相手の声が聞こえない場合はどういう合図になるでしょうか。「はい」の「い」を高き発話して、「はい？」と言えばよいのです。「はい？」は「聞き返し」の合図です。あなたの話し相手が「はい？」と言ってもあなたがまだ話を続けるなら、相手はあなたの話を聞く気をなくして去ってしまいますよ。これが「はあ？」となると、ずいぶん不躾で失礼な聞き返しになるから、注意しましょう。仲間内で、自分に都合の悪いことを聞いた時、わざと耳が遠いふりをして「はあ？」と大げさに聞き返す真似をする冗談を、誰もがやったことがあるでしょう。

間投詞 4

中文

1.1.2. 不表肯定的「はい」

即使一邊聽人說話,一邊答以「はい」、「はい」,亦未必是在肯定對方所說,它有時僅表示「我瞭解你所說」的含意。進行對話時,對歐美人來說保持靜聽,似乎是一種禮貌,但對日本人而言,要是說話時對方不給予回應,就會擔心「這個人到底有沒有在聽我說話」,故宜適時搭腔。在對方說話告一段落後插入「はい」、「はい」,足以明確表示「到目前你所說的我都懂了」。但若說「はあ」、「はあ」,則會給對方帶來更不好的感覺。因它釋出了模稜兩可的負面信息,就像「我雖然不想聽你說話,但在聽」、「我雖然在聽你說話,但不全部瞭解」、「我雖然在聽你說話,但並非贊成」等。

那麼,在不了解對方所說,或無法贊成對方所說,亦或聽不到對方聲音時,要怎樣釋出訊號呢?此時可將「はい」中的「い」發高音,說出「はい?」即可。「はい?」是「反問」的一種信息。若當你聽到對方說出「はい?」卻仍繼續說話,對方將會失去聽你說話的意願。這時候如果說「はあ?」,則是一種沒教養、失禮的反問方式,請務必注意。朋友之間,當聽到對本身不利的話時,會故意假裝聽不清楚,誇張地開玩笑反問「はあ?」,相信這件事大家都做過吧。

1.1.2. 肯定を表さない「はい」

　肯定の意図の他に、「はい」は学校で先生が出席を取る時の返事にも使われますね。先生に「○○さん」と名前を呼ばれたら、「はい」と返事します。英語で言えば「Present, sir.」ですね。でも、これは先生が「○○さん、あなたは出席していますか？」という問いかけに「はい、出席しています。」と答えた形だと思えば、やはり「肯定の『はい』」に属するでしょう。

　さらに、人に物を渡す時、「はい」と言って渡すことがあります。この場合の「はい」は、「は」と「い」を同じ高さで言い、後に「どうぞ」をつけて「はい、どうぞ。」と言います。

　また、「はい」を話の最後に言う変わった用法もあります。ある女優のインタビューで、「学生時代はどう過ごされましたか？」と聞かれて、その女優はこう答えました。「ええ、あのコンサートを開いたり、ボランティア活動をやったり、あの頃はちょっと『生きるってどういうことだろう』なんて考えちゃって、やっぱり自分って小さな人間なのかな、なんて落ち込んじゃったりしてて……いろいろ迷ってたんですけどね……あ、でも大体において有意義で楽しかったです、はい。」この、最後の「はい」は何を意味するのでしょうか。この女優は、学生時代のことを聞かれて、学生時代のことをいろいろ思い出し、話がとりとめもなくなったことに気づいて、あわてて「大体において有意義で楽しかったです」という結論を言いました。最後の「はい」は、「これが結論です」というきっぱりとした態度表明であるとともに、「私の話は終わりました。今度はあなたが話す番です。」という、話者交代（turn taking）の合図でもあるのです。相手が話しの終わりに「はい」を言ったら、あなたは「わかりました」と言って話題を変えた方がいいでしょう。

間投詞 5

中文

1.1.2. 不表肯定的「はい」

　　「はい」除具肯定的意思之外，在學校老師點名回應時也會使用呢。當老師叫「○○同學」時，我們會回答「はい」。用英文來說，就是「Present, sir.」吧。但是，試想成是老師問「○○さん、あなたは出席していますか？」（○○同學，有出席嗎？），而以「はい、出席しています。」（是的，有出席。）來回答，那麼仍屬於「肯定的『はい』」吧。

　　另外，當把物品交給人時，我們會說聲「はい」，然後將物品交給對方。此時「はい」中的「は」與「い」要以同高音調說出，其後再加上「どうぞ」，說成「はい、どうぞ。」（來，請收下。）

　　此外，還有在話說到最後才使用「はい」的奇特用法。某女演員接受訪問時，被問到「學生時代過得如何？」該女演員如此回答。「嗯！有開演奏會，或做公益等，那時候會想些『活著的意義是什麼？』而覺得自己果然很渺小啊，然後意志消沈……有很多迷惘呢……啊，但整體來說，還是很有意義、很愉快，はい（嗯）。」最後這個「はい」到底有何意義呢？這位女演員被問到學生時代，而想起學生時代的種種，之後察覺到自己沒有重點會沒完沒了，因而慌張地下結論說：「但整體來說還是很有意義、很愉快。」最後的「はい」清楚表明了「這就是結論」，亦釋出了「我的話到此為止，再來輪到你。」這種要交換說話者（turn taking）的訊息。故當對方說完話後說出「はい」時，你最好說聲「わかりました」（了解）並改變話題。

第
6
部

間
投
詞

1.1.3. 「はい」と「ええ」

　初級教科書では、「はい」も「ええ」も同じ肯定の返事と扱われています。ある人は、「ええ」は女性語であるかのように思っているようです。しかし、次の会話を見てみましょう。

課長：山田君、これを大至急、大阪支社まで届けてくれ。

山田：［はい／×ええ］、わかりました。

　上位者→下位者の「命令・依頼」に対する下位者の「承諾」は「ええ」ではおかしく、「はい」でなければいけません。

課長：山田君、営業会議は今日の2時からだったかね？

山田：［はい／ええ］、そうです。

　上位者→下位者の「質問」に対する下位者の「応答」は「はい」でも「ええ」でもよいですが、「はい」の方が礼儀正しいようです。

課長：今度入ってきた山田という社員は、実に優秀だね。

秘書：［？はい／ええ］、そうですね。

　上位者→下位者の「同意求め」に対する下位者の「同意」は「はい」ではおかしく、「ええ」の方がふさわしいようです。

　「はい」と「ええ」とを比べると、「はい」の方がきっぱりとして曖昧さがないと感じられます。ですから、「命令に対する承諾」→「質問に対する答」→「同意求めに対する同意」と、下位者に対する強要度が下がっていくに連れて、「ええ」の許容度がおおきくなってくるわけです。ですから、曖昧に返事を濁したい場合は、「ええ」が多く使われます。

先生：私は美人でしょう？

山田：［？はい／ええ］、まあ……

　これらは男女共通の原則で、特に女性の方に「ええ」が多いとは限りません。

間投詞 6

中文

1.1.3.「はい」與「ええ」

　　初級教科書將「はい」與「ええ」都當作肯定性的答覆。有人似乎認為「ええ」是女性用語。但我們來看看下面的一段對話吧。

課長：山田君、これを大至急、大阪支社まで届けてくれ。（山田先生，這個很緊急，趕快把它送到大阪分公司。）

山田：[はい／×ええ]、わかりました。（好的，我了解了。）

　　尊長→晚輩、下屬的「命令、託付」時，晚輩、下屬的「應允」若說「ええ」就有點奇怪，必須用「はい」回答。

課長：山田君、営業会議は今日の2時からだったかね？（山田先生，今天的業務會議是在2點吧？）

山田：[はい／ええ]、そうです。（是的，沒錯。）

　　尊長→晚輩、下屬的「詢問」時，晚輩、下屬可以回答「はい」或「ええ」，但「はい」較有禮貌。

課長：今度入ってきた山田という社員は、実に優秀だね。（這次新進的員工山田先生，實在很優秀啊！）

祕書：[？はい／ええ]、そうですね。（嗯，是啊。）

　　尊長→晚輩、下屬的「尋求同意」時，晚輩、下屬回答「はい」就有點奇怪，還是以「ええ」為宜。

　　若比較「はい」與「ええ」，「はい」有斬釘截鐵、沒有模糊地帶的感覺。所以，如同「對命令的應允」→「對詢問的回答」→「被徵求同意時贊同」，隨著對晚輩、下屬的強行要求程度下降，對「ええ」的容許度則漸大。因此，想曖昧、含糊回答時，經常使用「ええ」。

老師：私は美人でしょう？（我很美吧？）

山田：[？はい／ええ]、まあ……（是的，嗯……）

　　這是男女通用的原則，未必女性就較常用「ええ」。

1.1.3.「はい」と「ええ」

　「はい」の語尾を上げて「はい?」とすると、肯定の明確さが失われて相手の話に対する疑問を表しますが、「ええ」の語尾を上げて「ええっ?」とすると、相手の話の意外さに対する疑問を通り越して驚く気持が表されます。また、「ええ」を平板に(つまり最初の「え」と後の「え」を同じ高さで)低く発音すると、言葉がすらすら出てこない時に言葉の合間に挟むフィラーになります。「本日皆さんにお集まりいただいたのは、えー、他でもありませんが、えー、前回の会議の結果の、えー……」などのように。これが「えーと」となると、何かを思い出そうとしている時の合図になります。「アメリカが独立したのは、えーと……1776年だったかな。」など。

　「はい」は音調を変えて「はい?」とすると、「あなたの話が曖昧で、はっきり応答できません」というサインになります。つまり、「はい」は音調を変えると「肯定」が可能か不可能か、つまり白か黒かの違いをはっきり言い表すことになりますが、「ええ」は音調を変えると限りなく曖昧な方へと後退していくわけです。

　余談ですが、私が台湾に来た時、中国語がわからなくて困りました。これは、台湾人の日常生活にどっぷり浸ることが必要だと考えました。そこで、仕事の合間に(と言うか、上司の目を盗んで)近所のレストランでアルバイトを始めました。お客さんの注文が聞き取れなくて、店主や先輩に怒鳴られたこともたびたびでした。でも、店主や先輩も私に影響されて日本語を真似してしゃべるようになりました。その日本語は「はい」でした。人に呼ばれると「はい」、店主に命令されると「はい」、とにかく「はい」という返事が流行りました。間投詞は、最も人に伝染りやすい言葉なのだ、と思いました。この時私がみんなに伝染させた言葉が「バカヤロー!」とか「クソ!」でなくてよかった、と思いました。

間投詞 7

中文

1.1.3.「はい」與「ええ」

　　提高「はい」的語尾聲調說成「は・い？」，就非明確肯定對方所說，而是表示對於對方所說有所存疑，但是將「ええ」的語尾聲調提高說成「ええ・っ？」，就不只是對於對方所說的意外程度表示疑問，而是感到驚訝。另外，若以平穩低沉的音調說出「ええ」（即前面的「え」與後面的「え」相同音高），就變成了說話不流暢時，挾在話語間的間投詞，如：「本日皆さんにお集まりいただいたのは、え・ー、他でもありませんが、え・ー、前回の会議の結果の、え・ー……」（今天請各位齊聚一堂，嗯，並無他事，嗯，但是是要針對上次會議的結果，嗯……）。而這個「えー」若說成「え・ー・と」，就變成要想起某事的訊號，如：「アメリカが独立したのは、え・ー・と……1776年だったかな。」（美國獨立，嗯……是在1776年吧。）等。

　　改變「はい」的音調變成「は・い？」，就成了「你的話模稜兩可，我無法明確答覆」的訊號。換言之，改變「はい」的音調，就表達「肯定與否」，亦即它明確地表達出是白或是黑的不同，但若改變「ええ」的音調，它就會朝曖昧的方向無限後退。

　　這是題外話，我初到台灣時，因不懂中文而困擾。因此，認為自己必須融入台灣人的日常生活中。於是，在工作之餘（實際上是瞞著上司）開始在附近的餐廳打工。其間時常因聽不懂客人的要求，被老闆或前輩叱責。但另一方面，老闆或前輩也受我影響，開始學我說起日文。他們學的日文就是「は・い」。當被呼喚時說「は・い」，當被老闆命令時說「は・い」，總之，「は・い」這種回應方式就流行起來了。當時我就覺得間投詞是一種最易傳染給別人的語詞。也慶幸當時沒有把「バカヤロー！」（混蛋！）、「クソ！」（他媽的！）等傳染給大家。

日本語

1.2. 肯定を示す「ああ」と「うん」

　では、同位者同士ではどうでしょうか。これは、両者の親密度に関わってきます。

花子：太郎さんは、中国語がわかりますか？

太郎：［？はい／ええ］、母が台湾人ですから。

花子：じゃ、この中国語をちょっと訳していただけませんか。

太郎：［？はい／ええ］、いいですよ。

　同等の間柄で、まだそんなに親しくない場合は、質問に対する応答も依頼に対する承諾も「はい」では堅苦しく、「ええ」の方が親しみやすくていいようです。

　同位者同士でもごく親密な関係の場合や、下位者に対する場合はもっとぞんざいな「ああ」や「うん」が肯定の返事として使われます。

花子：太郎さん、中国語できる？

太郎：うん、お袋が台湾人だからね。

花子：じゃ、この中国語、ちょっと訳してくれない？

太郎：ああ、いいよ。

　「阿吽（あ・うん）の呼吸」という言葉があります。「阿（あ）」は口を開いて出す音声で、「吽」は口を閉じて出す音声です。仏教のお寺などに行くと、よく仁王像が二体並んで立っていますが、一方は口を開き、もう一方は口を閉じています。口を開いている方はこの世に生まれて娑婆に出で向かうこと、口を閉じている方は命を終えてあの世に帰ろうとすることを象徴していると言われます。確かに五十音の始めの「あ」の音はどの国の言葉の音韻体系にもある基本的な音で、明るく積極的な感じがしますし、五十音の終わりの「ん」の音は口腔や舌などの音声器官を一切使わず、ただ声帯だけを使って出す音声です。ですから、応答詞の「ああ」は相手に対して開いた気持で発する音、「うん」は自分に向かって内省する音と言えましょう。

間投詞 8

中文

1.2. 表示肯定的「ああ」與「うん」

那麼，平輩間要如何應對呢？此事攸關兩者的親密度。

花子：太郎さんは、中国語がわかりますか？（太郎，你懂中文嗎？）

太郎：［?はい／ええ］、母が台湾人ですから。（嗯，因為家母是台灣人。）

花子：じゃ、この中国語をちょっと訳していただけませんか。（那麼，能請你幫忙翻譯一下這個中文嗎？）

太郎：［?はい／ええ］、いいですよ。（嗯，當然可以喔。）

若是沒那麼親近的同輩間，在表達對提問的應答，或對請託的應允時，用「はい」就顯得太拘謹，說「ええ」比較親切。

同輩分且有著極親密關係的人，或是在對晚輩時，常使用比較輕率的「ああ」或「うん」表達肯定性答覆。

花子：太郎さん、中国語できる？（太郎，你會説中文嗎？）

太郎：うん、お袋が台湾人だからね。（嗯，因為我老媽是台灣人。）

花子：じゃ、この中国語、ちょっと訳してくれない？（那麼，這句中文能替我翻譯一下嗎？）

太郎：ああ、いいよ。（喔，好啊。）

日文中有一個詞叫「阿吽（あ・うん）の呼吸」（默契、心有靈犀）。「阿（あ）」是開口所發出的聲音，「吽（ん）」是閉口所發出的聲音。我們到佛寺，常會看到二尊仁王像並立站著，其中一尊開著口，另一尊閉著口。聽說開著口的那一尊，是象徵生於此世，面對此三千世界；而閉著口的那一尊，是象徵結束生命返回他世的意思。誠然，五十音的首音「あ」，是任何國家語言音韻系統中的基本音，給人明朗、積極的感覺，還有五十音中最後的音「ん」，是不使用口腔或舌頭等發聲器官，僅以聲帶發出的聲音。因此應答語中的「ああ」，是以開放心情向對方所發出的聲音；而「うん」是朝自己所發出的一種內省聲音。

1.2. 肯定を示す「ああ」と「うん」

　前回の「ああ」と「うん」の入った会話を思い出してみましょう。

花子：太郎さん、中国語できる？

太郎：うん、お袋が台湾人だからね。

花子：じゃ、この中国語、ちょっと訳してくれない？

太郎：ああ、いいよ。

　花子の「中国語できる？」という質問に対しては、太郎は何の迷いも覚悟もなく答えられるはずです。中国語ができるということは、太郎の内側に備わった自然の性質だからです。だから、口を開くという作業をする「ああ」よりも、喉の奥から自然に出てくる「うん」で答えられます。これに対して、「この中国語、訳してくれない？」という花子の依頼に対しては、訳すか訳さないか、自分の意志を花子にはっきりと示さなければなりません。つまり、決断と覚悟が必要です。外に向かった明確な意思表示ということで、「ああ」が選ばれるわけです。「ああ」は快諾の印象を与えます。では、「ああ」と「うん」とが反対の場合を考えてみましょう。

花子：太郎さん、中国語できる？

太郎：ああ、お袋が台湾人だからね。

花子：じゃ、この中国語、ちょっと訳してくれない？

太郎：うん、いいよ。

　花子の「中国語できる？」という質問に対して「ああ」と答えると、ずいぶん自信を持っているように聞こえます。また、「訳してくれない？」という花子の依頼に対して「うん」と答えると、心の中でちょっと考えて、まず自分に納得させてから承諾する、という印象になります。

間投詞 9

中文

1.2. 表示肯定的「ああ」與「うん」

　　請試回想上次「あ̇あ」與「う̇ん」的那段對話。

花子：太郎さん、中国語できる？（太郎，你會説中文嗎？）

太郎：う̇ん、お袋が台湾人だからね。（嗯，因為我老媽是台灣人。）

花子：じゃ、この中国語、ちょっと訳してくれない？（那麼，這句中文能替我翻譯
　　　一下嗎？）

太郎：あ̇あ、いいよ。（喔，好啊。）

　　針對花子問「你會説中文嗎？」，太郎應該能沒有絲毫的猶豫或心理準備即可回
答。因為會中文，是太郎內在就具備的自然本質。所以，與其特地張口用「ああ」，
不如從喉嚨深處自然發出「うん」來回答。相反地，對於花子提出「這句中文能替我
翻譯一下嗎？」的請託，太郎必須明確表示能否替其翻譯。換言之，太郎必須下決定
或做好心理準備。為了向外釋出明確的意思，於是太郎選擇了「あ̇あ」。「ああ」給
人種爽快允諾的感覺。那麼，我們試想「ああ」與「うん」相反的情況吧。

花子：太郎さん、中国語できる？（太郎，你會説中文嗎？）

太郎：あ̇あ、お袋が台湾人だからね。（嗯，因我老媽是台灣人。）

花子：じゃ、この中国語、ちょっと訳してくれない？（那麼，這句中文能替我翻譯
　　　一下嗎？）

太郎：う̇ん、いいよ。（嗯，好啊。）

　　針對花子問「你會説中文嗎？」，若回答了「ああ」的話，就給人一股極為自信
的感覺。另外，針對花子提出「這句中文能替我翻譯一下嗎？」的請託，若回答「うん」
的話，則給人一股在心中稍作考慮，先說服自己後才作出允諾的印象。

日本語

1.2.1.「ああ」「うん」に込められた感慨

　前回は同じ「肯定」でも「ああ」と「うん」では印象が違うこと、また同じ「承諾」でも「ああ」と「うん」では明確度が違うことを述べました。今回は「ああ」と「うん」の他の意味を考えます。

太郎：あの人、誰だっけ？

花子：日本から来た山田さん。忘れたの？

太郎：［ああ／×うん］、そうか。

　何か新しい発見をしたり間違いに気づいたりして納得した場合は、「うん」でなく「ああ」を用います。

太郎：（料理を一口食べて）うん、おいしい。

　これは、独り言です。料理を一口食べてそのおいしさを確認し、納得した場合です。同じ納得した場合でも、相手に伝える目的でなく自己納得した場合は、「ああ」でなく「うん」を用います。でも、「ああ」を使うと、

太郎：（料理を食べ続けながら）ああ、おいしい。

となって、料理のおいしさに感激している声になりますね。この場合は、2つの「あ」は同じ高さになりますが。

花子：太郎、昨日、また飲みに行ったでしょ。

太郎：ああ、行ったよ。それが何か？

　これは、同じ肯定でもヤケになって、或いは居直って発する「ああ」です。「ああ」は外向きの応答なので、肯定の内容によってはこのように攻撃的な意味合いになります。この種の「ああ」は、主に男性が使うようです。この時、「うん」を使うとどうなるでしょう。

花子：太郎、昨日、また飲みに行ったでしょ。

太郎：うん、行ったよ。昨日は次郎と二人で。

　これは、居直りでなく素直に自分の行動を認めるという態度が感じられるでしょう。

　このように、場合によっては「ああ」は攻撃的、「うん」は内省的な返事になります。

間投詞 10

1.2.1.「ああ」、「うん」表示的感情

　　上回已說明過，同是「肯定」，「ああ」與「うん」卻有不同印象，及同樣是「應允」，「ああ」與「うん」的明確程度也不同。這一回我們來探討「ああ」與「うん」的其他意思。

太郎：あの人、誰だっけ？（那個人，是誰啊？）

花子：日本から来た山田さん。忘れたの？（是從日本來的山田先生／小姐，你忘記了嗎？）

太郎：［ああ／×うん］、そうか。（喔，對喔。）

　　當有新發現，或察覺錯誤而認錯時，不用「うん」，而用「ああ」。

太郎：（吃了一口菜）うん、おいしい。（嗯，好吃。）

　　這是一種自言自語。是吃一口菜後，確認其好吃而認可的情況。即使同樣是認可的情況，若目的不是在傳達給對方，僅是自己的領會，就不用「ああ」，而用「うん」。

太郎：（一邊繼續吃著菜）ああ、おいしい。（啊，好吃。）

　　這是因料理的美味所發出的感動之聲。此時兩個「あ」的聲調要相同。

花子：太郎、昨日、また飲みに行ったでしょ。（太郎，你昨天又去喝酒了吧？）

太郎：ああ、行ったよ。それが何か？（嗯，去喝了。那又怎樣？）

　　此時雖然同樣是肯定，但這裡的「ああ」卻顯示出自暴自棄或反嗆的態度。「ああ」是屬於對外的應答，所以依肯定的內容不同，有時就會變成像這樣帶有攻擊性的意思。這種「ああ」主要似乎是男性在使用。此時，若使用「うん」的話又如何呢？

花子：太郎、昨日、また飲みに行ったでしょ。（太郎，你昨天又去喝酒了吧？）

太郎：うん、行ったよ。昨日は次郎と二人で。（嗯，去喝了。昨天跟次郎兩個人去的。）

　　這時就不是反嗆，而令人感覺到坦率地承認自己行動的態度。

　　如上述，有時「ああ」可能會帶有攻擊性，而「うん」則是內省性的回答。

日本語

1.2.2. 「ああ」の異形態

　母音の a は外に開かれた音声だけにさまざまな異形態があり、表現意図もさまざまです。a を用いた間投詞には、「ああ」の他に「あ」「あっ」「あー」「あーあ」「あーっ」「ああっ」「ああ？」などがあり、それぞれ別の感慨を表します。

　まず、「あ」は急に何かに気づいたり何かを思い出したりした時に言う、半ば独り言的な音声です。「あ、もう 5 時半だ。」「あ、携帯の電源、入れなきゃ。」等。私は今日、コンビニで買物をして財布を開けたとたんに 5 円玉が転がり落ちた時、思わず「あ」と言ってしまいました。

　後に促音がついて「あっ」となると、急に何かに重大なことに気づいたり重大なことを思い出したりして驚いたりあわてた時です。「あっ、地震だ！」「あっ、今日は妻の誕生日だった！」等。「あっ」は「あ」よりも大きな声で発話されるでしょう。促音のッは緊張した時に出る音だからです。

　「あー」と、a を長く伸ばす場合は、目の前で何か不如意なことが起こりつつある時、例えば、子供が壁に落書きをしているのを発見した時、「あー、やったね。」などと言います。

　「あーあ」はもっと深刻で、大変不如意なことが完了して取り返しのつかない時、例えば新しく買ったばかりの服にインクのシミなどをつけてしまった時、「あーあ、このシミ、もう落ちないわ。」と、残念な気持を表わすでしょう。この場合は、最後の「あ」を高く読みます。

　a に長音と促音の両方がついた「あーっ」は目の前で何か不如意なことが起こりつつあり、そのことに驚いている時に発話されます。例えば警視庁が貼った凶悪犯人指名手配のポスターの写真を見て「あーっ、この人、昨日スーパーで見かけた！」など。「あーっ」の 3 音とも同じ高さで発声します。

間投詞 11

中文

1.2.2.「ああ」的變形

　　僅因母音的 a 是向外開放的聲音，它就有各種不同的變形，表現出的意圖也各有不同。含有 a 的間投詞中除有「あ̇あ̇」之外，尚有「あ̇」、「あ̇っ」、「あ̇ー」、「あ̇ーあ̇」、「あ̇ーっ」、「あ̇あ̇っ」、「あ̇あ̇？」等，各表示不同的情感。

　　首先，「あ̇」用在突然察覺某事，或突然想起某事時，是一種半自言自語的聲音。如：「あ̇、もう 5 時半だ。」（啊，已經五點半了。）、「あ̇、携帯の電源、入れなきゃ。」（啊，我得開手機才行。）我今天到便利商店買東西，打開錢包時掉出一個五日圓硬幣，不自覺地就說出了「あ̇」。

　　若「あ̇」加上促音變成「あ̇っ」，就是用在突然注意到或想起某重要的事而驚慌的時候。如：「あ̇っ、地震だ！」（啊，地震！）、「あ̇っ、今日は妻の誕生日だった！」（啊，今天是太太的生日！）等。「あ̇っ」所發出的聲音大概會較「あ̇」大吧。因促音っ是在緊張時發出的聲音。

　　拉長「あ̇」變成「あ̇ー」，則是用在當下發生某種不如意的事時，如：發現小孩在牆壁上塗鴉時會說：「あ̇ー、やったね。」（啊，看你幹的好事。）

　　「あ̇ーあ̇」是在發生了更為嚴重、極其不如意的事且無法挽回時使用。如：剛買的新衣沾上了墨漬時會說：「あ̇ーあ̇、このシミ、もう落ちないわ。」（啊，這個污漬洗不掉了。）表現出遺憾的心情吧。此時，最後一個「あ」要提高聲調。

　　拉長 a 再加促音變成「あ̇ーっ」，則是用在當眼前正發生某件不如意的事而對該事驚訝時。如：警視廳張貼了兇惡犯人的通緝海報，看了之後說：「あ̇ーっ、この人、昨日スーパーで見かけた！」（啊，這個人我昨天在超市見過！）此時「あ̇ーっ」的三個音要發同高聲調。

日本語

1.2.2. 「ああ」の異形態

　最初に述べておきますが、「ああ」と「あー」はイントネーションが違います。「ああ」と「あ」を2つ重ねて書いた場合は最初の「あ」と二番目の「あ」の高さが違います。「あー」と長音記号を使った場合は、2つの音「あ」と「ー」は高さが同じです。長音とは前の音の母音を同じ高さで引き延ばした音だからです。

　「ああ」は肯定の返事にもなりますが、「ああ、悲しい。」「ああ、何と美しい！」などのように、何かに感激した時にも使われます。英語の「Ah!」と同じですね。これを「あー、おいしい。」「あー、よかった。」などと、2つの音を同じ高さで発音すると、他人に聞かせたいという意志が感じられ、聞えよがしの感動表現にもなり得ます。例えば、一心不乱に物を食べていて一口ごとに感動している時は「ああ、おいしいなあ。」と言いますが、ダイエットしている人に嫌がらせをしようとしてわざと声を張り上げて言う場合は、「あー、おいしい。」となるわけです。2つの音を同じ高さに保つのは意外にエネルギーのいることなので、意図して他人に聞かせたい場合は「あー」になるのかと思われます。ですから、何か嫌なことをしなければならない時、例えばたくさんの宿題をしなければならない時は、一人言を言う時は「ああ、嫌だなあ。」ですが、他人に愚痴を言う時は「あー、嫌だ！」となるわけです。

間投詞 12

中文

1.2.2.「ああ」的變形

　　話先說在前頭，「ああ」與「あー」的聲調不同。像「ああ」這樣兩個「あ」重疊時，第一個「あ」與第二個「あ」的音高不同。加上長音記號的「あー」時，「あ」與「ー」兩個音的音高相同。因為長音是將前一個音的母音以同樣音高拉長的聲音。

　　「ああ」也可用於肯定的回覆，但如「ああ、悲しい。」（啊，好悲傷。）、「ああ、何と美しい！」（啊，多麼美麗！）等，也可以用於對某事物有所感動時。等同於英語中的「Ah!」吧。若把這些改成如「あー、おいしい。」（啊，好吃。）、「あー、よかった。」（啊，好棒。）等將二個音以同高音調發出的話，就能變成希望說給人聽，故意大聲表現出感動的感覺。例如專心吃著食物，每一口都有所感動時，要說「ああ、おいしいなあ。」（啊，好好吃喔。）但若故意要惹正在減肥的人討厭，刻意大聲說出時，就說「あー、おいしい。」（啊，好吃。）。據推測，應該是由於要保持兩個音同音調，意外地需要體力，所以故意說給人聽時，才會說「あー」。所以，當實在非做某件討厭的事不可時，例如有很多作業得做而喃喃自語時，會說「ああ、嫌だなあ。」（啊，討厭。），但要抱怨給人聽時，則說「あー、嫌だ！」（啊，討厭。）

日本語

1.2.2.「ああ」の異形態

　「ああっ」と言う時はたいてい何か大変なことに出会った時か大変なことを思いついた時ですから、感嘆符（exclamation mark、通称「びっくりマーク」）がついて「あ゙あっ！」と書きます。前の方の「あ」が高くなります。急に大変なことが起こった時は「あ゙っ！」と短く言いますが、ある事態の経過を見ているうちにヤバい段階になった時に「あ゙あっ！」が発せられるようです。例えば相撲を見ていて贔屓の力士が土俵際に追いつめられた時は「あ゙あっ、危ない！」などと言い、或いは反対に手品を見ていて箱の中の鳩が突如美女に変身したのを見た時は「あ゙あっ、不思議！」などと言うわけです。

　疑問の「あ゙あ？」は後の方の「あ」が高くなりますが、かなり下品で粗野な聞き返しになります。また、人に挨拶されて「あー」（平板、アクセント無し）と言うのは大変横柄で無神経に聞こえますから注意しましょう。

　数回前に、残念な気持ちを表す「あーあ゙」の説明をしました。この場合のアクセントは最後の「あ」が高くなりますが、もう一つ、最初の「あ」と最後の「あ」が低くて真ん中の「あ」だけが高くなる「ああ゙あ」があります。これは人から謎をかけられてその答を思いついた時に言います。「私は、山の大学を卒業しました。」「山の大学？」「陽明山にある……」「ああ゙あ、文化大学ね。」というふうに。

　同じ a 系統の間投詞でも、イントネーションや音色によって様々な感慨を表わすことができますね。

間投詞 13

中文

1.2.2.「ああ」的變形

　　會說「ああっ」大致上是在遭逢或想起某種嚴重的事情時，故通常會加上驚嘆號（exclamation mar），寫成「ああっ！」。其前面的「あ」要提高聲調。在突然發生嚴重的事情時，要說成簡短的「あっ！」，但在觀察過程中覺得事情不妙時，則要說成「ああっ！」。例如看相撲時，當看到自己偏好的相撲選手被逼到土俵邊緣時，會說「ああっ、危ない！」（啊，危險！），或相反地，於觀賞魔術表演中，當看到箱中的鴿子突然化身成美女時，會說「ああっ、不思議！」（啊，不可思議！）。

　　疑問性的「ああ？」中，後面的「あ」要提高聲調，不過卻是一種不文雅、粗俗的反問。另外，當有人向自己打招呼時，若回答「あー」（平淡，無重音），聽起來會有極為妄自尊大、滿不在乎的感覺，請注意避免。

　　前幾回曾說明表示遺憾心情的「あーあ」。說「あーあ」時，其最後的「あ」要提高聲調，但亦有將最初的「あ」與最後的「あ」壓低，將中間的「あ」提高聲調，說成「あああ」的情形，這是用在有人出了個謎題，猜到答案的時候。如：「私は、山の大学を卒業しました。」「山の大学？」「陽明山にある……」「あああ、文化大学ね。」（「我畢業於山上的大學。」「山上的大學？」「是在陽明山的……」「啊，是文化大學吧。」）

　　同樣是 a 開頭的間投詞，因其音調或音色的不同，也可以表現出各種不同的感慨呢。

1.2.3.「うん」の異形態

　「うん」は喉の奥から出す最ももものぐさな声なので、音調によって高低にも否定にもなります。「うん」と表記されますが、口を開けないまま発声するので、私たちは「う」の音を発しているわけではなく、正確には「んん」でしょう。

　まず、肯定の返事の「うん」がありますが、これは前に述べました。親しい者同士の会話でしか用いてはいけません。「うん」は「はい」と違って明確な肯定ではないので、曖昧な返事になることもあります。「行くの？　行かないの？　はっきりしなさい！」「うん……」など。これは、肯定の返事というより、「どうしようかな」という「迷い」とか「困惑」の感情表出でしょう。

　次に、短い「ん」ですが、これは何かに気づいて疑問を持った時に発する音声ですから、正確には「ん？」と表記して高めに発声します。例えば道に何か落ちているのを見つけた時、「ん？　あれは何だ？」など。（道に落ちているのが爆弾だったら、すぐに逃げましょう。）また、誰かに呼びかけられたら「ん？」と振り返ります。「花子ちゃん、ちょっと。」「ん？　なに？」など。（この後で「お金、貸して。」などと言われたら、やはりすぐに逃げましょう。）また、喉に食べ物が詰まって声が出ない時は単に「ん」と言う声しか出せません。このような時は、すぐに救急車を呼びましょう。

間投詞 14

中文

1.2.3.「うん」的變形

　　「う̇ん」是由喉嚨深處所發出的最懶散的聲音，可隨音調有高、有低，也可能成為否定的意思。它雖寫成「う̇ん」，但因其發聲不開口，所以我們不會發成「う」的音，正確地說是發成「ん̇ん」吧。

　　首先，之前已說明過，「うん」可以當成一種肯定性的回答。但僅限親近的人之間對話時使用。「うん」與「はい」不同，它是不明確的肯定，因此也會用作曖昧的回答。如：「行くの？　行かないの？　はっきりしなさい！」「う̇ん……」（「去？不去？　給我說清楚！」「嗯……」）。這種情況與其說是肯定性的回答，勿寧說它表達了「該怎麼辦呢？」這種「迷惘」或「困惑」的情感。

　　其次，來談談短的「ん」，它是在察覺某事而有所懷疑時發出的聲音，因此正確的寫法是「ん̇？」發高聲調。例如發現有東西掉在道路上時，「ん̇？　あれは何だ？」（嗯？那是什麼？）（若掉落的物品是炸彈，請立刻逃走吧）另外，聽到人叫喚自己時，我們會發出「ん̇？」的一聲回頭看看。如「花子ちゃん、ちょっと。」「ん̇？　なに？」（「花子，等一下。」「嗯？什麼事？」）（若之後聽到的是「借我錢」，也立刻逃走吧。）此外，當食物噎住喉嚨說不出話時，就只能發出「ん」的音。這時候，就立刻叫救護車吧。

日本語

1.2.3. 「うん」の異形態

　頭高型（最初の一音が高い）の元気のよい「うん」が明快な肯定の返事であるのに対し、どの音も低い「うーん」は、人から何か提案された時に難色を示す、或いは返事を躊躇するサインです。例えば洋服屋の店員にスーツを勧められて、「お客様、こちらのスーツはいかがでしょうか。お安くなっておりますが。」「うーん……（これはちょっとねえ）」など。

　これが、歯切れのいい「うん！（いいね！）」だったら、納得して OK のサインです。年配の地位のある男性の発話を表わす場合には、「うむ」「うーむ」などと表記して「ん」の音のだらしなさをカバーしているようです。

　「んー」と高めに言うと、返事を留保する、決定を引き延ばす手段にも使われます。「今、時間ある？　ちょっと話したいんだけど。」「んー、今？」などと。これがもっと曖昧になると、「んーと、んーと」などとなります。（これは「えーと」の異形態でしょう。）

　「ううん」だと、これはもうはっきりした否定の返事になります。「ううん」と表記しますが、実際は「んんん」「んんん」「んんん」など、複雑な上がり下がりがあるようです。「んんん」は最も激しい否定、「んんん」は柔らかい否定、「んんん」は女の子がよくやるちょっとかわいこぶった否定ですが、これらの微妙なイントネーションは紙面ではとても表せません。誰か日本人に演じてもらってみてください。

間投詞 15

1.2.3. 「うん」的變形

頭高型（最初的一個音發高音）有精神的「うん」是一種明快的肯定性回答，相對地，所有音都低的「うーん」，是在別人提案時面露難色，或猶豫怎麼回答的訊號。如：被西裝店店員勸買西裝時，「お客様、こちらのスーツはいかがでしょうか。お安くなっておりますが。」「うーん……（これはちょっとねえ）」（「先生，這套西裝您覺得如何？在降價喔。」「嗯……（這個，稍嫌……）」）等。

但口齒清晰的「うん！（いいね！）」（嗯！（好耶！）），就是接受、OK 的訊號。若是表達年長有地位的男性的發言時，就會用「うむ」、「うーむ」來表示，像是在彌補「ん」音所帶來的懶散感。

以較高音調說出的「んー」，也會當作保留回答、拖延決定的手段。如：「今、時間ある？　ちょっと話したいんだけど。」「んー、今？」（「現在，有沒有時間？我有些話想對你說。」「嗯，現在？」）若要說得更含糊就變成「んーと、んーと」等。（這算是「えーと」的變形吧。）

「ううん」就是明確的否定了。雖寫成「ううん」，但實際上它有「んんん」、「んんん」、「んんんん」等上上下下的複雜發音。「んんん」是最極端性的否定，「んんん」是柔性的否定，「んんんん」是女孩經常用來裝可愛的否定，這些微妙的音調，很難表現在紙面上。請各位找個日本人，請他說來聽聽吧。

日本語

1.2.4. 母音の間投詞

　今回は、o系のフィラーの話です。aは明るいフィラーでどこの国にもあり、また男女を問わず用いるようですが、o系のフィラーは力強く男らしいので、日本では男性の方が多く用いるようです。

　「おう！」という勇ましい声は、男女ともスポーツの選手がよくやる掛け声です。「おう」と表記しますが、実際に発話される音は「おお」で、前の「お」を高く、後の「お」を低く言います。「頑張ろう！」「おう！」「ファイト！」「おう！」など。大きく口を開けて発する明るく晴れやかなaに比べてoは口をすぼめて内に籠る音なので緊張感があり、選手の気を引き締めるのにいいのです。

　「おお」「おおっ」「おーっ」というのは、何か意表をつくようなすばらしいものに遭遇した時の感激の声です。例えば、2020年のオリンピック開催地が東京に決まった時、そのニュースを聞いた日本人はみんな「おーっ！」と歓声を挙げました。これは、2つの「お」を同じ高さで言う平板型です。

　「お」「おっ」と短く言うのは、思いがけない事態に興味を引かれた時の発声です。奥さんが一生懸命おいしい料理を準備して、帰宅したご主人がそれを見て「おっ、今日はすき焼きか。」など。

　男らしい力強い発声だけに、人を脅かす時にも用いられます。これは「おうおう」と「おう」を2回繰り返し、前の「おう」を低く、後の「おう」の「お」を高く言います。不良少年が人を脅かす時「おうおう、なめんじゃねえよ！」などと。これは悪い言葉ですからあまり練習しないでくださいね。

間投詞 16

1.2.4. 母音的間投詞

　　這一回要談談 o 開頭的間投詞。a 是開朗感的間投詞，不僅任何國家皆有，且不分男女皆可使用，但 o 開頭的間投詞，因強而有力、男性化，因此在日本多是男性在使用。

　　「おう！」是勇猛的聲音，是男女運動選手常用的吆喝聲。雖寫成「おう」，但實際上說出來的音是「おお」，其前面的「お」聲調高，後面的「お」聲調低。如：「頑張ろう！」「おう！」「ファイト！」「おう！」（「堅持！」「好！」「加油！」「好！」）等。較之於張大嘴巴發出開朗、愉快的 a，o 則是噘著嘴、悶在裡面的聲音，所以有著緊張的感覺，故適合選手在集中精神時使用。

　　「おお」、「おおっ」、「おーっ」是在碰到意料外的好事時所發出的感動聲音。如：2020 年的奧運決定在東京舉辦時，聽到此一好消息的日本人，無不「おーっ！」齊聲歡呼。這二個「お」是同高聲調的平板型。

　　簡短的「お」、「おっ」是被意想不到之事吸引所發出的聲音。如太太在拚命地準備好吃的料理，回到家的丈夫一看到說：「おっ、今日はすき焼きか。」（喔，今天是壽喜燒啊。）

　　僅因「お」的發聲強而有力，故在威嚇別人時亦常被使用。此時會重複二次「おう」說成「おうおう」，前面的「おう」以低音調說出，後面的「おう」中的「お」以高音調說出。如不良少年在威嚇人時說：「おうおう、なめんじゃねえよ！」（喂喂，居然敢小看我！）等，但因屬不好的話，請不要過度練習。

1.2.4. 母音の間投詞

　口から突発的に出る間投詞は、「あ」系、「え」系、「お」系、「ん」系など、母音が多いようです。母音は喉から流れ出る空気を阻害することなく、唇や舌を複雑に動かすことなく簡単に出せる音なので、本能的に出る音だからです。では、間投詞には何故「い」や「う」はないのでしょうか。皆さん、「あ、い、う、え、お」と言ってみてください。「い」と「う」を発声する時は、舌が上口蓋に寄っていることがわかるでしょう。「い」と「う」は舌を思い切り持ちあげなければならないので、母音の中でも発声に努力がいる音です。ですから、何かを意図して発声する時にしか用いられません。

　子供がケンカする時、相手に向かってしかめっ面をして歯を剥きだして「イー」と言うことがありますね。「い」は口を平たくして発生する平唇母音ですから、歯が見えてしまうので、歯をむき出して相手を脅かしたい時は「イー」と言うのです。

　また、犬が怒ってケンカをしそうな時、「ウー」と唸り声をあげて歯をむき出しますね。（犬は唇が自由に動かないので、平唇母音の「い」は発音できません。）それから、人が怒りや苦しみを我慢している時も「うー」という声を出しますね。人が「うー」と言う時は、今にも怒りが爆発して暴れだしそうで、端で見ている人はヒヤヒヤしますね。「い」も「う」も人に脅威を与える、攻撃性を帯びた母音と言っていいでしょう。だから、感動した時や肯定の返事などには用いられないのです。

間投詞 17

1.2.4. 母音的間投詞

　　由嘴巴突然說出的間投詞有「あ」開頭、「え」開頭、「お」開頭、「ん」類等，似乎母音的較多。因為母音是不會阻礙由喉嚨所流出的空氣，又不必動用到複雜的唇與舌就可簡單發出，因此是本能發出的音。那麼，為何間投詞中沒有「い」或「う」呢？各位請試唸一下「あ、い、う、え、お」，當發「い」與「う」時，應該會發現舌頭偏於上顎吧。發「い」與「う」時，舌頭非大力提高不可，所以在母音中也算是必須努力發出的音。是故，它們僅會用在刻意發聲的時候。

　　小孩爭吵時，有時會面對著對方蹙眉、露牙說「イー」。「い」是扁口發出的平唇母音，所以會被看到牙齒，因此想齜牙咧嘴威嚇對方時會說「イー」。

　　另外，狗要打架時，也會齜牙咧嘴發出「ウー」的低吼聲。（狗無法自由活動嘴唇，無法發出平唇母音的「い」。）此外，人在忍耐憤怒或痛苦時也會發出「うー」的聲音。人發出「うー」的時候，感覺就像怒氣即將爆發、抓狂，因此旁人看了會提心吊膽。故不管「い」或「う」都可以說是令人感到威脅、帶有攻擊性的母音吧。也因為這樣，不會用在感動或作肯定的回答時。

2. 否定を表わす間投詞

2.1. 「いいえ」とその異形態

　否定の最も正式な応答詞は、何と言っても「いいえ」でしょう。これは公式の場で用いられる、最も礼儀正しい応答です。

　「いいえ」の異形態に、「いえ」と「いえいえ」があります。「いいえ」がきっぱりした明確な否定であるのに対し、「いえ」は言葉の合間に挟む軽い否定で、自分が言ったばかりのことを即座に打ち消したい場合に用いられます。例えば、裁判の証人が弁護士や検事の質問に対して否定の答をするときなどは、「いいえ」が用いられます。また、相手の質問があまりに突飛で唖然とした時や誤解を解きたい時にあわてて打ち消す場合などに、「いえいえ」がよく用いられます。

弁護士「あなたは、〇月〇日、〇時〇分、〇〇さんの家のベルを押しましたね。」

証人「いいえ、私はその時間には同僚と一緒に飲んでいました。」

弁護士「では、それを証明する人がいますか。」

証人「はい、私の同僚のＡさんと、飲み屋のおかみのＢ……、いえ、Ｃさんです。」

弁護士「そのＡさんとあなたは、交際していますか。」

証人「交際？　いえいえ、Ａさんは男性で、単なる飲み友達です。」

　「いいえ」は「え」を高く言い、「いえ」は「い」を高く言い、「いえいえ」は2つの「い」を高く言うか、または2つの「え」を高く言います。

間投詞 18

中文

2. 表示否定的間投詞

2.1.「いいえ」及其變形

　　無論如何，最正式的否定應答詞當屬「いいえ」吧。它用於正式場合，是最有禮貌性的應答。

　　「いいえ」的變形有「いえ」和「いえいえ」。「いいえ」是斷然、明確的否定，相對地，「いえ」則是夾雜於言語間的輕微否定，用在即時撤回自己剛說過的話。如：審判中的證人針對律師或檢察官訊問，要做否定回答時，就常使用「いいえ」。而因對方訊問太出奇而啞口無法回答時，或想解開誤會時，這些慌忙撤回的情況，就常使用「いえいえ」。

律師：「あなたは、〇月〇日、〇時〇分、〇〇さんの家のベルを押しましたね。」
　　　　（你〇月〇日，〇時〇分，按了〇〇さん家的電鈴對吧。）

證人：「いいえ、私はその時間には同僚と一緒に飲んでいました。」
　　　　（不是，那時我正在與同事一起喝酒。）

律師：「では、それを証明する人がいますか。」（那麼，有人能證明這點嗎？）

證人：「はい、私の同僚のＡさんと、飲み屋のおかみのＢ……、いえ、Ｃさんです。」
　　　　（是的。有我的同事Ａ，以及酒店的老板娘Ｂ……，不，是Ｃ。）

律師：「そのＡさんとあなたは、交際していますか。」（那位Ａ和你在交往嗎？）

證人：「交際？　いえいえ、Ａさんは男性で、単なる飲み友達です。」
　　　　（交往？　不、不，Ａ是男性，僅是單純的酒友。）

　　「いいえ」中的「え」要提高聲調。「いえ」則是要提高「い」的聲調。「いえいえ」則是提高兩個「い」，或兩個「え」的聲調。

日本語

2.1.「いいえ」とその異形態

「いいえ」の異形態に「いいや」「いや」「いやいや」「いやあ」があります。

「いや」系の応答詞は、正式な場では用いられず、気楽な関係の人に対して使われる男性の言葉です。「いいや」は「いいえ」に相当し、「や」を高く読みます。「いや」は「いえ」に相当し、「い」を高く言うことが多いですが、否定の気持を強調したい時は「や」が高く言われるようです。「いやいや」は「いえいえ」に相当し、最初の「や」を高く読むか、2つの「い」を高く読むかのいずれかです。「いやあ」はお世辞などを言われて照れた時の否定で、「や」を高く言います。「○○さんの奥さんて、美人ですね。」「いやあ、そんなことないですよ。」など。この場合は、「や」を高く言うことが多いです。

「いや」を「討厭」の意味の形容詞の「嫌」と間違えないでください。形容詞の「嫌」の方は主に女性が使う言葉で、応答詞の「いや」は主に男性が使う言葉です。アクセントも違います。「嫌」の方は「や」を高く読むという規則がありますが、応答詞の「いや」の方は上述のようにさまざまなバラエティがあり、表したい感情によっても違います。

「嫌」の方はアクセントが単一なのに比べて、なぜ応答詞の方はこんなにバラエティに富んでいるのでしょう。それは、間投詞の「いや」の方は単なる情動語で、「嫌」の方はれっきとした語彙だからです。情動語というのは単に感情にまかせて発せられるもので、いわば動物が発する音声ですから、辞書などに意味を書くことができません。これに対して「嫌」の方は「形容動詞」として辞書に登録され、「拒絶したい気持」「不快な気持を起こさせる」という意味が記載されている立派な「語彙」です。また、日本語のアクセントは「頭高型」「中高型」「尾高型」「平板型」の4つのタイプに分けられるのに、間投詞は話者の感情によってこのタイプから外れたアクセントが発せられることがあります。

間投詞 19

第6部

中文

2.1. 「いいえ」及其變形

「いいえ」的變形有「いいや」、「いや」、「いやいや」、「いやあ」。

「いや」系列的應答詞，不用在正式場合，是男性對無所顧忌的人所使用的言語。「いいや」相當於「いいえ」，「や」發高聲調。「いや」相當於「いえ」，通常是「い」發高聲調，但要強調否定的心情時，會提高「や」的聲調。「いやいや」相當於「いえいえ」，第一個「や」發高聲調，或提高兩個「い」的聲調。「いやあ」是受人恭維不好意思時的否定，「や」唸高音。如：「○○さんの奥さんて、美人ですね。」「いやあ、そんなことないですよ。」（「○○先生的太太，真是美女呢。」「不不，沒這回事。」）此時通常會提高「や」的聲調。

請不要將「いや」的意思誤認為是形容詞「討厭」的「嫌」。形容詞的「嫌」主要是女性用語，而應答詞的「いや」主要是男性用語。重音亦不同。說「嫌」時，規則上「や」必須讀高音，但應答詞的「いや」，誠如前述，因富有變化性，會依要表達的情感有所不同。

相較於「嫌」的重音很單一，為何應答詞的「いや」如此富有變化？那是因為間投詞的「いや」只是情感性的語言，而「嫌」則是個明確的詞彙。所謂情感性的語言，是指單純隨感情所發出的聲音，也就是動物所發出的聲音，故很難將其意義寫進字典之中。相對於這點，「嫌」則記錄於字典中，分類為「形容動詞」，是記有「想拒絕的心情」、「引起人不快的心情」意思的「詞彙」。此外，日文重音有「頭高型」、「中高型」、「尾高型」、「平板型」四種，但間投詞有時會依說話者的情感不同，發出這四型以外的重音。

日本語

2.1.「いいえ」とその異形態

　日本語のアクセント4種類。これから、高く読む部分には上に点を付けます。また、名詞の後に助詞「は」を添えます。

頭高型：映画（は）　　え̇いが（は）　　　高低低（低）

中高型：昨日（は）　　き̇のう（は）　　　低高低（低）

　　　　日曜（は）　　にち̇よう（は）　　低高高低（低）

尾高型：男（は）　　　おと̇こ（は）　　　低高高（低）

平板型：私（は）　　　わたし̇（は）　　　低高高（高）

　以上のことから、2つの規則がわかります。①日本語の単語は、最初の音と2番目の音は、必ず高さが違う。最初の音が高ければ2番目の音が低く、最初の音が低ければ2番目の音が高い。②単語全体のアクセントに、山（↗↘）はあるが谷（↘↗）はない。つまり、一度上がってまた下がることはあるが、一度下がったら二度と上がらない。

　これが普通の単語のアクセント規則ですが、間投詞は感情のままに発する音声で、話者の好き勝手に音を上下させるので、普通の語彙とは違うと言えるのです。例えば、「はーい」という返事は「高高高」ですね。また、「いいえー」は「低低高低」と発話されることもありますね。

間投詞 20

中文

2.1. 「いいえ」及其變形

日文重音有四種。以下在唸高聲調的部分上加註標點。此外，在名詞之後加上助詞「は」。

頭高型：映画（は）　え̇いが（は）　　高低低（低）

中高型：昨日（は）　き̇の̇う（は）　　低高低（低）

　　　　日曜（は）　にち̇よう（は）　低高高低（低）

尾高型：男（は）　　おと̇こ（は）　　低高高（低）

平板型：私（は）　　わた̇し（は）　　低高高（高）

由上述推知有二個規則。①日文單詞中，第一個字的音與第二個字的音，其高度必然不同。第一個音若高，第二個音則低；第一個音若低，第二個音則高。②單詞整體的重音只有山狀（↗↘），沒有谷狀（↘↗）。也就是說，雖有先提高後下降的情形，可是一旦降低後就不會再度提高。

這是一般單詞的重音規則，但因間投詞是任憑情感所發出的聲音，會隨說話者任意改變，故其重音與一般詞彙不同。如「はーい」這種回答是「高高高」吧。而「い̇いえー」有時會說成「低低高低」。

日本語

　さて、話を間投詞に戻します。否定を表わす応答詞としては、この他「ううん」がありますが、これは前に述べましたから割愛します。

2.2. 否定を表さない「いえ」「いや」

　「いえ」と「いや」には、否定の応答詞でない「感動」を表わす使い方があります。「いやあ、まいった、まいった。」「いや、実にすばらしい。」「いやいや、何ともはやしょうがない。」など、「いや」系の間投詞は、自分の事情や感慨を説明したい時にまず相手に注目させるために用いられるようです。この点では、驚きや感動を表わす「ああ」と同じような使い方と言えましょうか。

　「いや」系は主に男性語ですが、女性は「いえ」に「ね」を添えて「いえね」という形でよく使われます。「どうしたんですか?」「いえね、あなた、うちの子が犬を飼いたいって言い出しましてね。」など。

　また、「いやあ」の「い」が抜けて「やあ」になると、知り合いの男性同士が偶然出会った時の声掛けになります。「やあ、田中君。」「や、佐藤君、元気かい?」など。(この場合、女性は「やあ」でなく「あら」を使うでしょう。)もう少しくだけた男性の声掛け語としては、「よう」があります。明るい母音の「あ」を用いる「やあ」に比べて、篭った母音の「お」を用いる「よう」「よっ」はあまり上品ではないので、ごく親しい男性同士しか用いられません。

　これが「いよう」「いよっ」となると、芝居やスポーツを見ていて贔屓の役者や選手が出てきた時に声援を送る声になります。「いよっ、大統領!」など。

間投詞 21

　　我們再將話題回到間投詞上，表示否定的應答詞中亦有「ううん」，但因先前已探討過，在此省略。

2.2. 不表示否定的「いえ」、「いや」

　　「いえ」與「いや」有個用法並非否定應答詞，而是表達「感動」。如「いやあ、まいった、まいった。」（唉呀，服了，服了。）、「いや、実にすばらしい。」（唉呀，真是太棒了。）、「いやいや、何ともはやしょうがない。」（唉呀唉呀，實在沒辦法。）等。「いや」系列的間投詞，是在想說明自己的狀況、感情時，拿來先引起對方注意用的。這一點，與表示驚訝或感動的「ああ」用法可算是一樣。

　　「いや」系列主要是男性用語，但是女性常會在「いえ」之後加上「ね」變成「いえね」來使用。如「どうしたんですか？」「いえね、あなた、うちの子が犬を飼いたいって言い出しましてね。」（「怎麼了？」「這個嘛，親愛的，我們家孩子說想養狗呢。」）

　　此外，去掉「いやあ」中的「い」變成「やあ」的話，就是相識的男性間偶然碰面時的一種招呼聲。如「やあ、田中君。」（嗨！田中。）、「や、佐藤君、元気かい？」（嗨！佐藤，你好嗎？）等。（這種情況，女性不用「やあ」，而是使用「あら」吧。）再稍微隨便一點的男性招呼詞則有「よう」。相較於「やあ」使用開朗的母音「あ」，「よう」、「よっ」使用了較悶的母音「お」，並不怎麼文雅，故僅限於極為友好男性間使用。

　　而這些若成了「いよう」、「いよっ」，就是在看戲劇或運動時，見到喜歡的演員或選手出場時給予他們的聲援。如「いよっ、大統領！」（耶，老大／頭領！）等。

3. 驚きを表わす間投詞

　一口に「驚き」と言っても、いろいろな状況がありますね。

3.1. 「わっ」と「あっ」

　「わっ！」「わあ」は、思いがけない情報を見聞きした時や、あるものが想像していたよりすごかった場合に発せられます。誰かに罵倒された時に「わっ、ひどい！」、結婚式に出席して花嫁を見た時に「わあ、きれい！」など。これは、主に女性が発するようです。

　「あっ！」は、見聞きした情報が、記憶の中にある情報とリンクした時に発せられます。これは以前にも述べましたが、指名手配中の凶悪犯人のポスターを見て、それが昨日自分の会社に来た人だと思い当たった時、「あっ、この人、昨日ウチの会社に来た人だ！」など。また、10年ぶりの同窓会で、面立ちがすっかり変わってしまった同級生を見た時、「あっ、山田君！」など。

　つまり、「あっ」と声を発する時には、すでに話者の記憶の中にある情報があり、それが外部から得た情報と照合する、という複雑な操作を頭のなかでしていることになります。それに対し、「わっ」の方には外部からの情報に刺激された驚きしかありません。話者の内部にすでに情報が存在しているか否かが、「あっ」と「わっ」の差異になります。

　母音は体の内部から何の阻害もなく出る音で、特に「あ」は口を狭めずに大きく開けて発音する円唇音なので、内部の空気が最も大量に出る音節です。ですから、「あ」は心の内部の情報を外の情報にぶつけるのに適している音なのではないでしょうか。ですから、外部の情報なしに何かを思い出した時にも、「あっ、今日は試験だった！」などと言われます。

　「わ」はいったん上下の唇を接近させて内部から出る空気を阻害してから発声するので、外部の情報による刺激を両唇で受け止めて驚きを外に押し出す役目をするのではないでしょうか。

間投詞 22

中文

3. 表示驚訝的間投詞

雖概括為「驚訝」，卻也有各種不同的狀況呢。

3.1.「わっ」與「あっ」

「わっ！」、「わあ」是在見聞意想不到的消息，或是某事較想像更驚人時發出的聲音。如被人痛罵時，會說「わっ、ひどい！」（哇，好過分！），或在參加婚禮看到新娘時，會說「わあ、きれい！」（哇，好漂亮！）等，主要是女性所發。

「あっ！」則是在見聞的消息與記憶中的某資訊有關時使用。誠如前述，看到凶惡犯人的通緝海報，想起就是昨天來到自己公司的人時，會說「あっ、この人、昨日ウチの会社に来た人だ！」（啊，是昨天來我們公司的那個人！）等。另外，若事隔十年在同學會上，看到老同學面貌已完全改變時，會說「あっ、山田君！」（啊，山田！）等。

換言之，在發出「あっ」聲時，說話者腦中正在進行一項複雜的運作，那就是將記憶中的某資訊與外部所得的資訊進行比對。相對地，「わっ」僅是因受外部資訊刺激所表現出的驚訝。故「あっ」與「わっ」的差別在於說話者內心是否已存在著某種資訊。

母音是由身體內部所發出的聲音，它並未受到任何阻礙，特別是「あ」，它是不噘著嘴，張開大口所發出的圓唇音，因此是最大量吐出內部空氣的音節。所以，「あ」不正是最適於用在將心中資訊與外部資訊接觸的音嗎。所以，即便沒有外部資訊而想起某事時，也會說「あっ、今日は試験だった！」（啊，今天要考試啊！）等。

「わ」則是先湊近上下唇，阻礙內部發出的空氣才發聲，因此才擔當用兩唇承受外部資訊的刺激，再將驚訝向外推出的職責吧。

3.2.「えっ」と「へっ」

　「えっ？」「ええっ？」は単に相手の言うことが聞き取れなかったり意味がわからなかったりした時にも発せられますが、意外なことを聞いて衝撃を受け、「信じられない」「あり得ない」という驚きの気持で聞き返す時も「えっ？」です。「えっ？」は全体に高く発音され、「ええっ？」は最初の「え」は低く、後の「えっ」は高く発音されます。

　自分にとって嫌なことを命じられた時には、顔をしかめて低い声で「えーっ」と長く発音して、嫌悪の気持ちを表します。「明日、テストをします。」「えーっ。」など。「えーっ」は、最初の「え」は低く、後の「えっ」は高く、高低の差をつければつけるほど嫌悪の気持が強く表されます。

　「え」という音は、口を横に広げて舌を前に突き出して発音する「前舌平唇母音」です。「オノマトペ」の項でも述べましたが、「え」の音は母音の中でも最も汚い音で、エ段の音が入ったオノマトペ（「ゲロゲロ」「ヘラヘラ」など）は必ず悪い意味になります。ですから、嫌悪の気持を表すのにもってこいの音なのでしょう。むろん、これはかなり不躾な聞き返しです。上品に礼儀正しく聞き返す時は、「はい？」「は？」と、驚愕の気持を抑えた表現が好ましいでしょう。

　「えっ？」に h の音が入って「へっ？」となると、もっと不躾な聞き返しになります。これは、びっくりした時と言うよりも耳新しいことを聞いて混乱した時に用いられるようです。私の友人は眼科医に「あなたの目は、遠視で近視性の乱視です。」と言われ、わけがわからず、思わず「へっ？」と言ったそうです。

間投詞 23

中文

3.2.「えっ」與「へっ」

「え̇っ̇？」、「ええ̇っ̇？」是在沒有聽清對方所說，或不了解對方意思時所發出的音，但在聽到意外的事情受到衝擊，以「信じられない」（真是難以置信）、「あり得ない」（怎麼可能）等心情反問時，亦可使用「え̇っ̇？」。「え̇っ̇？」整體聲調高，而「ええ̇っ̇？」首個「え」聲調低，其後的「えっ」聲調高。

當被命令從事自己討厭的事時，人們通常會蹙眉發出長且低沈的「え̇ー̇っ̇」音，以表示不悅的心情。如「明日、テストをします。」「え̇ー̇っ̇。」（「明天要考試。」「咦～。」）等。「え̇ー̇っ̇」其最初的「え」聲調低，其後的「えっ」聲調高，且高低差距愈大，愈凸顯不悅的心情。

「え」是嘴巴向旁擴展，舌頭向前突出所發出的「前舌平唇母音」。在「擬聲、擬態詞」中曾說明過，「え」是母音中最混濁的音，故含有エ段音的擬聲、擬態詞（如「ゲロゲロ」（嘔吐聲）、「ヘラヘラ」（嘿嘿傻笑、輕浮多話）等），必定有著不好的意思。所以，可謂最適於表達不悅心情的音吧。當然，它也是一種極為不禮貌的反問。若要文雅、有禮貌地反問時，就要用有壓抑驚愕心情的「はい？」、「は？」吧。

若「え̇っ̇？」中加入 h 的音，變成「へ̇っ̇？」時，是更不禮貌的反問。這與其說是驚訝，不如說是聽到沒聽過的事而混亂時使用。我有一位朋友聽眼科醫生說：「你的眼睛，是遠視加上近視性的散光」時，因摸不著頭緒，禁不住就說出了「へっ？」。

第
6
部

間
投
詞

第142回　間投詞 24

日本語

3.3. 「あら」と「おや」と「まあ」

　びっくりしたとまではいかないけれど、新しく受けた情報に対する反応として、女性語の「あ̇ら」と「ま̇あ」があります。（いずれも第一音が高い頭高型。）

　「あ̇ら」は驚きと言うより、「気づき」の反応です。「あ̇ら、山田さん、久しぶり。」など。「あ」の音を伸ばして「あ̇ーら」となると、わざとらしい驚きになります。「あ̇ーら、山田さん、ずいぶんお久しぶりね。」これは、山田さんの長い無沙汰に対する嫌味でしょう。

　「あら」の「ら」を高く発音して「あら̇？」になると純粋な疑問になって、目の前の事態を不思議に思う気持が現れます。「あら̇？　ここに置いておいたチケットがない。」など。「あら̇？」のもっと砕けた言い方は、「あれ̇？」です。「あら̇？」は女性語ですが、「あれ̇？」は男女共通語です。「あれ̇？　私の靴が片方ない。」など。

　「お̇や」（頭高型）は「あ̇ら」（頭高型）と同様の使い方がなされますが、男女共通語で、主に年配の人が用いているようです。「お̇や、山田さん、久しぶり。」など。「あら」と同様、アクセントを「や」に移して「おや̇？」となると、やはり目の前の事態を不思議に思う気持を表わしますが、「あら̇？」「あれ̇？」よりは穏やかな疑念のようで、時に喜びの驚愕にもなります。「おや̇？　こんなところに蜂が巣を作っている。」など。若い人の表現では、「ん？」に相当する間投詞でしょうか。

　「ま̇あ」（「ま」が高い頭高型）は基本的には女性語ですが、頭高の「あ̇ら」「お̇や」と同じく「気づき」の反応を表わし、「あ̇らまあ」「お̇やまあ」とセットで発せられることもあります。（いずれも「あ」「お」「ま」を高く発音。）しかし、「ま̇あ」は「あ̇ら」「お̇や」よりももっと激しい驚き・戸惑い・拒否の感情を表わします。自分の思いと違った情報を得た時に、怒るというより呆れるという気持で発せられるようです。「日本で、M国会議員が不倫の疑いで更迭されたそうだよ。」「ま̇あ、いやだ。」など。

300

間投詞 24

中文

3.3.「あら」和「おや」和「まあ」

　　女性用語中有「あら」與「まあ」（皆是第一個音高的頭高型），作為未達到大吃一驚的地步，但在聽到某新消息的反應。

　　與其說「あら」是表示驚訝，勿寧說是「發覺」的一種反應。如「あら、山田さん、久しぶり。」（哇啊，山田先生／小姐，好久不見。）等。但「あ」的音拉長變成「あーら」時，就變成是故作驚訝。如「あーら、山田さん、ずいぶんお久しぶりね。」（唉呦，山田先生／小姐，還真是好久不見了啊。）它釋出了對山田先生／小姐久疏問侯的一種挖苦。

　　若將「あら」中的「ら」提高音調說成「あら？」時，就變成是單純的疑問，表達對眼前的事感到不可思議的心情。如「あら？　ここに置いておいたチケットがない。」（咦？　放在這裡的票不見了。）等。「あれ？」是比「あら？」更隨便的說法。「あら？」是女性用語，但「あれ？」則是男女共通的用語。如「あれ？　私の靴が片方ない。」（咦？　我另一隻鞋不見了。）等。

　　「おや」（頭高型）雖與「あら」（頭高型）的使用方法相同，但男女通用，主要是年長者在使用。如「おや、山田さん、久しぶり。」（喔？山田先生／小姐，好久不見。）等。與「あら」相同，若將「おや」的重音移到「や」變成「おや？」時，雖也釋出了對眼前之事感到不可思議的心情，卻是比「あら？」、「あれ？」，更加沉穩的疑問，且有時是一種驚喜的表現。如「おや？　こんなところに蜂が巣を作っている。」（喔？　蜜蜂竟然在這裡築巢。）等。它相當於年輕人所說「ん？」的間投詞吧。

　　「まあ」（「ま」高聲調的頭高型）基本上是女性用語，但它與頭高型的「あら」、「おや」相同，是「發覺」的反應，有時會組合成「あらまあ」、「おやまあ」來使用。（兩者皆是「あ」、「お」、「ま」發高聲調。）但是，「まあ」較「あら」、「おや」，釋出了更為劇烈的驚訝、困惑、拒絕的情感。用於獲得的資訊與自己所想的不一樣時，所釋出的與其說是生氣，勿寧說是愕然的一種心情。如「日本で、M国会議員が不倫の疑いで更迭されたそうだよ。」「まあ、いやだ。」（「聽說在日本，M國會議員因為外遇的嫌疑遭更換了。」「真是的，討厭。」）等。

3.3. 「あら」と「おや」と「まあ」

　「ま̇あ」について、もう一つお話しします。日本人のフィラーで最も特徴的なの
が、この「ま̇あ」或いは「ま̇」です。これは、多分日本人以外は発しないフィラー
でしょう。

　例えば、「吉田先生って、美人ですね。」と言われて、A「ええ、そうですね。」
と答えた人と、B「ええ、ま̇あ、そうですね。」と答えた人では、どちらがより強
く肯定しているでしょうか。もちろん、A の方ですね。このように、「まあ」は話
を暈す役割をします。暈しというのは日本人のお得意ですね。

　何かを評価する時、例えば「君の成績は、ま̇あま̇あだ。」などと言います。はっ
きり「理想的だ」と言い切れるほどの成績でない場合、暈した言い方をするのです。
また、怒っている人を宥める時に「ま̇あま̇あ、落ち着いて。」などと言って相手を
制します。相手の怒りにブレーキをかけるためです。ですから、この「まあ」は話
者自身の話にブレーキをかけるのにも使われます。「結婚するなら、相手は絶対クリ
スチャンね。ま̇、人にもよるけど。」などと、自分の意見を部分修正するわけです。

　この「ま̇」「ま̇あ」は、一人話をしている時に無意識に言っていることがありま
す。自分の話にブレーキをかけて、話の内容を調整しようという気持が働くからで
しょうか。NHK のアナウンサーは決してフィラーを言いません。彼らはニュース
原稿を読み上げているからです。しかし、原稿のないニュース解説をしている時、
私はあるアナウンサーが 3 分の 1 秒くらいの長さで「ま」と言うのを聞いたことが
あります。（あまりに短かったので、「ma」の「m」の部分しか聞こえませんでし
たが。）

　日本人がよく「まあ」と言うことを知って、日本人らしく話そうとして会話にや
たら「まあ」を挟む学生がいました。この学生は、「まあ」が暈しだということを
知らずにむやみに連発したので、彼の話し方はかえって感じが悪いものとなりまし
た。使い過ぎに注意しましょう。

間投詞 25

中文

3.3.「あら」和「おや」和「まあ」

　　關於「まあ」我們再做一下探討。日本人的間投詞中，最具特色的應屬「まあ」或「ま」。除了日本人之外，大概沒有人會使用這些間投詞吧。

　　例如聽到「吉田先生って、美人ですね。」（吉田老師真美呢。）後，A 回答「ええ、そうですね。」（嗯，是啊！），而 B 回答「ええ、まあ、そうですね。」（對，嗯，是的。），哪一個屬較強烈的肯定？當然是 A 吧。像這樣，「まあ」在說話中具有模糊化的功能。而這種模糊性，正是日本人最擅長的。

　　在對某事進行評論時，如「君の成績は、まあまあだ。」（你的成績還可以。），意即在不能明確地斷言其成績「理想」時，就會用這種模糊的講法。此外，在勸解生氣的人時會說「まあまあ、落ち着いて。」（好了好了，冷靜點。）來制止對方。這是為了制止對方的怒氣。因此，這個「まあ」也用於說話者為自己踩煞車時。如「結婚するなら、相手は絶対クリスチャンね。ま、人にもよるけど。」（要結婚的話，對象一定要是基督徒。不過，也是看人啦。）這是在對自己的意見做部分修正。

　　這個「ま」、「まあ」，也會在自言自語時無意識地說出。大概是因為它有對自己所說的話踩煞車，並調整說話內容的心情吧。NHK 播報員絕不會說出間投詞。因為他們是照新聞稿唸的。但是，在解說沒有原稿的新聞時，我就曾聽過播報員說了三分之一秒的「ま」。（不過因為他說得很短，只聽到「ma」中的「m」部分而已。）

　　我的學生中，好像有人知道日本人常說「まあ」，為了說話說得像日本人，會話中就胡亂地使用許多「まあ」。這個學生由於不瞭解「まあ」所具有的模糊性而拚命用，反而給人帶來了不好的感覺。請勿過度使用。

4. 感心した時の間投詞「へえ」「ほう」「ふーん」

　何かの情報を聞いて感心したり呆れたりした時は、「へえ」「へーえ」と反応するようです。「山田さん、大学に入る前に日本語能力試験の1級を取っちゃったんだって。」「へえ、すごいんだ。」など。

　これが「ほう」（主に年配の男性）になると、「へえ」よりも興味を惹かれた感嘆の気持が強くなります。「今度、弊社ではインフルエンザに対して3年間の免疫を保つ新薬を開発いたしまして。」「ほう、それはすごい。」など。

　「ふーん」になると感嘆に影が射して、情報に対して疑問を持ったり怪しんだり納得がいかないという気持が込められることがあります。「どうして昨日、来なかったの？」「あっ、昨日はちょっと友達が病気になって、病院に付き添って行って……」「ふーん。」これが、「ふん」と短く言ったなら、相手をバカにしていることになります。また、今はあまり聞かれなくなりましたが、漫画などで年配の男性が「ふむ」とか「ふーむ」とか言っているのを見たことがありますか。これは、何かの情報を得て、考えこむ時の間投詞です。

　これらの間投詞には、「h」で始まる間投詞が多いようです。感嘆した時は大きく呼吸をするものですから、喉の奥から息を出すhの音が自然と出てくるのでしょう。確かに、大きく感心した時は「はあー、すごい。」などと「ha」の音が出てくる時もありますね。また、相手を嘲笑する表現に「鼻先でせせら笑う」という言葉があります。口を開かず、鼻先で出す「ふん」と言う音は、「あなたの言うことは、口を開いて発話する労力をかける価値もない」という気持が現れているようで、まさに人をバカにするのにもってこいですね。「へえ」「ほう」「ふん」「ふーん」は平板型か尻上がり型になりますが、「ふむ」だけは頭高になります。

間投詞 26

中文

4. 讚嘆時所使用的間投詞「へえ」「ほう」「ふーん」

聽到某種消息而感到佩服或愕然時會說「へえ」、「へーえ」。如「山田さん、大学に入る前に日本語能力試験の1級を取っちゃったんだって。」「へえ、すごいんだ。」（「聽說山田同學在進大學前，就取得日本語能力試驗1級了。」「喔，真厲害。」）

若是「ほう」（主要是年長男性使用），則顯得比「へえ」更強烈地表達對該事產生興趣而感嘆的心情。如「今度、弊社ではインフルエンザに対して3年間の免疫を保つ新薬を開発いたしまして。」「ほう、それはすごい。」（「這次，敝公司開發了可維持對流感三年免疫的新藥。」「哇，真厲害啊。」）等。

「ふーん」看似是感嘆，卻隱含著對該資訊存疑，無法接受的心情。如「どうして昨日、来なかったの？」「あっ、昨日はちょっと友達が病気になって、病院に付き添って行って……」「ふーん。」（「你昨天怎麼沒來？」「啊，昨天我朋友生病了，所以我陪他去醫院……」「喔～。」）。此一「ふーん」若說成短的「ふん」，就變成有輕侮對方的意思。另外，現在比較不常聽到，但在漫畫等中可看到年長的男性說「ふむ」與「ふーむ」的情形。這是表示得到某種資訊，而陷於沈思的間投詞。

這類間投詞中以「h音」開頭的似乎很多。大概是因為感嘆時會大口呼吸，所以自然地發出了由喉嚨深處吐息而來的h音吧。的確，當有著極大佩服感時，我們會像「はあー、すごい。」（哇啊，真厲害。）這樣發出「ha」的音呢。另外，在嘲笑對方時，有「鼻先でせせら笑う」（嗤之以鼻）這樣的說法。不開口，藉由鼻尖所發出的「ふん」，它有著表示「你所說的事，甚至不值勞我開口說」的意思，確實最適合用於輕蔑他人呢。「へえ」、「ほう」、「ふん」、「ふーん」屬平板型或尾高型，只有「ふむ」屬頭高型。

日本語

5. 呼びかけの間投詞

　「呼びかけ」とは、人を呼びかけたり、人の注意を引くために発せられる間投詞です。これは、呼びかける人の意図によっていろいろな音声があります。

　まず、偶然友だちに出会って挨拶する場合です。会社や学校などで日常出会う親しい人の場合は、「よう」「おう」（男）、「あら」（女）など。同窓会などで久しぶりに会った場合は「やあ」（男）、「あら」（女）など。

　相手がこちらの存在に気がつかない時、後ろから呼びかける場合は「おい」などがありますが、これはかなり不躾な呼び方ですので、よほど親しい男性同士でなければ使わない方がいいでしょう。「おい」は前にも述べましたが、相手に忠告をしようとしたり、威嚇しようとしたりする時にも用いられるのですから。

　遠くの方から大きな声で相手を呼ぶ場合は、「おーい」となりますが、これは威嚇の意味は全くありません。遠くから相手を呼ぶ場合は、両手で口の周りを囲って手をマイク代わりにして叫びますね。声を一方向に集めて相手に声が届きやすくするためです。「お」の音は口の中を大きく開けながらも唇をすぼめる円唇母音で、声が一方向に集中しやすいので、遠くから相手を呼ぶ場合にはうってつけの音声なのです。これに対して「あ」は口の中を大きく開けて唇も大きく開く円唇母音なので音が拡散しやすく、一方向には届きにくいので遠くから人を呼ぶ場合には用いられないのでしょう。

間投詞 27

中文

5. 呼喚的間投詞

　　所謂「呼喚」的間投詞，是指呼喚人、或要引起人注意時用的間投詞。依呼喚者的意圖不同，聲音也各不相同。

　　首先，來探討與朋友偶然碰面的狀況。在公司或學校等日常生活中碰到的熟人時，會用「よう」、「おう」（男）、「あら」（女）等。在同學會等中見到好久不見的人時，會用「やあ」（男）、「あら」（女）等。

　　對方未察覺我方的存在，從後面呼喚時會用「おい」等，但因是一種很不禮貌的呼喚方式，所以除非是很熟的男性間，否則最好不要使用。因為過去已曾說明，「おい」也用於忠告對方，或威嚇對方。

　　從遠方大聲呼喚對方時的「おーい」則完全不具威嚇對方的意思。從遠方呼喚對方時，我們會將雙手圍在嘴巴周圍當作麥克風使用吧。這是為了使聲音集中於一個方向，較容易傳達給對方。「お」音是須一面大口張嘴，一面收攏嘴唇的圓唇母音，因容易使聲音集中於一個方向，故最適合從遠方呼喚人。相對於「お」，「あ」則是大口張嘴，大口張唇的圓唇母音，因其聲音容易分散，難於集中在一個方向，故不用於從遠方呼喚人時吧。

日本語

5. 呼びかけの間投詞

　同じ「呼びかけ」でも、叱責に近いものもあります。「こら」は、何か悪いことをしている人を直接叱責する「呼びかけ」です。（ですから、「こらっ！」と言われたら、すぐに逃げましょう。）「これ」とか「これこれ」などは、何か恥ずかしいことをしている人に忠告する「呼びかけ」です。（例えば、授業中に居眠りをしている時に「これこれ」と言われたら、直ちに謝った方が得策でしょう。）

　二人が話している時に、一方が他の一方に対して特に注意を引きたい時に発するのは、「ねえ」でしょう。夫婦が腕を組んで歩いている時、妻が「ねえ」と言えば、夫は振り悔いて「ん？　何？」と女性の意図を尋ねるでしょう。（その後で妻が「ねえ、あのネックレス、買って。」などと言ったら、夫は「はあ？」と言って話をそらすでしょうが。）

　また、相手が「ほら」と言ったら、相手はあなたに何かを注目させたがっているのです。「ほら、見てごらんなさい。」と言えば、何かを指差してあなたに注目させたがっているのだし、「ほら、昔二人で行ったあのお店。」と言えば、そのお店のことをあなたに思い出させたがっているのです。また、相手が予想していた悪いことをあなたがやった時も「ほら！」と言ってあなたを非難します。例えば朝ごはんの時、「そんな所にカップを置いたら、コーヒーをこぼすわよ。」と言われ、あなたが本当にコーヒーカップをひっくり返したら「ほら、やった！」と叱られるわけです。（このような時には、ひたすら謝りましょう。）つまり、「ほら」は相手の無意識・無神経に注意を促すための「気づかせ」の機能を持つ「呼びかけ」なのです。

間投詞 28

中文

5. 呼喚的間投詞

　　也有同樣是「呼喚」，卻幾近於斥責的間投詞。「こら」是直接斥責做了壞事的人的「呼喚」。（是故，當聽人說「こらっ！」時，就立刻逃走吧。）「これ」或「これこれ」等，是對做了某件羞恥事情的人提出忠告的「呼喚」。（如上課打瞌睡被說「これこれ」時，立刻道歉方為上策。）

　　二人進行對話，當一方要特別引起另一方注意時，會發出「ねえ」的聲音吧。如夫妻挽著手走路時，太太若說「ねえ」，老公會說「ん？　何？」（嗯？　什麼？）以探詢太太的意圖吧。（之後，太太若說「ねえ、あのネックレス、買って。」（老公，買那條項錬吧。）做老公的大概會說「はあ？」並轉移話題吧！）

　　此外，對方說「ほら」時，是表示要你注意某事。如「ほら、見てごらんなさい。」（看，請看。）就是對方指著什麼，希望你注意的意思，且對方若說「ほら、昔二人で行ったあのお店。」（唉呦，就是我們一起去過的那間店。）就是想要你想起那間店的意思。另外，當你做出對方預料中的壞事時，對方也會說「ほら！」並指責你。如早餐時，對方說「そんな所にカップを置いたら、コーヒーをこぼすわよ。」（把杯子放在那種地方，會打翻咖啡的喔！），而你又真的把咖啡杯弄翻，就會被斥責「ほら、やった！」（看，果然打翻了！）（這時，就誠心道歉吧）。換言之，「ほら」帶有「使對方注意」的功能，是督促對方注意自身不小心或粗神經的一種「呼喚」。

第6部

間投詞

309

6. その他の間投詞

6.1. 人の行為を促す間投詞

　戦いや競争を始める時、審判者が示す「開始」の合図、つまり「号令」があります。「用意、ドン！」などは、「ドン」というピストルの合図で競争を始めます。これは、昔から決まった語彙になっていますが、「戦闘開始」などの間投詞は「それっ！」でしょう。「それ、行けっ！」などと、犬に号令をかけたりします。「それ」は「s」の摩擦音が入っていますから緊張感とスピード感がありますが、「ほれ」となるとややくだけた号令になります。

6.2. わからない時の間投詞

　人に質問されてわからない時は、「さあ」と言います。「陳さん、試験は大丈夫でしょうか？」「さあ、どうでしょうか。」など。また、何か疑問にぶつかった時、「はて？」と言うことがあります。例えば、ある数式を見て「はて？　この数式は何を表しているんだろう？」など。？（question mark）のことを「はてなマーク」と言ったりしますね。

6.3. 「試一下」の意味を表す「どれ」

　何かに興味を惹かれて自分で試みてみたい、と思う時、「給我看」とか「試一下」などの意味で「どれ」「どれどれ」と言うことがあります。「新しいレシピでこんな料理を作ってみたのよ。」「どれどれ、どんな味がするかな。」と言って、箸をつけるのです。（この時、もし料理がおいしかったら「うん、おいしい。」と言いましょう。もしまずかったら「うーん……」と言って、後は何も言わない方が無難でしょう。）

間投詞 29

中文

6. 其他的間投詞

6.1. 促人行動的間投詞

　　比賽或競賽開始時，裁判會釋出「開始」的信號，也就是「發號施令」。如「用意、ドン！」（預備，開始！）等，「ドン」是以鳴槍的信號示意競賽開始。而表達「戰鬥開始」等的間投詞「それっ！」，是老早就約定成俗的詞彙。如以「それ、行けっ！」（走，去吧！）對狗發號施令。「それ」因含有摩擦音「s」，故給人緊張與速度感，但「ほれ」則是一種較為緩和的號令。

6.2. 不知道時的間投詞

　　被人提問而不知道答案時會說「さあ」。如「陳さん、試験は大丈夫でしょうか？」「さあ、どうでしょうか。」（「陳同學，考試還好嗎？」「唉，不知道呢。」）等。此外，在遇到某種疑問時會說「はて？」。如看到某計算公式，會說「はて？　この数式は何を表しているんだろう？」（那麼？　這個算式代表什麼呢？）等。「？」（question mark；問號）就稱「はてなマーク」。

6.3. 表示「試一下」的「どれ」

　　對某事感興趣而想親身嘗試時，會用「どれ」、「どれどれ」，表達「給我看」或「試一下」的意思。如聽到「新しいレシピでこんな料理を作ってみたのよ。」（我用新的食譜配方試做了這樣的料理喔。）時，會回答「どれどれ、どんな味がするかな。」（哪個哪個，會是什麼味道呢？）並動筷子吧。（此時，若這道菜好吃，就說「うん、おいしい。」（嗯，好吃。）吧。但若是難吃，就說「うーん……」（嗯……），然後什麼話都別說比較保險吧。）

6.4.「隙間埋め」の **filler**

　人は、話をしていて言葉に詰まった時、言い淀んだ時に、間を取るために「えー」「えーと」「あー」「あの」「その」「だから」「うん」「まあ」など、思い思いのフィラーを挿入します。「えー、今回の条約の批准につきましては、あー、これはですね、そのー、何と言いますか、まあ、日米双方の利益と事情に鑑みて、えー、国民の皆さんそれぞれいろいろな思惑があるとは思いますが……」などと、よく政治家の答弁に見られますね。皆さん、政治家の国会答弁をご覧ください。ありとあらゆるフィラーが目白押しで、たくさんのことが学べますよ。この「間を取るためのフィラー」は、準備のない話をする時に、次の言葉を見つけるまで時間を稼ぐために発する言葉です。これは、まさに英語の filler（詰め物）の語源通りの言葉です。前にも申しましたように、間投詞は英語の filler のことです。引っ越しで荷造りをする際に、ダンボールの荷物の隙間を埋めるためによく古新聞紙のような反古紙を丸めて詰めますね。あの詰め物を filler と言います。この政治家の用いた「えー」「あー」「そのー」「まあ」などは、まさに談話の隙間を埋めるために発するフィラーです。

　政治家ばかりでなく、私達も充分準備していなかった話をして、詰まってしまった時、このフィラーを用いるのではないでしょうか。このフィラーは個人によって千差万別で、次の言葉を探すため、頭に浮かんだ音声をすぐに出してしまいます。私のある学生は、言葉に詰まった時に「なんか」と言うのが癖でした。「それは、なんか、僕にとっては、なんか、突然のことで、なんか、どう言っていいかわからないようなことだったんです。」など。若い人には、「何だろ」「何て言うか」「何でしょうか」など、「何」系疑問詞の入ったフィラーが多いようです。まさに、自分の追いかけているものの正体が言葉にならないもどかしさをそのまま表現したフィラーではないでしょうか。

　また、自分の話に弾みをつけるためにも、この「隙間埋め」のフィラーが用いられます。前にも申しましたが、私がよく間投詞として用いるのは、本来呼びかけの言葉であった「あなた」です。「だって、あなた、台湾の新幹線は外国人には半額にしてくれないのよ。これは、あなた、外国人いじめじゃない？」など。皆さんも、自分の知らないところで無意識に自分だけのフィラーを使っているかもしれませんよ。

間投詞 30

中文

6.4.「填空隙」的 filler

　　人說話語塞或停頓時，為爭取時間，常會插入各種不同的 filler，如「えー」、「えーと」、「あー」、「あの」、「その」、「だから」、「うん」、「まあ」等。如「えー、今回の条約の批准につきましては、あー、これはですね、そのー、何と言いますか、まあ、日米双方の利益と事情に鑑みて、えー、国民の皆さんそれぞれいろいろな思惑があるとは思いますが……」（呃……關於這次批准條約一事，嗯……，這個嘛，那個……，該怎麼說呢，就是……，有鑑於日美雙方的利益與狀況，呃……，我想各位國民應該也各有考量……）這是政治家在答辯時常見的情景。各位，不妨好好地看看政治家的答辯。可以接二連三地聽到各式各樣的 filler，從中學習到很多喔。這種「爭取時間的填充物」，是在說話未做準備時，為了爭取找出下一句的時間所發的話語。這正符合英文 filler（填充物）的語源。誠如前述，間投詞就是英文的 filler。在搬家打包行李時，為了填塞紙箱中物件的空隙，我們會將舊報紙等揉成一團塞在其間吧。這個填充物就是所謂的 filler。而政治家所用的「えー」、「あー」、「そのー」、「まあ」等，就是在填補談話空隙的 filler。

　　不僅是政治家，當我們說話未充分準備而語塞時，也會使用這種 filler 吧。這個 filler 因人不同會有千差萬別，是人們為找出接下來的話語，而將浮現在腦海中的聲音立刻發出。我有一位學生在說話語塞時，常習慣說「なんか」。如「それは、なんか、僕にとっては、なんか、突然のことで、なんか、どう言っていいかわからないようなことだったんです。」（那個，怎麼說，對我來說，總覺得，因為很突然，好像，所以不知道該說什麼才好。）等。年輕人似乎常用「何だろ」（怎麼說）、「何て言うか」（怎麼說呢）、「何でしょうか」（該怎麼說呢）等，帶有「何」系疑問詞的 filler。可說是原原本本地呈現了自己所求的事物本身，無法用語言表達的焦躁感吧。

　　另外，這種「填空隙」的 filler 也常為使自己說話更有力而用。誠如前述，我常使用本來用於呼喚人的「あなた」來作間投詞。如「だって、あなた、台湾の新幹線は外国人には半額にしてくれないのよ。これは、あなた、外国人いじめじゃない？」（因為，你啊，台灣的高鐵就是不給外國人半價啊。這，你啊，不是欺負外國人嗎？）等。各位也許也會在無意間，使用僅屬於自己的 filler 喔。

7. 間投詞のまとめ

　間投詞をひとまず網羅的にお話ししました。数えきれないくらいたくさんの間投詞がありましたね。しかも、これは東京語だけです。方言も入れたら、もっとたくさん出てくるでしょう。（数年前のNHKの朝ドラでは、岩手方言の「じぇじぇじぇ」などという感嘆詞が話題になりましたね。）最後に、間投詞を整理しましょう。

7.1. 間投詞の分類

　とりとめもなくたくさんあるように見える間投詞も、いくつかに分類することができます。

7.1.1. 自分に向けられた間投詞

　まず、間投詞は無意識的に発するものですから、まずは本能的な情意を表わすものが第一義と言っていいでしょう。驚きを表わす「あっ」「わっ」「まあ」、疑問を表わす「おや？」「あれ？」、感嘆を表す「おお」「おっ」「わあ」、苦しさや怒りを表わす「うー」「うーん」、などは何も考えずに瞬間的に出てくる間投詞です。これらは他人を意識しない、単なる自分の感情の吐露です。

7.1.2. 他者に向けられた間投詞

　その他の間投詞は、肯定・否定の返事の「はい」「いいえ」など、呼びかけの「おい」「よう」など、談話中の隙間埋めの「えー」「そのー」などはすべて、話し相手に向けられた間投詞と言うことができます。話し相手に向けられたものですから、上位者・下位者・同位者によって表現の区別が出てきます。間投詞もコミュニケーション機能を担う語なのです。

間投詞 31

中文

7. 間投詞的彙整

　　以上就間投詞做了全盤性的說明。真是不計其數，為數眾多的間頭詞啊！而且，這還只是東京話而已。若再加上各地方言，那就更多了吧。（數年前 NHK 的晨間連續劇中，岩手縣方言「じぇじぇじぇ」等感嘆詞就蔚為話題呢。）最後，我們統整一下間投詞吧。

7.1. 間投詞的分類

　　看似難以彙整的間投詞，可以分成幾類。

7.1.1. 向著自己的間投詞

　　首先，間投詞是在無意識中所發出的聲音，所以其第一要義在於釋出本能性的情感吧。如表示驚訝的有「あっ」、「わっ」、「まあ」；表示疑問的有「おや？」、「あれ？」；表示讚嘆的有「おお」、「おっ」、「わあ」；表示痛苦或生氣的有「うー」、「うーん」等，這些都是未經思考，瞬間說出的間投詞。它們不在乎別人，僅吐露自己的情感。

7.1.2. 向著他人的間投詞

　　其他的間投詞，如作肯定或否定回答的「はい」、「いいえ」等；作呼喚用的「おい」、「よう」等；作填塞說話空隙用的「えー」、「そのー」等，均可說是對說話對象發出的間投詞。也因為它是向著他人說的間投詞，所以就會依長輩、晚輩、平輩而有區別。間投詞也是具有溝通功能的詞語。

7.2. 間投詞に用いられる音声

　皆さんお気づきのように、間投詞に用いられる音声には規則があるようです。

7.2.1. 母音系と半母音系

　まず、間投詞に用いられる音声は、母音が圧倒的に多いことに気づかれたでしょう。「あっ」「いえ」「うっ」「ええ」「おう」等、5つの母音はすべて間投詞を形成しています。母音は肺から流れ出る空気が阻害されずにまっすぐ発せられる音なので、本能的に出やすいのでしょう。

　また、肺から流れ出る空気が阻害されるところまではいかないけれど、口をすぼめて空気の流れがコントロールされる接近音の「ヤ行音（ya、yo）」「わ（wa）」の半母音も、母音系間投詞の異形態として堂々たる位置を占めています。「やあ」「よう」「わあ」、それと、半母音と母音を組み合わせた「やーい」「わーい」などがありますね。（「やーい」は人を囃し立てる時の間投詞、「わーい」は「わあ」の異形態）肺からまっすぐ出る母音よりは緊張感がありますね。

7.2.2. 子音系

　子音で始まる間投詞は、h以外にはほとんどありません。また、ハ行音「は」「ひ」「ふ」「へ」「ほ」で始まる間投詞はすべてそろっています。ハ行音、つまり子音のhは、実は母音に近い子音です。腹筋を大きく振動させて「ア・イ・ウ・エ・オ」と発声すると、「ハ・ヒ・フ・ヘ・ホ」になりますね。例えば、「アーッハッハッハ」と大笑いし続けると、お腹の筋肉が痛くなるでしょう。つまり、肺から空気をたくさん出す音がハ行音なのです。（発声法としては腹筋を使って肺に大量の空気を押し出すのですが、音声学的には肺から送られた空気がハ行音となります。）「ア・イ・ウ・エ・オ」が母音だとしたら、「ハ・ヒ・フ・ヘ・ホ」は「有気母音」と名づけてもいいのではないか、と私は思っています。冒頭にハ行音が用いられる間投詞は、お腹の中にあるものを吐き出すことですから、肯定の意味で用いられるにしろ、疑問の意味で用いられるにしろ、相手にとってかなり強いインパクトを与えるものになるでしょう。

　子音で始まる間投詞には、他に「まあ」がありますが、これはかなり特別な意味を持つもので、以前お話しした通りです。

間投詞 32

7.2. 間投詞所使用的語音

　　誠如各位所察覺到的，間投詞所使用的語音聲音有其規則。

7.2.1. 母音系與半母音系

　　各位可能已察覺到，間投詞所使用的語音中，母音壓倒性地多。「あっ」、「いえ」、「うっ」、「ええ」、「おう」等，均是由五個母音所形成的間投詞。因為母音是肺部發出的空氣，在未受到阻礙的情形下即發出的聲音，所以本能上容易發出吧。

　　此外，肺部發出的空氣未達受阻地步，但噘著嘴控制空氣流動的接近音中，如「ヤ行音（ya、yo）」、「わ（wa）」等半母音，亦以母音系間投詞的變形這個身分，堂堂占有一席之地。如「やあ」、「よう」、「わあ」及由半母音與母音所組合而成的「やーい」、「わーい」等。（「やーい」是眾人齊聲喝彩時的間投詞，而「わーい」是「わあ」的變形。）比起自肺部發出的母音更有緊張感呢。

7.2.2. 子音系

　　除了 h 音之外幾乎沒有以子音為始的間投詞。以ハ行音為始的「は」、「ひ」、「ふ」、「へ」、「ほ」間投詞非常齊全。ハ行音，即子音的 h，實際上是接近母音的子音。大力振動腹部肌肉發出「あ、い、う、え、お」的話，會變成「は、ひ、ふ、へ、ほ」。如持續「アーッハッハッハ」地大笑，腹肌就會痠痛吧。換言之，由肺部所發出的大量空氣音，就是ハ行音。（發音方式是利用腹肌向肺中壓出大量空氣，不過在語音學上，ハ行音是自肺部發出的空氣。）若把「あ、い、う、え、お」視為母音的話，我認為就能把「は、ひ、ふ、へ、ほ」稱為「有氣母音」。以ハ行音為始的間投詞，因是由腹部所發，故不管是用作肯定，或用作疑問，都會給對方帶來極大的衝擊感吧。

　　以子音為始的間投詞尚有「まあ」。「まあ」的意思特別，已如前述。

7.2.3. コソアド系

　もう一つ、おもしろいことを発見しました。間投詞には、指示詞「コ・ソ・ア・ド」系の音が間投詞の語頭に来るということです。「これ」「それ」「あれ」「どれ」は、いずれも間投詞になっています。「これ」（頭高型）は目下の者をたしなめる時の言葉、「それ」（頭高型）は人の行動を促す掛け声、「あれ」（尾高型）は疑問を持った時の間投詞、「どれ」（頭高型）は「試一下」の意味でしたね。この他にも、「こら」（頭高型）、「そら」（頭高型）、「あら」（頭高型）、「どら」（頭高型）などの異形態もあります。これらのコソアド系間投詞がなぜこのような意味になるのか、興味深いところですが、それは別の機会にお話しすることにしましょう。「あの」「その」などのフィラーもありますが、これについてもまた別の機会にお話しします。

　いずれにしろ、子音系の音声で間投詞になるのは、このコソアドと「まあ」くらいのものです。「これ」「それ」「あれ」「どれ」はそれ自体で独立している立派な語彙ですし、「まあ」は「まあまあ」という副詞にもなっている語で、「暈し」の意図があることは前にも述べました。子音とは喉から流れてくる空気を口の中の何処かで阻害してできる音声です。ですから、よほど意識的・意図的に出そうとするのでなければ子音は発声できません。「これ」「それ」「あれ」「どれ」と「まあ」は日本語の語彙にも食い込む、日本語に特有の間投詞です。このことについては、また次にお話ししましょう。

間投詞 33

7.2.3「こ、そ、あ、ど」系列

　　另有一個有趣的發現。間投詞中，亦有以指示詞「こ、そ、あ、ど」系列音為始的間投詞。如「これ」、「それ」、「あれ」、「どれ」等，均可作為間投詞。「これ」（頭高型）是告誡晚輩時的用語；「それ」（頭高型）是催促人行動的吆喝聲；「あれ」（尾高型）是存疑時的間投詞；「どれ」（頭高型）則有「試一下」的意思呢。其他尚有「こら」（頭高型）、「そら」（頭高型）、「あら」（頭高型）、「どら」（頭高型）等變形。這些こ、そ、あ、ど系列的間投詞為何會有這樣的意思呢？這是非常有意思的話題，容後有機會再探討吧。另外亦尚有「あの」、「その」等填補談話間隙的間投詞，也容後有機會再探討。

　　總之，以子音系聲音所形成的間投詞，大概就只有こ、そ、あ、ど系列及「まあ」等。「これ」、「それ」、「あれ」、「どれ」本身就是一個獨立的詞彙，而且「まあ」其本身也有「まあまあ」這種可作副詞用的詞彙，全都具有「模糊」的意圖，先前已有探討。所謂子音是由喉嚨流出的空氣，在口中某處受到阻礙所發出的聲音。因此，除非相當刻意或有意圖想發出，否則不可能發出子音。「これ」、「それ」、「あれ」、「どれ」與「まあ」已深植於日本的詞彙之中，是日文中特有的間投詞。關於這點，以後再說明。

7.3. 間投詞と他品詞

7.3.1. 間投詞と終助詞

　終助詞の項でも述べましたが、「ね」「な」「よ」「さ」などの終助詞は、呼びかけの間投詞になります。「ね」は男女共用、「な」は男性専用ですが、「ね」と「な」は特に独立性の強い終助詞で、容易に間投詞に変わります。例えば、「今日はいい天気だね。」「今日はいい天気だな。」の「ね」「な」は、「ねえ、今日はいい天気じゃない？」「なあ、今日はいい天気だろ？」などと、終助詞が間投詞に変わります。これは、主に相手を説得する場面で使われるようです。

7.3.2. 間投詞からオノマトペへ

　間投詞とは、情動的・本能的・無意識的に出る音声で、決して反省的・意図的・選択的に発話される言葉ではありません。ですから、厳密な意味で「ことば」であるとは言えません。「ことば」とは、話者の意志を他者に伝えるために意図的に準備されたものだからです。しかし、「ことば」とは言えない間投詞が、「ことば」に変わっていくことがあります。それが、擬声語・擬態語です。例えば、「ぎゃあぎゃあ」というのは人が大声で泣く声ですが、これを「子供がぎゃあぎゃあ泣いている。」と、擬声語として構文に組み込むことができます。「オノマトペ」の項でも述べましたが、オノマトペ（擬声語・擬態語）には一定の形式があります。擬声語の一部は、間投詞を文学的に加工して一定の形式に当てはめたものです。例えば、「ぎゃあぎゃあ」というのは人の泣き声を表わす擬声語ですが、本当の泣き声は「ぎゃあぎゃあ」でなく、「あーあー」と聞こえるはずです。このように、動物的な音声を整理して加工したものが擬声語なのです。例えば、本物のりんごを間投詞とすると、擬声語は本物そっくりによくできたりんごの模型のようなものです。本物のりんごは形が歪んでいたり、傷がついていたり、色にムラがあったりするものですが、模型のりんごは色といい形といい艶といい、本物以上にりんごの特徴をよく備えているものです。間投詞はこのようにしてモデル化され、語彙化されていきます。ですから、オノマトペは「音象徴」と呼ばれるのです。

間投詞 34

中文

7.3. 間投詞與其他詞類

7.3.1. 間投詞與終助詞

　　先前已於終助詞的部分探討過，「ね」、「な」、「よ」、「さ」等終助詞，亦可作為呼喚的間投詞使用。「ね」男女通用，「な」男性專用，「ね」與「な」是獨立性特別強的終助詞，易於用作間投詞。如「今日はいい天気だね。」（今天天氣真好呢。）、「今日はいい天気だな。」（今天天氣真好啊。）當中的「ね」、「な」，可以變為「ねえ、今日はいい天気じゃない？」（看，今天天氣不錯吧？）、「なあ、今日はいい天気だろ？」（我說，今天天氣很好吧？）就是把終助詞變成間投詞。而這些主要是在說服對方時使用。

7.3.2. 間投詞變為擬聲、擬態詞

　　所謂的間投詞，是情感性地、本能地、無意識中所發出的聲音，絕不是反省地、刻意地、選擇性地發出的話語。故嚴格來說，它不算是「話語」。因為所謂的「話語」，是說話者為將其意志傳達他人而刻意準備的。但不能算是「話語」的間投詞，會逐漸變為「話語」。那就是所謂的擬聲、擬態詞。如「ぎゃあぎゃあ」是人在大聲哭泣時的聲音，但也可以作為擬聲、擬態詞使用，把它加進句子的結構之中，如「子供がぎゃあぎゃあ泣いている。」（孩子呱呱地哭泣。）在「擬聲、擬態詞」的項目中，亦曾探討過擬聲、擬態詞具有一定的形式。有部分擬聲詞其實是將間投詞文學性地加工，讓其符合一定形式而成。如「ぎゃあぎゃあ」雖是表示人哭聲的擬聲詞，但真正的哭聲聽起來並非「ぎゃあぎゃあ」，而應該是「あーあー」。諸如此類，整理並加工動物性聲音就成了擬聲詞。例如，若是真蘋果為間投詞，那麼擬聲詞就是做得與真蘋果極度相似的蘋果模型。真蘋果的形狀有可能扭曲、受損、顏色不均勻，但蘋果模型無論是在顏色上、形狀上、鮮豔度上都較真蘋果更完美具備蘋果的特徵。間投詞就這樣逐漸模型化、詞彙化。故擬聲、擬態詞被稱為「聲音面的象徵」。

國家圖書館出版品預行編目資料

妙子先生の日本語ミニ講座 I / 吉田妙子著；
許玉穎譯
-- 初版 -- 臺北市：瑞蘭國際, 2020.06
328面；19×26公分 --（日語學習系列；49）
ISBN：978-957-9138-81-9（平裝）
1.日語 2.讀本

803.18   109006105

日語學習系列 49

妙子先生の日本語ミニ講座 I

オノマトペ、敬語、呼称、男言葉・女言葉、一人称と二人称、間投詞

作者｜吉田妙子
譯者｜許玉穎
責任編輯｜葉仲芸、王愿琦
校對｜吉田妙子、許玉穎、葉仲芸、王愿琦

封面設計、版型設計、內文排版｜陳如琪

瑞蘭國際出版

董事長｜張暖彗 ・ 社長兼總編輯｜王愿琦
編輯部
副總編輯｜葉仲芸 ・ 副主編｜潘治婷 ・ 文字編輯｜鄧元婷
美術編輯｜陳如琪
業務部
副理｜楊米琪 ・ 組長｜林湲洵 ・ 專員｜張毓庭

出版社｜瑞蘭國際有限公司 ・ 地址｜台北市大安區安和路一段 104 號 7 樓之一
電話｜(02)2700-4625 ・ 傳真｜(02)2700-4622 ・ 訂購專線｜(02)2700-4625
劃撥帳號｜19914152 瑞蘭國際有限公司
瑞蘭國際網路書城｜www.genki-japan.com.tw

法律顧問｜海灣國際法律事務所　呂錦峯律師

總經銷｜聯合發行股份有限公司 ・ 電話｜(02)2917-8022、2917-8042
傳真｜(02)2915-6275、2915-7212 ・ 印刷｜科億印刷股份有限公司
出版日期｜2020 年 06 月初版 1 刷 ・ 定價｜420 元 ・ ISBN｜978-957-9138-81-9

瑞蘭國際